SIMPLE BRIGHT MAN

+

+

Wonderful Essays Edition 美文版

精神明亮的人

王开岭 + 著

山西出版传媒集团
山西教育出版社

SIMPLE BRIGHT MAN

无穷的远方，无数的人们

Infinite Far away, innumerable People

王开岭，作家，媒体人。历任央视《社会记录》、《24小时》、《看见》等节目指导，著有散文集和思想随笔集《精神明亮的人》、《古典之殇》、《跟随勇敢的心》、《精神自治》、《激动的舌头》等十余部，入录国内外数百种选集和年鉴，曾获"百花文学奖""在场主义散文奖"等奖项。其作品因"清洁的思想、诗性的文字、纯美的灵魂"而在年轻一代中拥有广泛影响，被誉为"中国校园的精神启蒙书和美文鉴赏书"。

Wang Kailing is a writer and a media man. He has served as the instructor of many programs in CCTV, such as *Society in the News*, *24 Hours*, *Insight*, etc., and has written more than 10 collections of prose and ideological essays, like *A Simple Bright Man*, *Death of Classicality*, *Following the Brave Hearts*, *Spiritual Autonomy*, *Excited Tongues*, etc. His essays have been included in hundreds of selections and yearbooks at home and abroad, and have won awards such as Baihua Literature Award and Presence Prose Award. His works were very popular among the younger generation because of "the clean thought, poetic words and pure and beautiful soul" in books and were also reputed to be "Spiritual enlightenment books and Appreciation books on beautiful essays in Chinese schools".

Contents **目录**

第二辑

第三辑

第四辑

夜航船（代序）

青春，古城，星光

“你是个走夜路的人，有着星子的寂寥、清澈和富饶。”

多年前，有人说。

我明白，对方指的是灵魂，是心路，是一个青年的精神游荡。

那时正值青春，客居在京杭大运河畔的一座古城，为谁而来？何以至此？没有让自己信服的答案，只能说，随风而至。大学毕业，该城有个教书名额，荒着，我说我去吧。那情状，俨然一个春日里的少年，远远瞅见一新鲜树坑，即忍不住跳进去，立成一棵树苗，然后朝身上培土。

此地对这株流浪的树苗很仁慈，很优待，我没有丝毫的水土不服。生根后，我才慢慢知晓，原来它身世显赫：传说的黄帝诞生地，少昊的都城和陵墓，天下半数的存量汉碑，皆于此；膝下之邹县曲阜，即古称的“邹鲁”圣地，孔孟墨诸子门徒，土木鼻祖公输般，作《桃花扇》的孔尚任，皆生葬于斯；境内有“水泊梁山”和微山湖，绿林枭雄啸聚之地，除了梁山好汉，还风靡过义和团和“铁道游击队”，北洋乱世时还出过两任国务总理；诗仙李太白，竟有二十年浮生寄存于此，余下一栋“太白楼”酒旗飘飘。

学校的临街叫古槐路，因一株苍虬奇槐而得名，我去的时候，路两畔已满是它的子嗣了。推开窗正对一院千年古刹和一尊北宋铁塔，旁侧乃一条云集古代学霸的“翰林街”。

无疑，在时间深处，这是一座光彩照人的城池。奇怪的是，这份祖耀并未在现实中留下多少羽记，今天的它和它喂养的市井，看上去和别的地方一模一样。就像中国的各个城市，除了老人的方言和几样小吃，实在贡献不出什么异地感。可在历史上，它们曾多么个性鲜明、卓尔不群啊。

我像梦游一样来了，没有索引，没有向导，没有依傍。某个黄昏，当我骑车行至城郊一处废码头时，我停下来，注视那条睡着了的水，那条贯通南北、运输过大半个中国的水。晚霞洇红了河面，碎金汹涌，似万千锦鲤……恍惚间，我竟泪流满面，我觉得自己是乘船来的，从很远的时空，搭一条寂寞的船，搁浅了，就待了下来。

一晃十年。

它对我确实不错，那是我尽情生活的十年；是我心神飞驰、奋力用笔的十年；是我保持精神上单身的十年。后来，我对年轻人说：若想活得真实，活出新意，重获生命的起点和知觉，你一定要去异乡。

去异乡，是你摆脱群居和惯性、逃离熟人社会和影子人生的唯一路径。

在这儿，因为没有血缘，没有家谱和乡谊，没有前辈的热望、叮咛和斧正，所以你是寂静的、独立的。你与所有人的天然距离都一样，与外界只有精神联系，没有世俗约定。你可以尽情地活，像婴儿一样地活，活出一个未知的你。

在这儿，所有的结营和友谊，都凭嗅觉，都源于生命的相似和同质。

我青春时代的朋友，黏合的方式，多和寻书有关。师专外的深巷里，有一家私人书铺，售《方法》《书屋》《天涯》等杂志，凡染指它们的客人，店主仿佛有某种义务，总要撮合大家相识。那会儿没有手机，电话也不方便，每回去，店主总要说，某某某找你，然后进里屋，摸出一张字条来。那情形，常让我想起电影里的“地下交通站”。

去年惊悉，那群书友中，有两位已不在人间，我们最后一次碰面，对方才而立之年。如今，只要一想到，我再也收不到他们的字条了，即不禁眼角湿润，即会想起爱伦堡的那个书名：人、岁月、生活……

还有那所学校，它对我的恩惠，用朋友的话说是“令人发指”：我可以不参会（我反感被点名和诺诺应到的仪式），不监考（我厌恶任何窥视和监控别人的行为），回避上午课（我的早晨通常从中午才开始），不接受任何考评，请假一律获允……当然，我也逃脱了体制内的所有好处，比如职称、荣誉之类。我像一只主动让尾的壁虎。

对于一个异类，它选择了睁一只眼闭一只眼。

我感激它，感激其慵散的性格。它始终沉默，毫无驯服我的意思，直到我像风一样跑远。

我把这一切，归功于古城的博大胸怀。帮助我的，是它的古老基因。人家什么没见识过？什么样的人没诞生过，没接纳过？面对那份淡定和大度，我只有羞惭的份。

多年后，当地报社邀我写几句“新年致辞”，我说：“感谢古槐路上的那些槐树，以其岁月的繁茂、深阔和慈祥，收留了一个异乡人的梦，接纳了我青春的任性和轻狂……希望它盛大的荫凉，继续庇护如我一样的年轻人。”

在古城，我对夜晚的熟悉远胜于白天。

我习惯在别人结束的时候开始某件事情。

我每天的兴奋，来自于看夕阳西下，看世界像一块烙铁，从猩红、滚烫、凌乱，一点点变凉，变得温柔、明晰、宁静。

夜色是一种罩护，是一种隔离，也是一种抚慰。哪个人的身心没有白昼碾过的车辙？没有众人踩过的泥泞？

夜色，让一个人在群居之后，逐渐恢复灵魂上的单身。

喜欢在深夜里读写，或去老城颓败的石板巷里漫步，此时星空下的生活者，是拾荒人、流浪汉和野猫，他们分享的，往往是一只垃圾桶。

深夜。深夜意味着什么呢？

并不意味着隐匿和逃遁，相反，它意味着显形、解禁、获释；意味着无数事物从角落里走出来，犹如蝙蝠离开了自己的阴影；意味着通往殿堂的一道道幽门被打开；意味着一个人在公众退场后开始登场。我初到北京那几年，总喜欢搭乘最后一班公交，此时的街道，焕然一新，没有任何多余的东西，醒目的是音乐洒水车，行驶得那么柔软，像儿童抱着他的玩具，被摇篮曲看护着。

青春的特征是空荡，是孤独。夜，又是最能分泌并确认孤独的。多年后我发现，对于冥想者和创造者来说，孤独，是多么大的精神优势。它一点不需要同情，只能被怀念和羡慕。

深夜里，人会有一种极致的能力。

有一种视力，只有夜里才会苏醒。

有一种羽翅，只有夜里才会振奋。

深夜里，我的状态，我的思绪，并非行走，而是飞舞。盘旋着，激荡着，闪着光，像流萤，像某种在天亮前坠落的蝶。

除了儿童，我恐怕是古城里仰望星空最多的人。

那时候，星星已经很少了。

喜欢梭罗的一句诗：“那在制度之外的，那在最远一颗星后面的，那在亚当以前的，那在末代之后的……”

北方，北方

我对走夜路记忆很深，尤其长途。

1992年夏，大学毕业的次年，单位组织去北戴河。

暮色中，大客车沉重地发动了。从鲁西南向东，向北，车灯像雪白的刺刀，一头扎进华北平原的苍茫里。一路上，我偎着末排车窗，将玻璃拉开一条缝，让风扑打着脸。

夜色迷离，脑海里飞舞着群蝗般的念头：政治的、文学的、电影的、古今的、现实的与虚构的……似乎并非在旅行，倒像是一个化了装的逃亡者，一个隐私超重或携带违禁理想的人，一个穿越历史江湖的游侠，一个投奔信仰或爱情的左翼青年……

渐渐，鼾声四起，整辆车成了我一个人的马匹，脱缰的感觉，千里走单骑的感觉，浩荡而幸福。伴着满天繁星，我看见了蝌蚪般的村庄，看见了泰山，看见了黄河，夜色中，它们恢复了古老的威仪……看见了灯火未凉的京津城廓，影影绰绰，像遥远的宫阙，像刚经历了一场辉煌或浩劫。再向东，向北，我看见了山海关和玄铁般的山体，它像牢房，关押着狼嗥声、剑戟声、喊杀声……黎明时，我闻见了礁石的气息，海带的腥味，我听见了巨大水体的澎湃声，那播放了几十万年的老唱片。

兴奋，睡不着，都因为太青春了。

青春，内心有汹涌和迷幻，血液里埋着可燃物。

那是我第一次去看海，第一次醒着穿越那么完整的夜，第一次把陆地走到了消失为止。

这样的经历未再有，但它常帮我忆起一些涉夜的细节，比如：儿时滂沱雨夜里的钟摆声、丁香花开和窗台上的猫叫；《夜行驿车》中安徒生那火柴般倏然明灭的恋情；托尔斯泰午夜出走的马车和弥留小站；我的师友、作家刘烨园曾用过的网名“夜驿车”……

我生活中重要的人和事，皆是在深夜入场的。

十年后，给央视《社会记录》做策划时，我说：一档深夜节目，它要有深夜气质和深夜属性，你要知道此刻哪些人醒着，他们是谁？为什么？

你要重视深夜和你发生联系的人，那是灵魂纷纷出动之际，那是一天中生命最诚实、最接近真相之时。

那场千里夜行，还奠定了我对“北方”整体的精神印象：无论于地理或人文，它都让我想到了“辽阔”“严酷”“苍凉”“豪迈”“忧愤”“决绝”这些词，想到了朔风凛冽中的苏武牧羊、昭君出塞，想到了燕赵的“多慷慨悲歌之士”；作为历史器皿和时间剧场，它适于上演飞沙走石、铁马冰河、刀光剑影，适于排练政治、史诗、烽火、苦难和牺牲；较之南方的橙色和诗意，它是灰色和理性的，有着天然的冷调气质和悲剧氛围。就像五岳之首的泰山，少灵秀，但巍巍然、磐重巨制，方位、形貌、质地、褶皱，尽显“王者”“社稷”之象，是权力录取了它。

北方，北方。

随着年龄，我越来越确信，自己血脉里住着它的基因。我性格成分中的忧郁、激烈、锋芒、刚性、爆发力……都源于它。是它，在意志、秉性上给了我某种冷峻、坚硬、深沉和笔直的东西，尤其对家国、信仰、英雄、正义等高大事物的热忱。

我向日葵般飘扬的青春，我野狼般呼啸的青春，我麦芒般嘹亮的青春，我裹在立领大衣里桀骜不驯的青春，是北方给的。我的良知，我的血性，是北方的疾风唤醒的。

我是它的孩子，我是它的人。

南方，南方

在西双版纳，听当地人说过一句：这块土地，杵下一根拐杖都能发芽。

何等恣肆、何等繁华的生长啊，我这个北方人羡妒不已。

我想起故土乡壤的贫瘠，想起了它在“生长”上的严苛和吝啬，想起了它历史上的荒年，想起那些把树叶树皮都啃光了还难逃一死的命运。“温饱”“饥馁”“果腹”，这类于北方极为严肃和真切的词，在这儿，显得遥远而陌生。

精神基因上，我是典型的北方人，但在感官、本能和生长习性上，我的需求更像一株简单的植物，我不喜北方的气候和水土，不喜它的极端环境和偏激事物。就像我对权力和政治的态度，那是一种人质式的亲密，关心它是因为它骑在你头上。在北方久了，地理和物质上的冷硬、干涸、粗砺、阴霾，会投射进一个人的心里，生成焦灼、皴裂、愤懑和荒凉。终于，我暗恋起了温润、和煦、荡漾、明澈……其实，无论生理或灵魂，我都隐隐渴望“南方”的降临，我需要她来补救，需要她的风情，她的软语，她的甜糯和芬芳，她的诗意和雅致。

我需要很多很多的水和花。

我甚至觉得，一个时代、一个社会的进步，就是从“北方”特征分娩出更多的“南方”特征来：从暴烈走向平和，从躁急走向舒缓，从严苛走向宽容，从斗争走向财富，从权威走向庶民，从广场走向庭院，从繁重走向闲暇，从诅咒走向赞美，从岩石走向花卉。

从历史上看，文人的爱情和幸福时光大多在江南；北方滞留的，往往是文人的凄苦、沉疴和荒冢。其究竟，南方除了居庙堂之远、权力松弛外，更与大自然的性情、市井生活的细腻和熨帖有关。无论皮肉之苦或灵魂之疾，江南水土都有颐养和治愈的功能。

南北民间，文化性情不同，生命注意力也有别。同事讲一趣事，某时政节目主持人去广东，一下飞机便急急掏出墨镜来，同事调侃，说不必，这儿乡亲不认得咱们，果然，全程无扰。

南方，是聚精会神、埋头生活的地方。它支持一个人只关心生活自身和日常内部。

近年，南行的次数越来越多。

愈发喜欢看莺飞草长、月笼烟雨，看高涨的如欢呼般的莲叶，看富饶的阳光、被照亮的事物及其纹理；喜欢临一大面湖水，看波光浩淼、菖蒲丰茂，心里即有飞鸟的喜悦；喜欢那加了糖的空气，香樟、桂花、栀子、茉莉，那份免费蜜饯给人以幸福感，让你唇齿生津，让你觉得世间一切悲苦皆可忍受；喜欢走着走着，路旁突然斜出鲜艳陌生的花果来，看它们野性十足、情欲昂然的样子，你会感喟“万物生长”一词；喜欢于山顶或缆车上，俯瞰郁郁葱葱、蓬蓬勃勃的密林，感受那生命力的原始、澎湃和不朽……

无疑，梅林、园圃、茶竹、芭蕉、琴榭、井泉、轩窗……这些生活之词和舒适想法占据了我。

一个北方男子的身心，是很容易被江南俘获的。被它关于人生和爱情的种种许愿与记载，被它盛大的烟雨、清幽的莲雾和香艳的传说。

在这个世界上，你要有两个世界

在北方，你会渴望南方的雨和阔叶。

在南方，你会怀念北方的雪和深秋。

灵魂上，我是一只候鸟。

我需要一个“彼在”，需要另一个端点，让生命处于思念和奔波的状态，像一只南北穿梭的燕子。

那年，在云南小憩，见一处青山环绕的新开楼盘，怦然心动，顿生认领之意，朋友摇头，帮我算了笔账，说使用率和性价比太低，不如住客栈。我反对，我的想法是：有一个远方的“家”，你对之即有了牵挂和义务，它会召唤你完成一次又一次的履约，你要去，你必须去填充它。

最终作罢，是因为窗景欠佳，有售的那套房，迎对的竟是山体曲线中最不婀娜的一段，仿佛对面一美女，可沿你的角度看去，既非美女的脖颈，亦非肩头或腰肢。

朋友们大笑：典型处女座。

我是一个复合型的人。我需要两个世界的对称：童话与成年，虚拟与现实，私人与公共，拒绝与接纳。就像日月之于地球，两只手、两条腿之于人。

这些年，我一边私人化写作，一边做新闻媒体。其实，这是气质和状态都截然相反的两件事。文学写作，能把一个人带入理想主义私域，那是一块精神自留地，独立、诚实、纯粹，怎么拾掇都不过分，这个时代，你很难找到比它更干净且完全由自己说了算的事了。做新闻，就是同时代的疾病打交道，它会让一个人见证更多的社会阴暗，蒙受更多的荆棘和硝烟，但它让你活得接地气，让你与全世界保持最及时、最紧密的联系，体会生存的难度与复杂；同时，它赋予你这样的公民角色：你在参与塑造并改变着自己的环境，你不是一个旁观者或缺席者，你不是一个无力的受众，不是一个消极的受害者。

写作，是一个人与自己对话的方式，它倾注了你的爱、浪漫和肯定；媒体，是一个人与广场对话的方式，它表达着你的理性、逻辑和反对。前者让你体验着积极与自由，后者让你意识到公共与责任。

我遵奉两句话——

一是鲁迅说的：“无穷的远方，无数的人们，都和我有关。”

一是我自己的：“所谓自由，就是一个人能决定哪些事与自己有关或无关。”

前者启蒙了我的良知与义务。后者保障了我的闲暇和清宁。

2003年，在一档电视新闻节目的筹备会上，围绕它的价值观和选题方向，我提出了两个词：良知和审美。

良知，是基于美德和理性的社会批评，或者说审丑。它的内驱，是因为善与美、公平与正义遇到了敌人，威胁和侵害她们的因素太多，所以要抗争，要保卫，要追求改变。但归根到底，审美才是人生的本愿，我们天然不是来斗争的，而是来生活的，是目不转睛、虔敬深沉地生活。自然、艺术、美学、创造、情爱、幸福……这些相关字眼，才是你奔赴人世的标的，才是你热爱生命的理由和证词。

所以，我既推崇鲁迅、胡适等人间批评家，又赞许丰子恺、王世襄之美学专业户和生活主义者。

于是，那档节目便有了双重气质：理性和浪漫，尖锐和温情，愤怒与颔首。它可以执批评之刃，以专业手法，剥洋葱一般，抵达事件的真相和人性的幽暗；它可以用微笑的语气，讲述一个感人故事、一种个性活法、一场诗意人生，把新闻事件解读成心灵事件。

我参与的所有节目，都盛放着我的爱、恨和平静。

我曾在一本书的封底写道：

“即使在一个糟糕透顶的时代，一个心境被严重干扰的时代，我们能否在抵抗阴暗和障碍之余，在深深的疲惫和消极之后——仍为自己积攒下一些美好、明净的生命时日，以不致辜负一生。”

以我的天性，本应是一个纯粹的审美者，一个理想主义的生活者，但现实不支持，只好活成了现在这个样子。20世纪末，我出版处女作《激动的舌头》时，刘烨园先生做过一则书评，题目叫《当“唯美”受阻之后》，很准确，是这么回事。

夜航船

“你是个走夜路的人。”

朋友的话继续生效。这些年，夜色愈浓。

我愈发觉得，自己生活在这个时代的夜晚。就像我所有做过的电视节目，都是深夜播出，《社会记录》《24小时》《看见》……

同时隐隐感觉，走水路的时候更多了一些。

平生第一次乘船，23岁。傍晚，背着包，撑着伞，在杭州的运河码头上了船。整整一夜的梅雨，昏迷的河水，简陋的堤坝，混沌的马达声，我并不沮丧，一宿未眠，枕旁是明人张岱的《夜航船》，脑子里想着“江湖夜雨十年灯”“夜半钟声到客船”等句子……曙色出笼时，我看见了苏州，我看见了她的脸。

这是我第一次看见她。

第一眼即喜欢上了她。

当脚离开甲板，跨上湿漉漉的石阶时，我留意到了自己“向上”的动作，我很满意这个仪式：我是乘船来的，我是登上她的。

是的，我登临了姑苏城。

我想，许多年前，那些油纸伞，那些长衫客，应是以同样方式抵达她的吧。这座城，你须慢慢来，无声地、寂寞地来，在雨天。

这是一座爱情繁忙的城池。

桨声柳影，藕花深处，许多清凉的女子，进进出出。

西施、虞姬、叶小鸾、柳如是、董小宛、陈圆圆……她们皆踏波而来，泛舟而去。美，适合走水路，旱地太粗砺。

她们是文学和时间的恋人。

凡美，无不以悲剧存档。

爱情叫人幸福，但它让人快乐吗？

不，它只是在事后看来，在阅读者看来，仿佛一种快乐。爱情在其大部分时间里，乃一种生命凌乱了的状态，一种眩晕、刺痛和折磨，类似疾病。

爱情的降临毫无逻辑，仿佛一朵杏花，高处坠落，你刚巧路过，被砸中，不省人事。

男女间的亲密有两种，一种拥抱了皮肉，一种拥抱了骨骼。在线订小说里，在深夜古琴中，在苏州评弹、昆曲唱腔间，你常听见骨骼撞击的声音，像玉碎，让人痛彻，隐隐动容。

真正的爱情，参与者稀少。大部分人只是观众，一辈子偷享别人的故事。

我对姑苏的印象，是从童年开始的。

那时，父亲总喜欢贴一些“中国风光”的年画，其中有“苏州园林”和“北京名胜”，我隐隐觉出，自己是偏爱南方的，尤其芭蕉、粽竹、山茶、蒲葵、玉兰、绿萝……为我生平未见，那肥硕的绿意，水汪汪的翠色，让我欢欣鼓舞，觉得“生长”是如此简单和幸福。

还有一点，在年少的我看来，南方园子是用来住的，不是用来供的。曲水叠石间，似有人影婆娑、暗香浮动，似有浅浅的笑声琴语传出。

南北建筑之形体、气质迥异，北者显恢宏、绮丽、堂皇，有贵胄之气和凌骄之势；南者泛幽微、静谧、柔情，散着舒适感和亲和力。后来我明白了，一则是庙堂，一则是民间；京城乃御苑，江南乃私庭。我对这个“私”感兴趣，心想，这大概算中国人最美的“家”了罢。而令我费解的是：既然是人家辛辛苦苦造的私宅，何以成了大家的“公园”呢？若始料今日，主人还有那兴致吗？

许多年后，当我缓步于晋中平原、浙皖深山，惊叹于那些深阔美奂的世家大宅时，该疑问又再次浮上。我忍不住打听其后人下落，要知道，于今的所谓文化遗产，那一砖一石，一雕一柱，皆人家满世界采集来的啊，凝聚了几辈人的勤勉、雅兴和银两。

父亲的年画，让我对江南、对吴越，情窦初开。

前面说过，我毕业后客居的那座城，竟然就位于大运河的中枢，有“江北小苏州”之称。河道穿城而过，留下了许多石桥和老码头。也就是说，一条鱼，若有意，可从太湖甚至西湖游至这儿。同样，若弄到一叶小舟，从这儿起橹，半个月功夫，即可经扬州至苏锡、钱塘。某年春，和一位写诗的朋友夜游到一座石拱桥上，望着千年的冷水，他突然冒出一句：

“腰缠十万贯，骑鹤下扬州。”

一瞬间，我觉得月色特别迷人，像女人微微的窃笑。

后来，他不写诗了，再后来，有了很多钱。

不知他是否还惦念着遥远的扬州。

结语

发现“南方”，于我是一场拯救和修复。

于我干燥的精神体质和私人生活，于我常年做新闻积下的沉郁和钝痛，于我被理性和逻辑折磨的面孔……她的水，她的花，都是一种及时的感性滋养和美学浸润。

朋友调侃：江南的甜食，会不会让你骨头变酥？

我笑曰不会。

别忘了，江南不仅有园林，还有“东林”；姑苏除了桃花柳照、胭脂粉词，还有金圣叹和《五人墓碑记》的故事。

日前，无锡召集文化论坛，邀我给当地写一段话。

我抄录于此，且作本文的小结吧——

“这些年，凡往江南，必徘徊无锡。这是一座有氤氲感的城市，我喜欢鼋头渚的浩淼烟波、寄畅园的幽微清凉、南长街的精致市井……它们分别满足了我对人生之‘显’和‘隐’的想象。尤喜它的美食，甜糯、温婉、柔绵，用一句‘藕花深处’形容再恰当不过。我以为，‘东林’

士子的家国使命和清洁的灵魂诉求，近现代的工商文化、财富观和经营观，应该是无锡精神的两张名片，它们对智识、生活、资财、信仰的安顿和价值观设计，具有传统和现代的双重意义，在国人的精神资源中，是极富光芒和瑰色的。这些皆拜太湖所赐，是太湖的辽阔、空濛、通达与富饶启蒙了它们。另外，无锡最让我迷恋的，是它带来的灵魂上的舒适感和微醺感，一个北方文人的身心是很容易被江南俘获的，比如在我眼里，‘烟雨’和‘桂香’不仅是江南的尤物，更是江南的灵魂，于我有着致命诱惑。在无锡，我遇见过最美的烟雨和最甜的桂香……感谢那些把我带上雨夜山冈的人，感谢那些引我步入桂花幽径的人。太湖的美，与人有关，与书卷有关，与人的气质和气息有关。”

言无锡，实江南。

2019 年 7 月 14 日夜，北京双桥

01 第一辑

轮椅上的那个年轻人，起身走了

01 +

北京的园子里，地坛，是我颇觉乏味的一个，水泥砖太满，草木受欺，一个有想象力的人进去会难受。尤其是盛夏，像抽干了水的池子，让人焦灼。

即便如此，在我心里，仍是器重它的。地坛，是个重量级的精神名词，因为一个人和一篇散文。

二十年前，大学的最后一个夏天，在阅览室乱翻，忽遇一文，不觉间，身子肃立起来。很想一个人逃走，躲开众目，找一个身心无所顾忌的角落，慢慢享用。

它把我拐跑了，去了很远的地方，那儿长满荒草和古柏，除了僻静、空荡和潮湿的虫鸣，只剩一位小伙子和他的轮椅。那个脸色苍白、被孤独笼罩的青年，那个消沉倦怠、无事可做的青年，那个在灿烂之年猝然摔倒的青年，终日躲在其中，在墙角、在荫下，漫无边际地冥想，关于青春、疾病、身体、梦想、活着的意义……与之相伴的，只有光影、落叶和硕大的年轮。暮色苍茫时，母亲细弱的寻唤，云丝般飘来，他选择答应，或沉默。

“这是个废弃的园子。”这个自感被废弃的人长叹，彼此同病相怜。

“搬过几次家，搬来搬去总在它周围，且越搬越近了。我常觉得这中间有宿命的味道：仿佛这古园就是为了等我。”

对一个刚结束身体发育、精神正闹饥荒的学生来说，那个阅览室的下午，犹如节日。黄昏时，他一溜烟跑向复印室，把整篇文章揣进书包。

《我与地坛》，史铁生，《上海文学》1991 年第 1 期。

大概又过了十年，我才真正跨进那园子。

对它，我早早存下了一份敬意和暗恋，仿佛那并非公园，而是一个人的心灵私宅、精神故居。其间的一草一木，都是被喂养过的，被一个年轻人的寂寞，被他的时针，被他心里的荒凉和云烟。

入门前，我迟疑了，顿住，觉得不该这么随便进去，似乎需要一个仪式，该向谁通报一声。而且它不应收门票的，或者，访客带一册书刊，收有《我与地坛》的那种，权当名帖或请柬了。如此，我才觉得不鲁莽，才觉得被邀请了，经了主人同意。

> 四百多年里，它剥蚀了古殿檐头浮夸的琉璃，淡褪了门壁上炫耀的朱红……十五年前的一个下午，我摇着轮椅进入园中，它为一个失魂落魄的人把一切都准备好了。那时，太阳循着亘古不变的路途正越来越大，越红。在满园弥漫的沉静光芒中，一个人

更容易看到时间，并看见自己的身影。

我东张西望，找什么呢？同伴问。

我不吱声。我找一个轮椅上的年轻人，找他的车辙，找端详过他和被他端详过的东西。我很急切，一个年轻人对另一个年轻人的急切。

其实我不该来。地坛早没了文中描述的清寂，修饬一新的它，像个思想被改造过的人，像个刚理过发的新兵，熨烫严整的制服，风纪扣都系紧了。没了杂草裸土，没了野性、不规则和迷失感，没了可藏身的自由。印象中，它该是茂盛深邃、曲幽弯折的，没有头绪，能藏得住很多东西，能收留很多的人和事。

它变肤浅了。

枉带了相机，没拍一张。因为我不知当年的小伙子会在哪儿泊他的轮椅，哪儿可安置那些缤纷狂乱的念头，找不到这样的地方。

我对身边人嘟囔：地坛，“地”太少了！大地之坛，怎么可以缺了泥土呢？

终于确信：那人走了，不住这儿了。

我也该走了。没事我就不来了。

但我知道他在这座城里，他在一个人生病。

那种病，漫长、坚忍、安静，犹如事业。

如果说世上有什么纯属私事，那就是生病。生病会让一个人的身体极度孤独，也会让精神极度纯粹，尤其是上帝给他的那种病。

02 +

无论作品或生涯、肉体或精神，史铁生都是和“死亡”、“意义”、“归宿”（“终极”）深深打交道的那类人，也是最亲近灵魂真相和永恒元素的那类人，我称之为“生命修士”。

疾病，在常人身上是纯苦的累赘，在他那儿，却成了哲学，成了修行，成了生命中最普通的行李。他让你发现：原来，肉体可以居住在精神里，世界可以折叠成一副轮椅。

“职业是生病，业余在写作。”他笑得晴朗，像秋天。

一个以告别方式生活的人，一个倒着向前走的人。

他的从容、镇静、平淡，他健康无比的神色，让你醒悟：焦虑、惊惧、凄愁、急迫、怨愤——是多大的荒谬与失误。不应该，也没理由。

> 死是一件不必急于求成的事，死是一个必然会降临的节日。

他说中了。他注解了自己。

2010年最后一天，上午醒来，我的手机短信，进入最多的，不是“新年快乐”，而是——“史铁生走了”。

> 时间不早了可我一刻也不想离开你，一刻也不想离开你可时间毕竟是不早了。

他赶上了新年，赶在了宇宙新旧交替之际，愈发像个仪式。

我并不悲伤，甚至不觉得是个噩耗。它更像个消息，一个由他本人发布的通知。

我只觉得周围的景物有点恍惚，显得空荡、陌生。

对很多喜欢或热爱的人，我们并不期待撞面，只知彼此同在就满足了。当有一天，对方突然离去，我们最大的感受，或许并非痛苦，而是失落，是孤独，是对“空位”的不适应。就像影院里看电影，忽然身边的人起身走了，留下个空座，你会不安，盼那个陌生人再回来……

那天的短信中，有位母亲说，她特意朗读了《我与地坛》，儿子静静地听……孩子小，不知发生了什么，但说了句，妈妈你念得真好。和我一样，她不悲痛，只是想念和感激。

因为他从来不是一个悲剧。

新年的钟声响了，在稀疏的报道中，我知道了些最后的情景——

清晨3点46分，因脑溢血在北京宣武医院去世。6时许，按其遗愿，肝脏被移植给天津一位病人。上午，在该院脑外科的交班会上，一位教授向同事深情地说："从昨天夜里到今天凌晨，有位伟大的中国作家，从我们这里走了。他，用自己充满磨难的一生，实践了生前的两条诺言，呼吸时要有尊严地活着，临走时，他又毫不吝惜地将身体的一部分传递给了别人。我自己、我们全科、我们全院、我们全国的脑外科大夫，都要向他——史铁生先生致以崇高的敬意。"

03 +

那个轮椅上的人，起身走了，几乎带着微笑。

按他的说法，这不是突然，是准时，是如期。

那一天，世上的喜悦并未减少。那一天，会有很多婴儿来到世间，很多新的人生正徐徐展开，像蝴蝶般试验自己的翅膀。

多年后，在中学课本里，这群长大的孩子会邂逅一篇叫《我与地坛》的散文，会像那轮椅上的年轻人一样，思考青春、梦想、活着的意义……

那是所有人都会遇到的考题。所有答卷中，有一份完美的卷子，那个考生，叫史铁生。

如今，我可以正式地怀念他、毫不吝啬地赞美他了。

他属于那种人——

他们以自己的生活、创造、体态和穿越岁月时的神情，给时代肖像、给人类精神添加着美、尊严和荣誉。

正因空气中有其体温，树木上有其指纹，这世界才不荒凉，街道才不冰冷，人群才不丑陋。他们不会让天变蓝，却让大家对天空保持积极的想象。他不能搬开大地上的垃圾，无力拔除民间疾苦，却让我们觉得可以忍受，可以坚持，继续对时代留有信心与好感。

无论遭遇什么，只要一想到，人群中还有他们，大家一起走，一起唱，一起看花开花落、云舒云卷，一起承担每个晴朗或昏暗的时日……我们即会坚称这世界很美好，这人生值得过。无论个体命运多么黯淡，只要一想到，这是个曾来过孔子、苏格拉底、李白、普希金、莫扎特、贝多芬、安徒生、莎士比亚、罗曼·罗兰、丰子恺、阿赫玛托娃、德兰修女、几米漫画、丁丁历险记的世界，这是留有其遗产和故居的世界，我们即会情不自禁地微笑，对生活作出肯定性的投票。

与之为伍，共沐风雨或隔代相望，这是我们热爱生活的重要依据，也是幸福感的来源之一。

史铁生，即为其中一员，他是他们中的一个成分。

往日，我们若无其事地分享他，习以为常，直到他走了，才倏然一惊：他多么重要！多么值得感谢！

04 +

最后，我还想对地坛说点什么。

年初，我又悄悄来看过你一回。

我来，只是想告诉你，轮椅上的那个小伙子走了。

我猜，远行前，他的灵魂肯定也来过，向你告别。

我来，还想告诉你，我觉得你应该做点什么。
比如，在一棵树下，种植一位年轻人的雕像。
甚至，甚至可邀请他长眠于此，如果他愿意。

2012 年

我们无处安放的哀伤

如果不相信灵魂不死，我们何以忍受这样的悲恸和绝望。

——题记

01 +

它是怎么来的？

5月12日，央视南院。那个阳光还算灿烂的下午，正在餐厅淘影碟，有人突然闯进来，表情怪异：地在动？动？

回到楼上，各栏目间已嘈成一团，所有人都站着，手机、座机不停敲键，成都、绵阳、都江堰……听筒里传来的全是沉寂。空荡、可怕的忙音，这是生死未卜的忙音，这是与世隔绝的忙音……至今，这忙音仍幻听般住在我耳朵里。

那是生命突然失明的感觉，它让你怀疑时空的真实性。

远方，远方怎么啦？难以置信的集体失踪！那股空白和哑然，是科幻片里才有的恐怖……你甚至觉得并非对方有问题，而是自己遭遇了不测。是的，我们被远方抛弃了、开除了、遗忘了。

没任何预兆，在最意想不到的时候。大半个中国被袭击。

我们目瞪口呆。

一时间，忘了火炬往哪儿传，传到了哪儿。

几天后，有人这样描述那一刹的降临："家门口，常有载重大货车过往，12号午后，又一阵轰隆隆，隔壁老曾没遇到这么大的动静，正准备出来骂街，没到门口地就晃了……事后才知，是北川那边的山塌了。"

所有活着的人，都只剩下一个身份：幸存者。生死存亡，简单到了无以复加的地步，仅仅因为距离，因为你脚踩的位置，因为你恰好走到了某处。

我突然看清了一个事实：人生，很大程度上不过是"余生"。

我不会忘记那幅照片：一只石英钟睡在瓦砾间，指针对准14时28分。

这是它扔下的第一个夜晚。守着电视待到天亮，我觉得入睡是可耻的。我知道，这个大雨滂沱的夜里，很多人会死去，很多灵魂会孤独远行……这样的夜，和一亿年前的夜没区别，冰冷无声，没有光亮，没有站着的东西……这样的夜，他们应有人陪。

13日下午，给已飞赴灾区的同事发了条短信：人最容易夜里死去，给废墟一点声音、一点光，哪怕用手机，让生命挺到天亮……

汶川、北川、青川……中国版图上，没有谁像你镶嵌如此多的“川”字，然而现在，正是这一个个“川”，刺痛着泪腺和肋骨。知道吗，就在不久前，我还在《中国国家地理》“新天府评选”的对话中，大肆谄媚你天堂般的诗意，以你为例，滔滔不绝地鼓吹：“‘天府’就是沃土和乐土，就是全世界乞丐和懒汉都向往的地方……”想想忍不住脸红，你就这样羞辱了我。

是的，正因为那一个个“川”，才有了你的曲线和妖娆，才有了你深寺的桃花、竹林的茶香、马帮的铃声、雪山上的梦境……知道吗？你的美曾让我神魂颠倒，感动得我泪流满面。然而今天，这美竟成了天堑，成了饕餮之口，成了生离死别、咫尺千里的险阻，成了让人诅咒的墓穴……当然，这不是你的错。其实，我只是不敢正视你的罪。

是的，大地，我不恨你，即使你犯了天大的错。我只能不可救药地爱你，别无选择。

02 +

窗外，一排粗壮的白杨，密匝的枝头几乎贴到了玻璃。这些天，每见这些无动于衷的叶子，我总会想，在川西，在那十万平方公里的震墟上，最高者莫过于这些树了吧。想着想着，就会发呆，眼前掠过一些景象。

这个 5 月，一个人要想掩饰泪水实在太难。

我为那些来自前方的哭诉而流泪：消失的山峦、消失的村寨、消失的炊烟、消失的繁华……无数个家叠在了一起，叠成薄薄的一层瓦砾，肉眼望去，废墟一览无余。一条条川路被拧成了麻花，裂口深得能埋下轮胎，几千公里的盘旋路上会盘旋多少车？那一天，几乎没有车辆能到达目的地。

我为那些随处可见的情景而流泪：瓦砾上，一群无精打采的鸽子，一只不知所措的小狗的眼神，它们像忧郁的孤儿；天在哭，一位母亲站在废墟上，撑着伞，儿子被整栋楼最重的十字梁压住了，只露出头，母亲不分昼夜地守着；一位丈夫用绳子将妻子的遗体绑在背上，跨上破旧的摩托车，他要把她带走，去一个干净的地方，男女贴得那么实，抱得那么紧，像是去蜜月旅行。

我为那些声音而流泪：一个10岁女孩在废墟下坚持了六十个小时，被挖出十分钟后去世，凋谢之前，她说“我饿得想吃泥”；教学楼废墟上，由于坍方险情，救援被命令暂停，一位战士跪下来大哭，对死死拖住他的同伴喊：“让我再去救一个！求你们让我再救一个！”

我为那些永远的姿势而流泪：巨石下，男子的身体呈弓形死死地罩着底下的女子，女子紧抱男子，两具遗体无法拆散，只好一起下葬；一位中学老师，撑开双臂护在课桌上，这个动作让四名学生活了下来……

我为一排牙印而流泪：当一具具遗体入土时，一个小姑娘哭喊着冲过封锁线，士兵上前劝慰，突然，小姑娘抓起了一只胳膊，猛咬下去，胳膊一动没动，小姑娘又拔出胸针，对着它狠狠扎下……事后，士兵说：“如果我的痛能减轻她的痛，就让她咬吧。”

我为最后的哺乳而流泪：一个年轻的妈妈蜷缩着，上衣向上掀起，已停止呼吸，怀里的女婴依然含乳沉睡。当女婴被轻轻抱起，与乳头分开时，立即哇哇大哭……

我为那些伟大的诀别而流泪：震墟下，李佳萍鼓励身边的学生，一定要坚持，活下去，人生很美好……当预感自己快不行了的时候，她用尚能活动的手，把另一只手上的戒指摘下，塞给离她最近的邹红：“如果你能活着出去，把它交给我先生，告诉他和女儿，我爱他们，想他们。”杨云芬，一位被轮番救援了几十个小时的婆婆，在自感无望时，哀求大家不要再徒劳，去救别人，被一次次拒绝后，她用玻璃割破手腕，吞下金饰……在我看来，这份放弃和绝不放弃，同等伟大。

我为那些天真而流泪：一个只有几岁的漂亮男孩，在被抬上担架后，竟举起脏兮兮的小手，朝解放军叔叔敬了个礼；一个叫薛枭的少年，被送上救护车时，竟对周围说：“叔叔，我想喝可乐，要冰冻的。”面对这些未褪色的稚气，我总想起某首老歌，“亲爱的小孩，今天有没有哭，是否朋友都已经离去，留下带不走的孤独……是否遗失了心爱的礼物，在风中寻找，从清晨到日暮……”其实，我最想说的是，孩子，你们不需要太坚强，不坚强也是好孩子。

我为走远的读书声而流泪：14 时 28 分，这是个最威胁课堂的时刻。地震最大的伤口，最大的受难群，就是书包。聚源中学的风雨操场，成了五月中国最大的灵堂。孩子的遗照挂满了天空，像一盏盏风筝组建的班级。映秀镇小学校长的头发一夜间白了，他的四百个孩子，只剩下了百余人，镇上的长者哀叹，下一代没了……

我还为一名乞丐流泪：某地大街上，捐赠箱前来了个残疾人，他只有半个身子，撑一块木板滑行，大家都以为他只是路过，可他竟然停住了，举起盛满碎币的缸子……看这幅图片时，我的心头猛然揪紧，5 · 12 之后，这世上又要增添多少拐杖和轮椅啊，可敬的兄弟，你是在帮自己的同路人吗？

我还为那最后的遗憾而流泪：陈坚，这个被压了七十多个小时的汉子，这个在电视直播中脱口而出“各位观众各位朋友，晚上好”的人，这个戏称“世上第一个被三块预制板压得不能动弹”的人，这个在电话连线中告诉孕妻“我没啥远大目标，只想和你平淡过一辈子”的人，这个不忘为救援队喊“一、二、三”助威的人……就在被挖出、被抬上担架不久，竟再也不理睬他的观众了。

一位军医撕心裂肺地喊："陈坚，你这个浑蛋，为什么不挺住不挺住啊！"

是的，这是肉体对精神的背叛，本来我们以为它们是一回事，可实际上不是，两者一点也不成正比。肉体甚至像一个奸细，在我们最以为胜券在握的时候发动偷袭。

是的，我们哭得那么伤心，像一群被抛弃的孩子，像失去了最熟悉的亲人。是的，如果你活下来，你将创造一个完美的奇迹，你将以一场神话般的胜利拯救这些天来人类的自卑和虚弱，你将感动全世界，不，你已经感动了全世界。

想起了一句话：即使死了，也要活下去。

放心吧陈坚，今后的日子里，我们替你活着，生活你的全部。

人可以被毁灭，但不能被打败。

03 +

我为一座县城的湮灭而流泪：北川。

这个像火腿面包一样、被两片山紧紧夹住的城池，这个曾地动山摇、草木失色的地方，由于受损严重、山体松弛和堰塞湖之险，其废墟已无重建可能。从5月21日起，这座有着1400年县史的栖息地，将全面封闭，所有灾民和救援队撤出。等待它的，很可能是爆破或淹没。

画面上，那幅"欢迎您来到北川"的牌子，刺疼着我。

别了，北川。没有仪式，来不及留恋，来不及告别。

撤离前，他们在匆匆去家的瓦砾上，焚一叠纸、烧几炷香、挖一点可带走或自感重要的东西，一只箱子、一块腊肉、一兜衣物、一缕从亲人头上剪下的青丝……一个年轻人抱着一张婚纱照，捂在胸前，表情僵滞地往城外走。我知道，这是他唯一的生命行李了。

同事告诉我，撤离途中，常会有人突然掉头跑向高处，只为最后看一眼县城、老宅和那些刚刚拱起的新坟……

我彻底懂得了什么叫“背井离乡”。

前年，做唐山大地震三十周年纪念节目，曾看到一位母亲给儿子动情地描述：“地震前，唐山非常美，老矿务局辖区有花园、洋房，最漂亮的是铁菩萨山下的交际处……工人文化宫里面可真美啊，有座露天舞台，还有古典欧式的花墙，爬满了青藤……开滦矿务局有自己的体育馆，带跳台的游泳池，还有一个有落地窗的漂亮大舞厅……”

大地震的冷酷即于此，它将生活连根拔起，摧毁我们的视觉和记忆的全部基础。做那组纪念节目时，竟连一张旧唐山的图片都难觅。

震后，新一代的唐山人几乎完全失忆了。乃至一位美国人把他1972年途经此地时的旧照送来展览时，全唐山沸腾了。睹物思情，许多老人泣不成声。

故乡，不仅仅是一个地点和概念，它是有容颜的，它需要物像对称，需要视觉凭证，需要细节还原，哪怕蛛丝马迹、哪怕一井一石一树……否则，一个游子何以与眼前的故乡相认？

有人说过，百万唐山人虽同有一个祭日，却没有一个祭奠之地。三十年来，对亡灵的召唤，一直是街头一堆堆凌乱的纸灰。

莫非北川也要面临类似的命运？一代后人将要在妈妈的讲述中虚拟故乡的模样？还有那些不知亲人葬于何处的幸存者，无数个清明和祭日，他们将因拿不准方向而在空旷中哭泣，甚至不知该朝向哪一丛山冈……还有那些连一张亲人照片都没来得及挖出的人，未来的某个时分，他们将因记不清亲人的脸庞而自责，而失声痛哭……

遥知兄弟登高处，遍插茱萸少一人。

一代人的乡愁，一代人的祭日，一代人的哀伤……

我知道它何时开始，却不知它何时结束。

04 +

我将记住一位同事的号啕大哭。

5 月 21 日，在绵阳通往北川的山道上，一个老人挑着筐，踽踽而行。余震不断，北川已临封城。记者李小萌在回撤途中，迎面看见了这位逆行者，他太醒目了，因为已没人再走在他那个方向上……老人很瘦小，叫朱元荣，68 岁，家被震塌了，在绵阳救助点躲了一周后，惦念着地里的庄稼，想回去看看。

李小萌劝老人别往前走了，太危险。可老人执意回去："俺要回去看看，看看麦子熟了没有，好把它收了，也给国家减轻点负担。"

又从北川那边过来俩人，也挑着担，装着从家里刨出的一点吃食。他们也劝老人别回去："那边危险得很。"

李小萌："你现在这些东西，是你全部的家当吗？"

男子："是，就这些喽。"

李小萌："你家人呢？有孩子吗？"

男子："死喽，娃儿都死喽。"

李小萌："那你妻子呢？"

男子："老婆，我老婆也死喽。"

李小萌："还有其他家人吗？"

男子："我妈，她也死喽。"

李小萌："一家四口，就剩你一人了？"

男子："就剩我一个喽。"

另一男子："他们死的死喽，我们活下的要好好活。"

俩人与老人道声别，走了。

自始至终，他们的语调、神情都和老人一样，平静、轻淡，没一点多余的东西。

无奈，李小萌嘱咐老人把口罩戴好，路上小心。

走出了几十米，那背影似乎想起了什么，转过身喊："谢谢你们操心喽。"

孤独的扁担一点点远去，朝着空无一人的方向……几秒钟后，李小萌突然扭脸号啕大哭，那哭声很大、很剧烈，也很可怜……

当在电视上看到这几秒的哭时，我再次感到肩头发颤。虽然我已被它震撼过一回了，那是在编辑机房。事实上，小萌哭得比电视上更久更厉害，为"播出安全"，镜头被剪短了。按惯例，那哭是要整个被剪掉的，可那天竟意外地留住了。这是央视的幸运。

庄稼在那儿，庄稼人不能不回去——这是本分，是骨子里的基因，是祖祖辈辈的规矩。老人遵守的，就是这规矩。这就是事情的全部真相。

是啊，规矩就是真理。正是这真理，养活了无数的人。我，我们。

老乡们的平淡让我感动，李小萌的失态也让我感动。那哭属于职业之外，纯属个人，但它却让我对所拥有的职业充满敬意和幻想。

我还羡慕小萌，她终于不再隐瞒、不再克制、不再掩饰。

这些天来，我终于听到了自由的大哭。

哭和流泪不一样。放声大哭，是灵魂能量的一次迸溅、一次肆意的井喷。

它安放了我们无处安放的哀伤。

05 +

一个在震墟上待了半个月的新华社朋友说，回北京的第一个清晨，从昏睡中揉开眼，当隐约听到鸟叫、看见从窗帘缝中挤进的第一束光时，他掩面长泣……

他说难以置信这是真的，昨天还是废墟，还是阴雨连绵，还是和衣而卧……他说受不了这种异样，这是完全不同的两种空气，没有粉尘，没有螺旋桨、急救车、消防车、起重机的尖厉与轰鸣；脚踩在地上，没有颤巍巍的反射……他说受不了这静，太腐败了，有犯罪感，对不住昨天仍与之在一起的那些人，他说想再回去。

是的，我理解你说的。

是的，我们真的变了。从惊天动地的那一刹，生活变了很多。泪水让我们变得洁净，感动让我们变得柔软，撕裂让我们变得亲密，哀容让我们变得谦卑，大恸让我们变得慷慨，剧痛让我们对人生有了醒悟……72 小时的黑白世界，让我们前所未有地体会到了那个早就存在的“生命共同体”的存在。

那么，我们还会再变回去吗？惯性会让我们原路折返——会再次把我们打回原形、收入囊中吗？哪一个更像我们自己，更接近我们的本来和未来？

祝福这个“共同体”吧。它不能辜负那么大的牺牲，不能虚掷那么高的成本和代价。

即使不能飞翔，即使还要匍匐，也要一厘米一厘米地前行。

2008 年

周 际　摄

父与子

01 +

有一条街，父亲总不让儿子挨近，总要支个理由，悄悄绕开。

原来，这条街窝藏着全城的狗肉馆，一年到头，街边站满了栅笼，一只只憔悴的狗趴在里面，充当活物招牌。那条街上有股怪味，是恐惧的味道，是动物临终的味道，是血蒸发的味道，是告别身体的鲜毛皮在风里抽泣的味道……

这是个高尚的父亲。

他怕孩子吸入不良空气，他怕孩子的眼睛受伤，他怕幼小的心灵侵入毒素。他最怕的是，孩子在慢慢适应后变得坦然，在一次次惊愕和无能为力后变得麻木，最终，变成那路人中的一个。

我不知道，这对童话般的父子，在东躲西藏的世间能躲多久，在绕来绕去的路上能走多远。

但他们的存在，像金子般贵重。

他们改变了人群的成分，重新编辑了我对人间的印象。

想起了一个高山上的习俗：一个猎人，在和野兽搏斗后，要用泉水和树叶洗净脸再回家，以免眼里有未散尽的凶煞，附体在婴儿身上。孩子断奶前，猎人不能捕杀哺乳期的动物，不能带沾有血腥的兽皮回家，否则，孩子长大会成歹人。

这是个美丽的迷信。

大凡迷信，都有这般特点：后果不成立，但禁忌中包含的精神主张，却是高贵的。

02 +

深夜，欲搭一段美好时光入眠时，常把丰子恺的书搁枕边。

读漫画《趁爸爸不在》《瞻瞻的脚踏车》《爸爸回来了》《妹妹新娘子、弟弟新官人》，总忍不住笑出声。头重脚轻的小人儿，如雀、如花、如蜜饯，芬芳的童音、玻璃球似的吵闹、向日葵般的手臂……被他们簇拥着，几乎忘了那个时代的愁苦与险恶。

> 近来我的心为四事所占据了：天上的神明与星辰，人间的艺术与儿童，这小燕子似的一群儿女，是在人间与我因缘最深的儿童，他们在我心中占有与神明、星辰、艺术同等的地位。（《儿女》）

> 看见了社会里的虚伪骄矜，觉得成人大都已失本性，只有儿童天真烂漫，人格完整，这才是真正的“人”。于是变成了儿童

崇拜者。(《我的漫画》)

穿越浊世、历尽劫波的丰子恺，是顽强地将童心贯穿一生的人，是那种让你对“热爱生活”永远投赞成票的人。其身上，那种对万物的爱，那种对生活的肯定和修复态度，那种对美的义务，那种对灵魂的许愿，皆如此稳定，不依赖任何条件。儿童，是他的画材，也是他的宗教；是他的儿女，也是他的导师；是他的作业，也是他的课本；是他心灵的糖果，也是他思想的字母。儿童的想象、儿童的游戏、儿童的爱憎、儿童的语言和逻辑、儿童的自由与任性……都让他深深痴迷。

> 天地间最健全的心眼，只是孩子们的所有物，世间事物的真相，只有孩子们最明确、最完全地见到。(《给我的孩子们》)

在丰子恺眼里，有着一颗初心的童幼，才是真的人，才是明亮的人；童年，才是未篡改的人生，才是人生的画境。

幸运的是，生活奖励了他一大群“小燕子似的儿女”，让一个贫素之家变成了幸福伊甸，他也用画笔把自己的“孩子们”献给了全世界：阿宝、软软、瞻瞻、阿韦……连画里的成年人，也有儿童的味道。

我常想，一个时代的气质和日常生活，若染上一点“丰子恺味道”，该多好，该多好。

人生的美学和美德，在儿童身上的存量是最大的，只有思想成熟并保持一颗初心的人，才是美的成年人。儿童和儿童愿望，不仅是一个社会最重要的保护目标，更是成人精神最珍贵的营养品。

一个国家，若能从孩子对家长的使唤中发现公民的权利，从父母对骨肉的垂怜中认证自己的义务，从他们的彼此互爱中找到国与民的逻辑，从他们的亲热和信赖中反省自己的冷漠与隔膜……若将一个家庭放大无数倍，若天下之人是由一群群“丰子恺”和其“孩子们”连缀而成……那么，一个健美的时代即莅临了。“国家”即有了“家国”的基因和属性，该生存共同体的气质和细节即变了，制度、道德、风尚、信仰即变了。

变得简明、温美、清纯、风和日丽。

03 +

看一个民族的生活美学，看一个时代的精神雅量，有个重要线索：看它缔造和收纳了多少童话；看它的世俗文化和游戏规则是否激励、佑护童话人生，是否滋养童话事务，是否欣赏有儿童人格的成年人。

表面上，童话是大人备给小儿的礼物，而更深的真相是：童话乃成人对儿童的审美作业，反映了“大”对“小”的鉴赏力，本质上是“小”对“大”的馈赠。

一个社会，若成人的精神系统里没有童话成分，若大众生活提前告别了童话，甚至贬低和嘲笑童话，那这个时代势必极度实用、功利、枯燥，人群也定是险恶、龌龊、粗戾的。

儿童稀少，人堆里即缺少氧气和光线。童话衰落，一个国家的黄昏即早早降临。

由于新闻职业，每天要浏览大量媒体和网络信息，有一点是我担忧的：美和干净的事物太少，专心生活和认真说话者太少，能让孩子消费的东西太少，“热爱生活”的依据太少……我知道，这并非全部事实，而是兴趣和注意力所致，我们被自己的对立面绑架了。对于美，不仅生产能力锐减，更可怕的是，我们丧失了消费能力、消费愿望和消费传统。那天，我在微博上说：

中国是个麻团型社会，让人纠结的事太多，“忧愤”近乎日常表情。但我以为，一个优秀的时代人群里，应同住着鲁迅和丰子恺这样反差极大的生命类型。对两者的消费应同样旺盛和隆重，甚至，随天气好转，随心灵艺术和生活主题的复位，后者应该居上。

当代中国有个精神危险：由于粗鄙和丑陋对视线的遮挡、对注意力的劫持，我们正逐渐丧失对美的发现和表述。换言之，在能力和习惯上，审丑大于审美。这其实很危险，生活有荒废的可能。我们从不乏思想的榜样，但鲜有生活的榜样。纯真意义上的生活，摆脱羁绊和干扰的生活，聚精会神、全心全意的生活。我们缺少生活的专业户。

如此背景下，我们拿什么送给孩子？除了绝版的“动物世界”，除了文学史上那些经典童话，我们还有能力讲一个美好的故事吗？我们唇齿间还能挤出温情的语调和口吻吗？

想起了埃·奥·卜劳恩，这位德国人虽然住在最黑冷的年代并被其吞噬，却献出了温暖的《父与子》。

这是我少年时最亲密的漫画书，那个大胡子、秃脑瓜、啤酒肚，永远为儿子效劳又总被儿子捉弄、俘获的男人，既是我羡慕的父亲，也是我立志要成为的那种成年人。多年后，当我有了儿子，当我听到“你要弯下身和孩子说话”、“没有比父母更好的玩具”等育儿经时，脑海里马上跃出这位父亲，跃出那幅父亲给儿子当马骑的画。

1934 年 12 月，长篇漫画《父与子》在《柏林画报》问世，立即风靡德国。这个被政治冻僵了表情的国家，这个一度忘记了生活的民族，露出了久违的笑容。当时，画家的儿子刚 3 岁，多年后，联邦德国的《斯卡拉》杂志刊登了一幅照片：一位父亲模样的人，正兴高采烈地给一个小男孩伏地当马。杂志注解道："在卜劳恩的生涯中，像这样和儿子一起无忧无虑的日子很短暂，但创作素材多源于此。"

卜劳恩，原名奥塞尔，因用漫画讽刺希特勒，纳粹掌权后其作品遭禁，后为发表《父与子》，改名卜劳恩，兼怀念他的童年小镇卜劳恩。

巧得很，《父与子》最早的中译本，序言作者正是丰子恺。他们的精神相遇了，这是神奇的缘分，这是两个伟大父亲的会师。

《父与子》，恐怖夜晚里的伟大笑声。没有它，很多心灵会冻僵，会因听不见笑声而枯萎。它以一支火苗的能量，稀释了夜的黏稠，舒展了德国人的眉梢，治疗着这个正受病毒折磨的国家的表情……借助幽默，它恢复了人性，恢复了日常生活，恢复了人类与生俱来、不可剥夺的天伦，它让生活本身成了伟大主角……这一切，都成了纳粹恨它的理由，因为法西斯政治的本质，是恨，是冷酷，是斗争和诅咒，是牺牲自己和别人的生活。

这一切，也成了画家对人生最后的描绘，最后的告别。

我是在很久之后才获知这个结局的。

1944 年 3 月，卜劳恩被纳粹分子告发，控以"反国家言论罪"，4 月 6 日，在"人民法庭"死刑判决前，自杀于牢房，终年 41 岁。遗书中，他对妻子说："……我为德国而画画……请把孩子抚养长大。带着微笑，我去了。"

他把笑声留给了同胞，留给了世界，留给了千千万万的父与子。

其中包括父亲和我，包括我和儿子。

04 +

父子题材的电影中，我最喜爱的，是一部意大利影片：《美丽人生》。它让我泪流满面，肩头发抖。

一个犹太小男孩在5岁生日的前一天，和父亲一起被纳粹从家里带走。天真的孩子并不恐惧，只觉得好奇，在排队等候去集中营的火车时，父亲悄悄对之耳语："我们正参加一个漫长而刺激的游戏，如果积满一千分，我们就会得第一名，奖品是一辆真正的坦克。"

当妈妈被押进女囚队伍带走时，父亲的解说是："男人一边，女人一边，军人主持游戏，他们很严厉，装作很凶的样子……"

当德国军官前来训诫时，父亲冒充翻译，大声宣读"游戏纪律"：

"如果你违反了三条规定中的任何一条，你的得分就会被扣光：一、如果你哭。二、如果你想要见妈妈。三、如果你饿了，想要吃点心。"

一辆真正的坦克！成了小男孩魂牵梦绕的彩虹，成了抵御集中营残酷生活的唯一稻草。

为了一千分，儿子遵照父亲吩咐，忍住了饥饿，克服了对甜酱面包和妈妈的思念，躲过了毒气室……德军溃退前夜，父亲预感到了大屠杀的逼近，他紧紧拥抱儿子，指着一只可藏身的铁皮柜："我们已经积满了940分，若你躲过今晚，就能得60分！最后60分！你必须藏好，不许说话不许动……不管多久，都要忍着，一直到外面没有人了，才能出去！""记住，即使我很久没来，也不要动，直到……"

深夜，即将行刑的父亲被枪抵背，走过铁柜时，突然意识到儿子可能从缝隙里张望，马上甩开步子，做出滑稽而轻松的样子，甚至朝柜子扮鬼脸。

枪声。小男孩一动不动。

不知过了多久，一切归于沉寂。小男孩爬出来，阳光刺得他眯起眼。正当他对着空旷的院子茫然时，一阵巨响，他扭过头，一辆盟军坦克转过拐角，轰隆隆地驶来。

"啊！真坦克！"小男孩尖叫着，年轻的坦克手跳出顶盖，笑着将其抱上车。坦克在欢呼的人群中行进，猛然，男孩发现了穿囚服的妈妈，他跳下车，边跑边喊："妈妈，妈妈，我们赢了！一千分！坦克！好开心啊……"

赢了！父亲赢了！

这是童年的高潮，这是人生的高潮，这是父爱的高潮。

这是用最伟大的谎言和最凄美的微笑构筑的美丽童话。

保卫童年，是人类义务，是每个时代和共同体的义务。

许多年以后，儿子说："这是我的经历……这是父亲赐予我的恩典。"

这样的恩典，足够一个人用一辈子，足以抵御世上任何一种残酷与寒冷，足够他美丽一生、微笑一生。

第 71 届奥斯卡颁奖典礼上，《美丽人生》获最佳外语片奖、最佳男演员奖。导演兼男主角的罗伯托·贝尼尼解释片名时说，它源于利昂·托洛茨基的一句话，这位政治家在墨西哥流亡时，预感自己将遭不测，望着花园中的妻子，喃喃自语："无论如何，人生是美丽的。"

无论如何，人生是美丽的。再冰冷的世道，也住着无数沸腾的花朵。它值得过，值得爱，值得奋斗。

2012 年

精神明亮的人

01 +

19 世纪的一个黎明，在巴黎乡下一栋亮灯的木屋里，居斯塔夫·福楼拜在给最亲密的女友写信："我拼命工作，天天洗澡，不接待来访，不看报纸，按时看日出（像现在这样）。我工作到深夜，窗户敞开，不穿外衣，在寂静的书房里……"

"按时看日出"，我被这句话猝然绊倒了。

一位以面壁写作为志的文豪，一个如此吝惜时间的人，却每天惦记着日出，把再寻常不过的晨曦视若一件盛事，当作一门必修课来迎对，为什么？

它像一盆水泼醒了我，我浑身打了个激灵。

我竭力去想象、模拟那情景，并久久地揣摩、体味着它……

陪伴你的，有刚苏醒的树木，略含咸味的风，玻璃般的草叶，潮湿的土腥味，清脆的雀啼，充满果汁的空气，仍在饶舌的蟋蟀……还有远处闪光的河带，岸边的薄雾，红或蓝的牵牛花，隐隐颤栗的棘条，一两滴被蛐蛐声惊落的露珠，月挂树梢的氤氲，那蛋壳般薄薄的静……

从词的意义上说，黑夜意味着偃息和孕育；而日出，象征着诞生和伊始，乃富有动感、饱含汁液和青春性的一个词。它意味着你的生命画册又添置了新的页码，你的体能电池又注入了新的热力。

正像分娩不重复，日出也从不重复。它拒绝抄袭和雷同，因为它是艺术，是大自然最宠爱的一幅杰作。

黎明，拥有一天中最纯澈、最鲜泽、最让人激动的光线，那是灵魂最易受孕、最受鼓舞的时刻，是最青春荡漾、幻念勃发的时刻。像神性的水晶球，它唤醒了我们对生命的原初印象，唤醒了体内沉睡的某群细胞，使人看清了远方的事物，看清了险些忘却的东西，看清了梦想、光阴、生机和道路……

迎接晨曦，不仅是感官愉悦，更是精神体验；不仅是人对自然的阅读，更是大自然以其神奇作用于人的一轮撞击。它意味着一场相遇，让我们有机会和生命完成一次对视，有机会深情地打量自己，获得对个体更细腻、清新的感受。它意味着一次洗礼，一桩被照耀和沐浴的仪式，它赋予生命以新的索引、知觉，新的闪念、启示与发现……

“按时看日出”，乃生命健康与积极性情的一个标志，更是精神明亮的标志。它不仅代表了一记生存姿态，更昭示着一种挚爱生活的理念，一种生命哲学和精神美学。

透过那橘色晨曦，我触摸到了一幅优美剪影：一个人在给自己的生命举行升旗仪式！

02 +

与福楼拜相比，我们对自然又是怎样的态度呢？

在一个普通人的生涯中，有过多少次沐浴晨曦的体验？我们创造过多少这样的机会？

仔细想想，或许确有过那么一两回吧。可那又是怎样的情景呢？比如某个刚下火车的凌晨——

睡眼惺忪、满脸疲态的你，不情愿地背着包，拖着灌铅的腿，被人流推搡着，在昏黄的路灯陪衬下，涌向出站口。踩上站前广场的那一刹，一束极细的猩红的浮光突然鱼鳍般游来，吹在你脸上——你倏地意识到：日出了！但这个闪念并没有打动你，你丝毫不关心它。你早已被沉重的身体击垮了，眼皮浮肿、头痛欲裂，除了赶紧找地儿睡一觉，你啥也不想，一秒也不愿多待……

或许还有其他的机会，比如登黄山、游“五岳”——蹲在人山人海中，蜷在租来的大衣里，无聊而焦急地看表，终于，人群开始骚动，巨大的欢呼声中，大幕拉开……然而，这一切都是在混乱、嘈杂、拥挤不堪中进行的，越过无数的后脑勺和下巴，你终于看见了，和预期的一模一样——像升国旗一样准时，规定时分、规定地点、规定程序。你突然惊醒：这是早就被设计好了的，早就被导游、门票、地图和行程计算好了的。美则美，就是感觉不对劲：有点失真，有人工之痕，且谋划太久，准备得太充分。

而更多的人，或许连一次都没有！

一生中的那个时刻，他们无不蜷缩在被子里。他们在昏迷，在蒙头大睡，在冷漠地打着呼噜——第一万次、几万次地打着呼噜。

那光线永远照不到他们，照不见那身体和灵魂。

03 +

放弃早晨，意味着什么呢？

意味着你已先被遗弃了。意味着你所看到的世界是旧的，和昨天一模一样的“陈”。仿佛一个人经年吃着发霉的粮食，永远轮不上新的，永远只会把新变成旧。

意味着不等你开始，不等你站在起点上，就已被抛至中场，就像一个人未谙童趣即已步入中年。

多少年，我都没有因光线而激动的生命清晨了。

上班的路上，挤车的当口，迎来的是已煮熟的光线，中年的光线。

在此之前，一些重要的东西已悄悄流逝了。或许，是被别人领走了，被那“按时看日出”的神秘之人（你周围一定有这样的人）。一切都是剩下的，生活还是昨天的生活，日子还是以往的日子。早在天亮之前，我们已下定决心重复昨天了。

这无疑令人沮丧。

可，即使你偶尔起个大早，忽萌看日出的念头，又能怎样呢？

都市的晨曦，不知从何时起，早已变了质——

高楼大厦夺走了地平线，灰蒙蒙的尘霾，空气中老有油乎乎的腻感，挥之不散的汽油味，即使你捂起了耳朵，也挡不住车流的喇叭声。没有合格的黑夜，也就无所谓真正的黎明……没有纯洁的泥土，没有旷野远山，没有庄稼地，只有牛角一样粗硬的黑水泥和钢化砖。所有的景色、所有的目击物，皆无施洗过的那种鲜艳与亮泽、那抹蔬菜般的翠绿与寂静……你意识不到一种“新”，察觉不到婴儿醒时的那种清新与好奇，即使你大睁着眼，仍觉得像在昏沉的睡雾中。

04 +

千禧年之际，不知谁发明了“新世纪第一缕曙光”这个诗化概念，再经权威气象人士的加盟，竟铸造出了一个富含高科技的旅游品牌。据说，浙江的临海和温岭还发生了“曙光节”之争（紫金山天文台将曙光赐予了临海的括苍山主峰，北京天文台则咬定在温岭。最后各方妥协，将“福照”大奖正式颁给了吉林珲春)。一时间，媒体纷至沓来，电视现场直播，庙门披红，山票陡涨，那峦顶更成了寸土寸金的摇钱树，其火爆俨然当年大气功师的显灵堂……

其实，大自然从无等级之别，世纪与钟表也只是人类制造，对大自然来说，并无厚此薄彼的所谓“第一缕”……看日出，本是一件私人性极强、朴素而平静的生命美学行为，一旦搞成热闹的集市，也就失去了其本色和底蕴。想想我们平日里的冷漠与昏迷，想想那些灵魂的呼噜声，这种对光阴的超强重视实为一种讽刺。

对一个习惯了漠视自然，又素无美学心理的人来说，即使你花大钱购下了山的制高点，又能领略到什么呢？

爱默生在《论自然》中写道：“实际上，很少有成年人能真正看到自然，多数人不会仔细地观察太阳，至多他们只是一掠而过。太阳只会照亮成年人的眼睛，但却会通过眼睛照进孩子的心灵。一个真正热爱自然的人，是那种内外感觉都协调一致的人，是那种直至成年依然童心未泯的人。”

像福楼拜，即这种童心未泯的人。还有梭罗、史蒂文森、普里什文、蒲宁、爱德华兹、巴勒斯……我敢断言，假如他们活到今天，在那“第一缕曙光”照着的地方，一定找不着他们的身影。

无论何时何地，我们只有恢复孩子般的好奇与纯真，只有像儿童一样精神明亮、目光清澈，才能对这世界有所发现，才能比平日里看到更多，才能在最平凡的事物中注视到神奇与美丽……

在成人世界里，几乎已没有真正生动的自然，只剩下了桌子和墙壁，只剩下了人的游戏规则，只剩下了同人打交道的经验和逻辑……

值得尊敬的成年人，一定是那种“直至成年依然童心未泯的人”。

05 +

在对自然的体验上，除了福楼拜的日出，感动我的还有一个细节——

苏联作家康·帕乌斯托夫斯基在《金蔷薇》中引述过一位画家朋友的话：“冬天，我就上列宁格勒那边的芬兰湾去，您知道吗，那儿有全俄国最好看的霜……”

“最好看的霜”，最初读到它时，我惊呆了。因为在我的生命印象里，从未留意过霜的差别，更无所谓“最美的”了。但我立即意识到：这记存在，连同那记投奔它的生命行为，无不包藏着一种巨大的美！一种人类童年的美、灵魂的美、艺术的美。那透过万千世相凝视它、认出它的人，应是可敬和值得信赖的。

和那位画家相比，自己的日常感受原是多么粗糙和鲁钝。我们竟漏掉了那么多珍贵的、值得惊喜和答谢的元素。

它是那样地感动着我。对我来说，它就像一份爱的提示，一种画外音式的心灵陪护。尽管这世界有着无数缺陷与霉晦，生活有着无数懊恼和沮丧，但只要一闪过“最好看的霜”这个念头，心头即明亮了许多。

许多年过去了，我一直收藏它、憧憬它。有好多次，我忍不住向友人提及它，我问：你可曾遇见过最好看的霜？

虽然自己同无数人一样，至今没见过它，也许一生都不会相遇，但我知道，它是存在的，无论过去、现在或未来……

那片神奇的生命风光，它一定静静地躺在某个遥远的地方。

它也在注视我们呢。

2001 年

向儿童学习

每个人的身世中，都有一段称得上“伟大”的时光，那就是他的童年。泰戈尔有言：“诗人把他最伟大的童年时代，献给了世界。”或许亦可说：孩子把他最美好的童真，献给了成人社会。

孩提的伟大在于：那是个怎么做梦都不过分的季节，那是个深信梦想可以成真的年代……人在一生里，所能给父母留下的最美好的馈赠，莫过于其童年了。

德国作家凯斯特纳在《开学致词》的演说中，对家长和孩子们说——

这个忠告你们要像记住古老纪念碑上的格言那样，印入脑海，嵌入心坎：那就是不要忘怀你们的童年！只有长大成人并保持童心的人，才是真正的人……假若老师装作知晓一切的人，你们要宽恕他，但不要相信他。假如他承认自己的缺陷，那你们要爱戴他……不要完全相信你们的教科书，这些书是从旧的书里抄来的，旧的又是从老的那里抄来的，老的又是从更老的那里抄来的……

作家的最后一句话让我激动得几乎颤抖了。他这样说——

现在想回家了吧，亲爱的小朋友？那就回家去吧！假如你们还有一些东西不明白，请问问你们的父母。亲爱的家长们，如果你们有什么不明白的，请问问你们的孩子们。

请问问你们的孩子们！多么意外的忠告，多么精彩的逆行啊。

公正的上帝，曾送给每个生命一件了不起的礼物：嫩绿的童年！可惜，这嫩绿在很多人眼里似乎并没什么价值，结果丢得比来得还快，褪得比生得还快。

儿童的美德和智慧，常被成人粗糙的双目所忽视，常被当成废电池不以为然地扔进岁月的纸篓里。很多时候，孩提时代在教育者那儿，只被视作一个“待超越”的初始阶段，一个尚不够“文明”的低级状态……父母、老师、长辈都焦急地盼着，盼他们尽早摆脱这种幼稚和单薄，“从生命之树进入文明社会的罐头厂”（凯斯特纳语），尽早地变成和自己一样“散发着罐头味的人”——继而成为具有呵斥下一代资格的“正式人”和“成品人”。

也就是说，儿童在成人眼里，一直是被当成“不及格、非正式、未成型、待加工”的生命类型来关爱与呵护的。

这实在是天大的误会。天大的错觉。天大的自不量力。

1982 年，美国纽约大学教授尼尔·波茨曼出版了《童年的消逝》

一书。书中一个重要观点即：捍卫童年！作者呼吁，童年概念是与成人概念同时存在的，儿童应充分享受大自然赋予的童年生活，教育不应为儿童未来而牺牲儿童现在，不能从未来的角度提早设计儿童的当下生活……美国教育家杜威也指出："生活就是'生长'，一个人在某一阶段的生活，和另一阶段的生活同样真实、同样积极，其内容同样丰富、地位同样重要。因此，教育就是无论年龄大小都要为其充分生长而供应条件的事业……教育者要尊重未成年状态。"目前，国际社会普遍信奉的童年诉求包括：首先，必须将儿童当"人"看，承认其独立人格；其次，必须将儿童当"儿童"看，不能视为成人的预备；最后，儿童在成长期，应提供与之身心相适应的生活。

对儿童的成人化塑造，乃这个时代最丑最蠢的表演之一。而儿童真正的乐园——大自然的被杀害，是成人世界对童年犯下的最大罪过。就像鱼缸对鱼的罪过，马戏团对动物的罪过。我们还有什么可向儿童许诺的呢？

人要长高，要成熟，但成熟并非一定是成长。有时肉体扩张了，年轮添加了，反而灵魂萎缩，人格变矮，梦想溜走了。他丢了生命最初之目的和逻辑，他再也找不回那股极度纯真、天然和正常的感觉……

"回家问问孩子们！"并非一句戏言，一个玩笑。

在热爱动物、反对杀戮、保护环境方面，有几个成年人能比孩子理解得更本色、履践得更彻底和不折不扣呢？

当成年人忙于砍伐森林、猎杀珍禽、锯掉象牙、分割鲸肉……忙于往菜单上填写熊掌、蛇胆、鹿茸、猴脑的时候，难道不应回家问问自己的孩子吗？当成年人欺上瞒下、言不由衷，对罪恶熟视无睹、对丑行隔岸观火的时候，难道不应回家问问自己的孩子吗？

有一档电视节目，播放了记者暗访一家"特色菜馆"的影像，当一只套着铁链的幼猴面对屠板——惊恐万状地拼命向后挣扯时，我注意到，演播室的现场观众中，最先动容的是孩子，表情最震荡的是孩子，失声啜泣的也是孩子。无疑，在很多良知判断上，成年人已变得失聪、迟钝了。一些由孩子脱口而出的常识，在大人们那儿，已变得嗫嚅不清、模棱两可、含糊其词了。

应该说，在对善恶、正邪、美丑的区分，在对两极事物的判断、投票和立场抉择上，儿童比成人要清晰、利落和果决得多。儿童生活比成人天然、简明、纯净，他还不懂得妥协、隐瞒、撒谎、虚与委蛇——这些“厚黑”术。在对弱者的态度上，他的爱意之浓厚、援手之慷慨、割舍之坦荡，尤其令人感动和着迷，堪与最纯洁的宗教行为相媲美。

“天真”——这是我心目中对生命的最高审美了。

那时候，我们以为天上的星星一定能数得清，于是便真的去数了……

那时候，我们以为所有的梦想明天都会成真，于是便真的去梦了……

可以说，童年所赐予我们的幸福、勇气、快乐、鼓舞和信心，童年所教会我们的高尚、善良、温情、正直与诚实，比人生任何一个时期都要多，都要丰盛。

有一次，高尔基去拜访列夫·托尔斯泰，一见面，老人就对他说：“请不要先和我谈您正在写什么，我想，您能不能给我讲讲您的童年……比如，您可以想起童年时一件有趣的事儿？”显然，在这位历尽沧桑的老人眼里，再没有比童年更生动和优美的作品了。

凯斯特纳的《开学致词》固然是一篇捍卫童年的宣言，令人鼓舞，让人感动和感激，但更重要的是：后来呢？有过童真岁月的他们后来又怎样了呢？一个人的童心是如何从其生命流程中不幸消失的？那即使有过天使般笑容和花朵般温情的他又能怎样呢？到头来仍免不了钻进父辈的躯壳里去，以至你根本无法辨别他们——像“克隆”的复制品一样：一样的臃肿，一样的浑浊，一样的功利，一样的俗不可耐、无聊透顶……

一个人的童心宛如一粒花粉，常常会在无意的“塑造”中，被世俗经验这只蟑螂悄悄拖走……然后，花粉消失，人变成了蟑螂。这也就是康·巴乌斯托夫斯基所说的“生命丢失”罢。

所谓的“成熟”，表面上是一种增值，但从生命美学的角度看，却实为一场减法：不断地交出与生俱来的美好元素和纯洁品质，去交换成人世界的某种逻辑、某种生存策略和实用技巧。就像一个懵懂的天使，不断地掏出衣兜里的宝石，去换取巫婆手中的玻璃球……

从何时起，一个少年开始学着嘲笑“天真”了，开始为自己的“幼稚”而鬼鬼祟祟地脸红了？

2001 年

从生命到罐头

很多时候，生命的“成长”表现为一条从简单到复杂、从明晰到混沌、从纤袅到臃肿、从摇篮到罐头的路径。

对少年心理有着诱惑和塑造功能的并非课本，而是成人世界的生活模型和价值面貌。不管少年的天性如何纯真，无论童年的教育多么诗意和美好，一旦他离开童话和教室，面对实际的社会挑衅与竞争敌意——尤其是生活的诸多不公、复杂人际和“潜规则”，在经历了短暂的惊愕、迷惘、沮丧、失措后，他便开始了适应市侩秩序、遵守集体契约的人生实习。

在这场旷日持久的追逐“成年”的游戏中，一方面，他为自己的稚气惴惴不安、羞愧难当，陷入深深自卑——他狠狠地撕毁童年的名片，宣布与之决裂；一方面，他潜心观察那些成人榜样，仔细揣摩、暗暗效之，唯恐模仿得不像，唯恐不知深浅不合规矩不对路数……渐渐地，他开始以“成熟”、“稳重”自居，以嘲笑同辈的“幼稚”、“单纯”为能事了。

至此，在其心目中，他才真正“长大”。他为自己终于换来的“老道”而沾沾自喜，引以为生命资本。其实，“老道”又何尝不是“势利”、“圆滑”、“乖巧”、“投机”、“见风使舵”、“趋炎附势”的同义语？可惜，他已不觉有何异常了。即使他童心未泯、良知犹存，偶尔也会对某些阴暗和不公露出愤懑，但这并不能改变什么。为了保全自己，他同样会向“复杂”妥协、对“臃肿”微笑、向“龌龊”献媚、与“潜规则”合作，甚至倚仗俗恶扩充自己的生存实力和地盘……

褪去了天真，生命也就失去了生动，剪掉了羽翼。当一个人的灵魂因饥饿而狼吞虎咽——并因不节食而变得臃肿，他就真的衰弱了，生命亦变得可疑。就像煮熟的扇贝，你已听不到涛声，嗅不出海的气息了。

生命终于变成了“成品”。一个个儿童排着长队，由教父们领着，经过“学校”一级级甬道，走向“社会”这座热气腾腾的孵化器。终于，一队队的商人、官员、买办、得意者、落魄者、蹒跚者、受难者——手执各种证件、履历、薪袋、诉状、合同、标书、欲望计划……鱼贯而出。

凯斯特纳说：“从前他们是孩子，后来长大成人，不过现在他们又是什么样的人呢？”

是啊，什么样的人呢？

冷漠、猜忌、等级、敌意，取代了爱、信任、平等和友谊，温柔变成了粗野，轻盈变成了浊重，慷慨变成了吝啬……生命变成了罐头。

生命就这样诗意地开始，又这样臃肿而可耻地结束。

孩子有了新的孩子，孩子成了新的教父。公正的上帝，曾送给每个人一件了不起的礼物——童年！可惜，有多少人很快就将其丢掉了？

然而，这绝非我们的初衷，绝非我们生活的目的。

尼采悲愤地说："我要告诉他们，精神如何变成骆驼，骆驼如何变成狮子，最后，狮子又为何变成小孩……小孩是天真与遗忘，一个新的开始，一个自转的轮，一个原始的动作，一个神圣的肯定。"

在神性的眼里，儿童世界，是人类的天堂。而孩子，代表着未来的全新的生命类型。

2000 年

决不向一个提裤子的人开枪

1936 年，英国作家奥威尔与新婚妻子一道，志愿赴西班牙参加反法西斯战斗，并被子弹射穿了喉咙。在《西班牙战争回顾》中，他讲述了一件事——

一天清晨，他到前沿阵地打狙击，好不容易准星里才闯进一个目标：一个光着膀子、提着裤子的敌兵，正在不远处小解……真乃天赐良机，且十拿九稳。但奥威尔犹豫了，他的手指始终凝固在扳机上，直到那个冒失鬼走远……他的理由是："一个提着裤子的人已不能算法西斯分子，他显然是个和你一样的人，你不想开枪打死他。"

一个人，当他提着裤子时，其杀人的职业色彩已完全褪去了。他从军事符号——一枚供射击的靶子，还原成了普普通通的血肉之躯，一具生理的人，一个正在生活中的人。

多么幸运的家伙！他被敌人救了，还蒙在鼓里。因为他碰上了“人”，一个真正的人，而不仅仅是一个军人，一个只知服从命令的杀手。那一刻，奥威尔执行的是自己的命令——“人”的命令。

杀手和杀手是有别的。换了另一个狙击手，他的裤子肯定就永远提不上了。而换了奥威尔在他的位置上，他肯定会毫不迟疑地摟动扳机，发出一丝“见鬼去吧”的冷笑。然而，这正是“人”与士兵的区别，希望也就在这里。

与其称之“奥威尔式”的做法，毋宁说这是真正的“人”之行为。任何时候，作为“人”的奥威尔都不会改变态度：即使正是该士兵，不久后将用瞄准来回报自己，即使他就是射穿自己咽喉的那个凶手，即使早料到会如此，奥威尔也不会改变，更不会后悔。

所有的战争，最直接的方式与后果皆为杀人。每个踏上战场的士兵都匹配着清醒的杀人意识，他是这样被授予的：既是射击者，又是供射击的靶子……而“英雄”与否，亦即杀人成绩的大小。在军事观察员眼里，奥威尔式的“犹豫”，无疑乃一次不轨、一起严重的渎职，按战争逻辑，它是违规的、非法的，要遭惩处。但于人性和心灵而言，那“犹豫”却如此伟大和珍贵！作为一桩精神事件，它应该被记入史册。

这样说一点都不过分。

假如有一天人类真的不再遭遇战争和杀戮，你会发现，那值得感激的——最早制止它的力量，即源于这样一组细节和情景：比如，决不向一个提着裤子的人开枪！

这是和平之于战争的一次挑战，也是“人”对军人的挑战。

它在捍卫武器纯洁性的同时，更维护了人道的尊严和力量。

斗争、杀戮、牺牲、死难、血债、复仇……

如果只有仇恨而没有道义，只有决绝而没有犹豫，你能说今天的受害者明天不会变成施虐者？英勇的战士不会变成残暴的凶手？

你隐约想起了一些很少被怀疑的话——“对敌人的仁慈就是对同志的凶狠”、“对敌人要像严冬一样冷酷无情”、“军人以绝对服从命令为天职”……你感到一股冷。

一股政治特有的冷。匕首的冷，工具的冷，地狱的冷。

而不合时宜的奥威尔，却提供了一种温暖，像冬天里的童话。

2002 年

向死而生

死说不定在什么地方等我们，那就让我们到处等它吧。

——蒙田

“要是一个人学会了思想，不管他思考的对象是什么，他总是在想着自己的死。”

初读托尔斯泰这句话，我灵魂上的颤动不亚于一场地震。它揭开了“理解死亡”与“醒悟人生”之间的通道秘密。是啊，许多大智慧者正是站在死之界面上俯瞰生命全景和浮世万象的，从终极角度关怀、检索、省察人生，以死为尺测量各种得失和价值轻重，用直面死的勇气填充生存意志的虚弱……比如奥德留主张“像一个将死者那样看待事物”、“把每天当作最后一天度过”，又如海德格尔的《向死而生》，雅斯贝尔斯的《向死而在》，皆道出相同的生命之义。

“向死”，果是一盏智慧灯，能为夜茫茫的人世旅途照明吗？我们不妨试一试吧——

假若你是一个濒死者，从医生手中领过了诊断书，像预感的那样，时日已剩无几。

你沉痛但平静地谢过医生。虽然家很远，但你决定用脚走回去。

通往家的路，突然很陌生，仿佛是去一个从未去过的地方。走得很慢、很用力，这使你觉得累极了，双腿像灌了铅……真想，真想睡一会儿啊，于是你在临湖的一条石凳上坐下……又不知过了多久，你醒来了，阳光微醺，波光粼粼，空气中有股青草和树芽的甜味，多好呀，陪伴这一切多好呀，真想摇身一变，变成一只年轻的雀或一只蝉，只要还能留在世上，只要还有日出日落……你微微合眼，开始遐想风风雨雨磕磕绊绊的几十年，那些具体或抽象、清晰或模糊的一幕幕——

想起童年夏夜里的“数星星”（你以为一定能数得清于是便真的去数了，这多么令人鼓舞呵）；想起作文本上的梦想，少年时的奖状；想起与你在课桌上划“三八线”的小姑娘；想起揭榜前的紧张和填志愿时的激动；想起大学里的夜自习，绿茵场上的长途奔袭，偷看“劳伦斯”的惶恐和论文答辩的激昂；想起毕业前的篝火和《友谊地久天长》的手风琴，赠言簿上“拯救世界”的大言不惭……

你忍不住微微笑了，眼眶涌出一股湿热的黏液。继续往下想，你发现自己的人生越来越不清晰，乃至面目全非了，像断线的风筝开始随波逐流，仿佛自愿又仿佛被劫持着，混入了黑压压的更多“断筝”的队伍。因瞻前顾后而背叛的初衷，因顾忌名声而割舍的情爱，因害怕落败而放弃的冲试，因圆滑世故而涂改的个性，因贪图惠利而委屈的人格，因趋炎附势而轻视的友谊……忙于升迁，忙于察言观色、左右逢源，忙于人脉、职务、级别、工资、待遇……一路即这么战战兢兢、如履薄冰地蒙混过来了。你发现把自己给弄丢了（像小学生将作文写跑了题）——那个血气方刚、英气飞扬的追梦少年，再也找不回来了。你竟把生命和才华交给了他人或自己的虚荣来主宰，交给世俗的某种程序来管理，交给某个大权在握却劣质无能的上司来使唤，还交给……你不过是旱地里的一条鱼，棋枰上被随意搁置的卒子，一只躲在地洞里瑟瑟发抖的鼹鼠。

总之，你不再是原来的你了。你成了一个赝品、一个替身、一个生命的冒牌货。唉，无端总被东风误，白了少年头，倘若还有来世——

倘若有来世，又会怎么样呢？

总之，你会换一种活法，不会再伪饰再推诿再欺瞒，不会再把鲜活的生命交给任何模式，你会奋然不顾地去追随梦想、爱情和自由，听从生命最本色最天然的召唤，做你认为最重要、最不能错过的事儿……总之，你不会委屈了生命，你要做回一个真实的不折不扣的自己，任何绳套都不能挽留你，任何障碍都不能削弱你，任何诱饵都不能使你拐弯……

这时候，你仍坐在湖畔的石凳上，蝉声已歇，夕霞似一片火红的枫林漫天舒卷，你身体发烫，像刚跑完很远很激烈的路。突然，空气中跃出一丝凉意，你蓦地一惊。

奇迹出现了，你确认刚才不过乃一假设，你不过被死神象征性地吻了一下，你活着，活得好好的，健健康康，又不算老，还有长长的日历，还有无数若隐若现、翩翩起舞的光阴……这复活的感受真是无法形容，大梦初醒般阵痛与庆幸！为此，你必须学会感恩和珍惜，感激那虚惊一场的梦游，报答这唯有一次的生命，决不辜负和怠慢了它！

的确，“向死”给我们提供了一次难得的人生体悟：当“死”闪电般刺透灰蒙蒙的天窗向你招手，生存的暗房骤然被照亮，瞬间，你看清了许多隐瞒着的“核”与真相——生命的目的、本质、诉求和广阔的道路……“死”还像一辆重型铲车，那些日常牢不可破的栅栏、貌似威严的俗规戒律、假惺惺的世故常道——竟多么虚妄、多么荒诞，积木般一触即瘫……权势、城府、争斗、盘算、谄媚、犬马声色、戚戚名利——与生命何干？与灵魂何干？在生死这样重若磐石的大题目前，全变渺小了、猥琐了，儿戏一般。

痛定思痛，有了这些思考结果，当你重返生活时，至少能变得从容一点、超脱一点，少些势利、少些俗套、少些束缚和烦扰。

“向死”，确是一种大激励、大警策、大救赎。俗尘凡世，人生难免有疾，而思考死，恰是一味大施洗、大澄明的苦药，关键有无那份灵魂体检的勇气和自医精神。

多少人都没有。多少人都忘记生命的真实身份了。

1995 年

谈谈墓地，谈谈生命

01 +

圣经上说，你来自泥土，又必将回归泥土。所以灵魂就选择了大地，所以坟墓最本色的位置即在泥石草木间。

那是生者和逝人会晤、交谈的地方。那是一个退出时间的人最让他的亲者牵挂的地方。那儿安静、简易，茂盛的是草，是自己悄悄生长的东西。那儿没有人生，只有睡眠。那么多素不相识的人聚在一起，却不吵闹，不冲突。不管从前是什么，现在他们是婴儿，上帝的婴儿。他们像婴儿一样相爱，守着天国的纪律……他们没有肉体，只有灵魂。没有体积，只有气息。

一本书中提到，在巴黎一处公墓里，有位旅人发现了件不可思议的事：一座坟前竟有两块碑石，分别刻有妻子和情人的两段献辞。旅人暗想，一个多么幸运的家伙！他尤其称赞了那位妻子，对她的慷慨深为感叹。

我也不禁为这墓地的美打动了，为两个女子和一个男人的故事。在这个世界上，每个人都可能不止一次地爱上别人，也不止一次地被他人所爱，但谁又能如此幸运地被两个彼此宽容、互不妒恨的人所理解和怀念呢？

倘若少了墓地，人类会不会觉得孤独而凄凉？灵魂毕竟是缥缈的，墓地则提供了一块可让生者触摸到逝者的地方。它客观、实在，有空间感和可觅性，这是否在一定程度上抵御了死亡的寒冷和残酷？或许，在敏感的生者眼里，墓园远非冷却之地，生者可赋予它一切，给它新的呼吸、脚步、体温和思想……在那儿，人们和曾经深爱的人准时相遇，互诉衷肠，消弭思念之苦。

有位友人，二十几岁就走了。周年祭，他的女友，将一首诗焚在墓前——

暮风撩起世事的尘埃，远去了
这是你离去后思念剥落的第一个夜晚
这是你吐血后盛开的第一朵君子兰
R，永远别说你真的死了
只要她还活着，你深爱的人还活着
只要她每年的这时候都来看你
她会用自己的时间来喂养你
她的血，她的肌肤
你无处不在地活着
活在她深夜的梦呓和醒来的孤寂里

……

R，永远别说你死了

一具女人的躯体

过去居住过你

如今，还居住着你

02 +

是生者的情感让墓地升起了炊烟？

中国人常烧纸，大概因了烟雾和灵魂皆有“缭绕”之感、形似神合、可融汇交合的缘故罢。但东方人对墓地的态度，显然不及欧洲那样深沉、浪漫而有力。

愈是宗教意绪强烈的民族，愈热爱和重视墓地，甚至视若家园的一部分。

我凝视过一些欧洲乡村墓地的照片，美极了。花草葱茏，光照和煦，与周围的屋舍看上去那么匹配，一点不刺眼、不突兀，一点没有歧视的痕迹……难怪有人说，在欧洲，甚至在都市，墓园亦是恋人约会的浪漫去处。

我有点不明白，为何东方常把最恶劣的环境、把生命不愿涉足的地方留给墓地，留给那些无法选择的人。在传统的东方语境中，坟冢常给人落下“阴风、凄雨、黄沙、蒿草、狰狞、厉鬼”的印象，令人不寒而栗、恐避不及。

或许是不同的生命美学，尤其是宗教意识缺席的缘故吧，墓地在东方视野里，总处于边缘位置，归于被冷落、遗弃和“打入另册”的角落，大有“生命不得入内”的禁区之嫌……所以，东方墓地便多了缕孤苦，少了份温情与眷顾，显得落落寡合、神情凄凉，给人以萧瑟之感。同时，东方人尤其是中国人，对墓地的访问少得可怜，大多清明时才偶尔被催促，去拔拔草、烧烧纸——连这也多出于对鬼魂的忧惧，受习俗所驱。

而在西方，情形就完全相反了。墓地和教堂、公园一样被视作生活领地的一部分，处于生态圈的正常位置。在他们心中，生死之间好像并无太大的隔膜，在生活的间隙中去一趟墓地，无须太远的路程、太大的心理障碍和灵魂负重，无须特殊的理由和民俗约定……仪式上也简单、随意得多。西人对于墓地，不仅仅是尊重，甚至是热爱，他们给生与死分配了同样的席位，同样的“居住”定义。

总之，墓地在东方文化中，是阴郁、沉疴和苦难的形象，在西方生活里，则温美、敞亮、生动得多。前者用以供奉，畏大于敬。后者力图亲近，意在厮守。

03 +

墓地，应成为人类生态中的一抹重要风景。

应以对生的态度对它，应最大限度地给其以爱意和活性。一块好的墓地，看上去应和“家”一样，是适于居住的地方：干净、朴素、祥和，阳光、雨水、草木皆充足，符合生命的审美设计。因为它是灵魂永远栖息的地方，是生者寄存情感和记忆的所在，也是人世离天堂最近的宿营地。

我一直觉得，有些特殊职业，诸如“护林员”、“灯塔人”、“守墓者”等，较之其他生命身份，更具宗教感，更易养成善良、正直和诚实的品格。而且也只有具备这种品性的人来司职，才是恰当的，才适应这些角色。因为其工作内容太安静了，和大自然结合太紧密了。一个生命长期浸润在那样的环境中，与森林、虫鸣、溪水、海浪、月光厮守，彼此依偎，互吮互吸，其灵魂必然兼容天地灵气，大自然的禀性和美质便会像露珠一样依附其体，无形中，生命便匹配了某种宗教品格和童话美德……

所以，在俄罗斯、欧洲的古典文学里，总会频频闪现一些富有人格魅力的“护林员”、“守墓人”形象。原因恐在此罢。

茨威格有篇散文——《世间最美的坟墓》，描述他在俄国看到的一幅感人情景：“我在俄国所见景物中再没有比托尔斯泰墓更宏伟、更感人的了……顺着一条小道，穿过林间空地和灌丛，便到了墓前。它只是个长方形的土堆而已，无人守护，无人管理，只有几株大树……”托翁墓只是一方普普通通的土丘，没有碑，没有十字架，连姓名都省略了。这是托翁本人的心愿，据他的外孙女讲，墓旁那几株大树，是托翁小时候和哥哥亲手种的。当时他们听保姆说，一个人亲手种树的地方会变成幸福的所在……晚年的托翁某天突然想起了这事，便升起了一个念头，他嘱咐家人，将来自己要安息于那些树下。

茨威格叹道：“这个比谁都感到名声之累的伟人，就像偶尔被发现的流浪汉、不为人知的士兵一般不留姓名地被埋葬了。谁都可进入他的墓地，围在四周稀疏的栅栏是从不关闭的——保护列夫·托尔斯泰得以安息的，没有任何别的东西，唯有人们的敬意……风儿在树木间飒飒响着，阳光在坟头嬉戏……成千上万来此的人，没有谁有勇气，哪怕仅仅从这幽静的土丘上摘一朵花作纪念。”

对有的人来说，墓地就是他的一具精神体态、一副灵魂表情。托翁墓便和他的著作一样，为世间添了一份壮阔的人文景观。这个一生梦想当农民的人终于有了一间自己的“茅舍”，他休憩在亲手种植的荫凉里。

那荫凉，将随着光阴的飘移而愈发盛大。

世上有些墓地，虽巍峨，却缺乏自然感和生命性，法老的金字塔、中国的帝王陵……凸起得都太夸张、太坚硬了。硕大的体积，捆着一团空荡荡的腐气，太具物质的膨胀力、太具侵略性、太彰显欲望，总之，有一种疏远尘世的味道，虽威风凛凛，却远离了人间体息和泥土亲情，一点不像生命栖息的地儿，反倒给人落下个印象：那人的的确确熄灭了。

04 +

从生命美学的角度讲，我欣赏西方那种婚礼和殡仪——教堂、钟声、十字架、鲜花、誓言、祈祷、神甫……因为它格调庄重、清素，情感深沉、诚实；因为它对死亡的体贴和亲吻；因为它仪式中包含的神圣向度与寂静元素……

想起了身边的一些追悼会——

热热闹闹的一群“乌合”，若非特殊的场景暗示，单看与会者的神情，想必你连仪式的性质都弄不清。假惺惺的寒暄、提线木偶式的鞠躬、千篇一律的讲稿有几句出自肺腑？尤其是那些一天不知要赶多少场子的领导，仓促贴在面皮上的“悲痛”像纸罩一样破绽百出、四下漏风……

纯粹闹剧，整个一雇佣军和戏班子。黑压压的阵容中，你找不到内心应有的庄重和寂静，只有窃窃私语的骚动、事不关己的冷漠……你替那张没有表情的遗像冤屈，为那些无知无助的家属悲愤：为什么不拒绝？为什么不把这些“例行公事”的大员，不相干的戏客和“好奇先生”、“嚼舌太太”拒之门外？即使该来的没来，不该来的也一定不要来。

“死”本身是一种矗立，和“生”一样披覆尊严，它需要访问和垂怜，但拒绝轻薄和廉价的施舍。你须仰望，须心存虔诚和敬意，你脚步要轻，灵魂要诚实，要以生命的名义献上一份寂静、一炷心香……因为那个人，那个与你一样有着头颅、梦想、悲欢、家眷和不尽情思的逝者，你们都是生命，都有着惊人相似的生命共性。假如你实在做不到，无法献出这么多，那唯一的选择即远离，远离别人的不幸，免去打扰人家。一个没有悲痛感的人，对悲剧采取缺席的态度，也算是良知了。

我一直以为，葬礼应有极强的私人纯洁性，其驱动应来自情谊和爱。它拒绝喧嚣，应使用宗教礼仪，应排斥官方语言和公务色彩。人来到这里，应彻底是受了心灵的委托，受了真情的邀请。否则，既对不起生命，也侮辱了我们未来的死。

我常常觉得，一个人对死的态度即对生的态度。一个不尊重死亡的人，其品行必然是低劣的。一个拿葬礼作游戏的群体，其生存精神必然是轻浮的。

05 +

读过徐晓女士一篇惊心动魄的文字：《永远的五月》。

它是我十年来读到的最感人的来自当代人的祭文——

深秋，我终于为丈夫选定了块墓地。陵园位于北京的西山，背面是满山黄栌，四周是苍松和翠柏……同去的五六个朋友都认为这地方不错，我说：“那就定了吧。”……我知道这不符合他的心愿，生前他曾表示安葬在一棵树下。那应该是一棵国槐，朴素而安详，低垂着树冠，春天开着一串串型不卓味不香不登大雅之堂的白色小花。如果我的居室在一座四合院，我一定会种上一棵国槐，把他安葬在树下，浇水、剪枝，一年年地看着它长得高大粗壮起来，直到我老，直到我死……然而……我在心里说：郿英，对不起……

周郿英，一个把生命献给精神探索和良知事业的民间知识分子，一个拥有诸多美德而令所有结识他的朋友都为之骄傲的人，在同病魔抗争了四年后，1994年5月5日去世，年仅48岁。

朋友们把他的葬礼办成了一个告别会，既俭朴又隆重。哀乐是美国影片《基督最后的诱惑》的主题曲《带着这样的爱》，野花、松叶和绿草盖满了他的全身。他最后一次和大家在一起，告别之后，他将独自远行……

这是我所知道的当代最美和最诚实的葬礼了。它安静、幼小，纯洁得像个童话，像一盏乡村油灯，围拢着最好的朋友。它安静得像一页纸、一张课桌，刻着最简短的话。它被友情擦得那样光亮，不含一丝尘垢……

在物欲横流、一切正变得可疑的时代，有几人能如此幸运？

这样的朋友！这样的妻子！这样的爱和声声呼唤！

史铁生代表大家致了悼词——

他的喜悦和忧愁从来牵系于人间的正义和自由，因而他的心魂并不由于一个身影的消逝而离我们遥远……郿英，所有你的朋友，都不会忘记你那简陋而温暖的小屋，因其狭小我们的膝盖碰着膝盖，因其博大，那儿连通着几乎整个世界。在世界各地你的朋友，都因失去你，心存一块难以弥补的空缺，又因你的精神永在，而感激命运慷慨的馈赠。郿英，你的亲人和我们在一起，你幼小的儿子将慢慢知道他的父亲，以你为骄傲并成为你的骄傲。郿英，愿你安息。郿英，在天在地，我们互不相忘。

1999年，我读到的书里，有一本是廖亦武编的《沉沦的圣殿——七十年代地下诗歌遗照》。在那里，第356页，我看到了周郿英的坟照和史铁生撰写的墓铭全文。我久久凝注那块白色碑石，它安静极了，安静得正直、高尚、年轻，俨然一副脸庞……猛然一记震颤，我觉出那照片中草和树影在动，有风，身体里有一股疾风倏地掠过，从脊背到胸腔，比时间还快。

接下来那个空荡荡的下午，我什么也不做，一直在想那位妻子和儿子，想那位女人的《永远的五月》……

又是春天，又是樱花盛开的季节……我会献上一个用白色的玫瑰和紫色的勿忘我扎成的花圈，然后默默地告诉他：郿英，我们的儿子将慢慢地知道你，他会以你为骄傲并将成为你的骄傲。郿英，在天在地，我们互不相忘！

在中国，在当代，她的美、她的庄严和深情，超过了诗，超过了一切友谊和爱情的神话。

06 +

之所以对《永远的五月》如此钟情，还有一个私人情结："树葬"。

这是我私下的一个命名。一个人死了，我以为最好的方式便是葬于自家宅院的一棵树下，连坟、碑也不要……我一直以为，对生命和大自然来说，美的一个重要准则即"节约"。落叶归根，人也应像那些褪去绿色的叶子一样，尽快睡入泥土才是，任何外在的复杂都是一种烦恼——物质的浪费和精神的累赘。

人一旦成了一棵树，“死”也就转为一种生长，一种生生不已的存在。死即不再是一种毁灭，不再是可怕的终止和虚无。同时，人树相邻，日夜厮守，春华秋实亦能抚慰亲人的思念之苦。至少从精神上，抚摸一棵树和拥抱一具躯体是没大区别的。

想想吧，那些寂静无眠的时刻，那些雨滴石阶的深夜，听一棵茂盛大树浑厚的呼吸声……或深秋的一个傍晚，在地上拾起一片叶子，细细凝视那些叶脉，就像注视一个人手臂上的血管，就像注视爱人的一根发丝……

记得少时和儿伴们讨论来生做什么，别人都争当各种动物，我却莫名地表示：假若有来世，就生为一棵树……喜欢树，大概因为树带给一个孩子的礼物实在太丰盛了吧，樱桃、桑葚、槐花、蜂巢、松仁……那时我就隐约觉得：树和人的关系是最近最亲的，树是生命最好的搭档。有一年在乡下，我见过一株奇树：一棵粗壮的古柏，至少有几百年树龄罢，树身围成一弧，中间竟怀着一株年轻的杨槐……当地还流传着一个“柏男槐女”的故事，大意是一对夫妻如何生离死别又转世相聚。

正是因为这些树的情结，我对徐晓女士的那声“对不起”深存一份感动和敬意。这是一个懂得死、懂得浪漫和怜惜、懂得生命之美的人，她知道什么是最好的安置亲人的方式，虽然当代生存资源不支持她那份“树葬”的愿望，但她把心痛亮出来了。有一天，她定会履践它、兑现它，或由他们的儿子去承续。

假如有一天，我离开了这个世界，我也希望有人能这样对我，能以这样的方式收藏我……将我埋于一棵树下，最好为一棵梧桐。

不过我是有一份忐忑的，那就是我的爱人。虽然渴望能被她永远收藏，渴望自己的灵魂能伴之左右——让那棵树守着我们的家，渴望爱人能在寂静的夜晚常去看望、抚摸那棵树……但我同时更觉出了一份痛：假如那时我们仍不算老，这意味着她将从此一个人熬过剩下的漫漫岁月。那棵树的存在，将使她无法再平静地开启新生活……

这是否公平？是否真符合我灵魂的想法？

她是一个什么样的女人？什么样的幸福对之才是一种真实的幸福？才使之不致委屈生命？

如果她做不到，或者我不希望她做到，那么我最大的愿望就是回到我出生的那个家，变成故乡的一棵树，变成父母身边的一棵树。

某个日子，假如她偶尔来到树下，我希望能看见她从我身上取走一片叶子……朋友也这样。我唯一能赠予他们的，也只有树叶了。

我要对他们说声：谢谢。

2002 年

周际 摄

远行笔记（四章）

为何远行

为何远行？有一次我问友人。

渴望战栗。他漫不经心地答道。我被狠狠“电”了一下，觉得这句话好极了，叫人沉默。

一个人，无论多么新鲜的生命，如果在一个生存点上搁置太久，就会褪色、发馊、变质。感情就会疲倦，思想和呼吸即遭到压迫，反应迟钝，目光呆滞，想象力如衰草般一天天矮下去……

法国诗人阿兰说：“对于忧郁者，我只有一句话，向远处看。如果眼睛自由了，头脑便是自由的。”

“出走”——可理解为一种形而上的精神“私奔”，一种对现时生存秩序和栖居方式的反抗或突围。一股再忍下去即要发狂的激情炙烤着你，敦促和央求着你——冲出去！

从冒烟的牢房里冲出去。你是一吨炸药。否则就来不及了。

陈旧的生活总是令人厌恶和恐惧，只有陌生才会激起生命的亢奋与战栗。所以，一个诗人首先是一个“在路上”的行者，他总是将梦想盲目而执拗地撒向远方……

重要的是去，而非去何处。

渴望换种新的活法。渴望地理的改变能唤醒内心死去的东西。渴望一场烂漫的邂逅。渴望抚摸一棵叫不上名字的树……

渴望渴了能遇见一条清洁的河。

在神话典籍里——

“远方”是一条妩媚的、寂寞太久的狐。

她要有人去。特别是像山一样精纯的男子。在有月光的夜晚，走进她的林子。她睡了一千年，养足了温柔和血气，只待那个人来——那与她有过一样的梦的旅者。

只待那高潮战栗的一刻。

千年一刻！

刹那感觉

当列车启动，当城市峡谷和电视塔森冷的阴影、妖冶眩迷的霓虹灯招牌“呼”地像纸片般向后窜去……渐渐，车窗前方浮出蝌蚪般谦卑而亲蔼的灯火——清爽、温润，一点不刺眼，那是村寨的标识。影影绰绰，月光下，你看见了黛青的山廓和果冻似的湖。

隔着玻璃，它们送来了干净的风和植物的气息。稻畦、草叶、芦苇、池塘、蛙鸣、狗吠……幻觉里甚至还出现了更远的事物：林莽、山鹞、草丛间野兔疾电般的一跃。

那一刹，随着野兔的闪耀——你浑身猛然一震。是战栗！是被照亮！一股不可遏制的暖流奔泻而出……久盼的湿润和舒畅。自由了的感觉。生命减轻后的感觉。

像一个越狱成功的囚徒，证实甩掉了跟踪和监视的感觉。

冲过来了！啊，千真万确！

伟大的豁亮的一刹那。

从熟悉的生态圈闯出来，这意味着那些无形的“警戒线”和“纪律”像狱卒一样被干掉了——被时间和速度，悄无声息，手法干净利落。

列车长号一声，像脱缰的野马，在月光的婚床上，幸福地撒开蹄……

陌生的车厢。安全的车厢。

人人恋爱、自由清洁的车厢。

啊……愈来愈快，身子愈来愈快，愈来愈轻，愈来愈像那只兔子，那只闪电一样喷射高潮的兔子……

上帝的兔子！

你长长嘘出一口气，让肺里的淤泥彻底倒空——像一只旧抽屉来个底朝天。对，底朝天。

然后，你伸展躯肢，寻找最舒服的姿势，怎么舒服怎么做！

他们再也赶不上你了，你想。

他们正因失去管辖对象而气急败坏呢。

没有你，这些老爷们该怎么过啊……

想到这动人情景，你做坏事似的笑了。

让他们满世界找你去吧！

没有奴隶，他们就是奴隶了。

啊，生活……生活真好！

他们是谁？

他们是操纵程序的人。他们霸占某一城市、部门、单位……就像老鼠、蟑螂霸占一间旧屋和一只破麻袋。他们靠吮血为生，靠咬脏东西为生，靠窃取别人的劳动和撕碎愿望为生……

他们是虐待狂，一见别人挣扎就兴奋。

现在他们见不到了，于是现在轮到我高兴了。

他们不一定是人。但确有其人。

列车上的瓢虫

一粒火似的瓢虫，当欲去拉窗的时候，踩着了我的视线。

显然，是刚从临时停车的小站上来的。此刻，它仿佛睡着了，像一柄收拢的红油纸伞，古老、年轻、神采奕奕，与人类不相干的样子。

从其身上飘来一股草叶、露珠和泥土的清爽，一股神秘而濒临灭绝的农业气息……顿时，肺里像掉进了一丸薄荷，涟漪般迅速溶化，弥漫开来……

它小小的体温抚摸了我，将我湮没。

是什么样的诱惑，使之如此安然地伏在这儿，在冰凉的铁窗槽沟里？

它是一簇光焰，一颗童话里的糖，一粒诗歌记忆中失踪的字母……和我烂熟的现实生活无关。

背驮七盏星子。不多不少，一共七盏。为什么是“七”？这本身就是一件极神秘的事。幼小往往与神性、博大有关。

我肃然起敬，不忍心去惊扰它。它有尊严，任何生命都有尊严。

它更值得羡慕——

像一个小小的纯净的世界，花园一样甜，菜畦一样清洁，少女一样安静，儿童一样聪慧和富有美德……

它能飞翔，乘着风，乘着自己的生命飞来飞去。而人只能乘坐工具——且“越来越变成自己工具的工具了”（梭罗）。它不求助什么，更不勒索和欺压自己的同胞，仅凭天赋及本色生存，这是与人之最大区别。

它自由，因为不背负任何包袱，生命乃其唯一行李。它快乐，因为没有复杂心计，对事物不含敌意和戒备。它的要求极其简单——有风和大自然就行。从躯体到灵魂，它比我们每个人都轻盈、优雅、健康而自足。

它一定来自某个非常遥远的地方，那儿生长着朴素、单纯和明亮的元素……

在心里，我向其鞠躬。我感激这只不知从哪儿来的精灵，它的降临，使这个炎燥的旅夜变得温润、清爽起来。

邻座顺着我的视线去搜索，啥也没发现，唉，不幸的好奇心。

长时间的激动，它终于让我累了。

闭上眼睛，我希望等自己醒来的时候——

它已像梦一样破窗飞走。

但我将记住那个梦，记住它振翅时那个欢愉的瞬间。

草芥

为了抽支烟，我来到列车最拥挤和最孤独的地方——两节车厢的衔连处。

扎堆在这里的，除了一脸冷漠，显示出自命不凡和矜持的烟民，便是那些蓬头垢面的外省民工了。

他们或躺或倚或蹲，不肯轻易站着，仿佛那是件很费气力的活儿。

其神情、衣束、行李皆十分相近，让人猜想这曾是一支连队，一支刚从战场撤下，且全是伤病号的队伍。

他们一个个表情黯淡，呵欠连天，像是连夜赶了很远的路才来到这儿，而上路前又恰好干完很累的活……他们对车厢里的一切都没兴趣，一上来便急急地铺下报纸卷、麻袋片，急急地撂倒身子，仿佛眼下唯一要做的就是节省体力，仿佛有更累更重的活儿在前方等着……

他们是这世上最珍爱气力的人。气力是其命根子，就像牛马毛驴是农家老小的命根子，他们舍得喂，舍得给，却不舍得鞭抽，不舍得挥霍挪用。

突然涌上一股惶恐。我缩了缩绷紧的脖子，觉得这样悠闲且居高临下地看对方“太不像话”——这显然不对！

总之，这隐含了某种“不对”。

在这个世界上，有的人，要靠几个、几十个人来养活。而有的人，却要至少养活几个人……有人一上车就被引入包厢，领到鲜花茶几水果前。而有的人，却被苍蝇似的赶到这儿，且只准待在这儿。

他们不是苍蝇，是人！

我一阵胸闷，心里低低吼着。像有一团擦过坐便器的脏布堵在里面。

我并非厌恶自己，我只是想到了某些令我厌恶的人，所以才有要对这世界呕吐的感觉。

我相信没有谁饲养我，我靠自己养活。说不定我还养活了谁！

我在心里向他们致敬。我想蹲下去，蹲到和其一样的高度，恭恭敬敬让一支烟……但终于没做，怕人家误会。

他们不习惯白拿人家的东西。我遇到过这样的情景：长途汽车上，将几颗糖悄悄塞给邻座农妇的孩子，她害怕地往后躲，后来母亲发现了，竟掴了孩子一巴掌，嘴里骂："叫你馋，叫你拿人家的东西……"

"人家"—— 一个多么客气又警觉的词。客气得叫人压抑，让人难受。

他们在睡觉。集体在睡觉。他们的梦仿佛是同一个，连脸上的表情都那么一致，不时地张嘴，不时地皱眉，不时地淌下一丝涎水，仿佛要把更多的空气吞下去，仿佛嫌鼻孔不够大……

只有空气无偿地支援他们，满足他们。

他们在打鼾。就像在自家炕头老婆身边那样打鼾。偶尔翻一下身，喉咙里发出叽里咕噜，石块滚下山坡的响声……手趁机在行李上抓一把，判断对方还在不在。

他们的神情像是在森林里迷了路。有时突然睁开眼，警觉地瞅瞅四周，然后用焦急、粘连不清的方言问头顶上的烟圈：几……几点啦？

他们似乎连句流利的话都说不出，又似乎还急着想说啥，却一时给忘了。

你索性将时刻和一路上的大小站全报给了对方。

他们满意了，眼里噙着感激，连连点头，倒身又睡了。

自始至终，你听不到一句多余的话。

他们把能省的全都省下来了。

1996 年

两千年前的闪击

去西安的路上，突然想起了他。

两千年前那位著名的剑客。

他还有一个身份：死士。

瀌瀌雨雪，秦世恍兮。

眺望函谷关外漫漶的黄川土壑，我竭力去模拟他当时该有的心情，结果除了彻骨的凉意和渐离渐远的筑声，什么也没有……

他是死士。他的生命就是去死。

活着的人根本不配与之交谊。

咸阳宫的大殿，是你的刑场。而你成名的地方，则远在易水河畔。

我最深爱的，是你上路时的情景。

那一天，“荆轲”——这个青铜般的名字，作为一枚一去不返的箭镞镇定地踏上弓弦。白幡猎猎，万马齐喑，谁都清楚这意味着什么。寒风中那屏息待发的剑匣已紧固到结冰的程度，还有那淡淡的血腥味儿……连易水河畔的瞎子也预感到了什么。

你信心十足。可这是对死亡的信心，对诺言和友谊的信心。无人敢怀疑。连太子丹——这个只重胜负的家伙也不敢怀疑分毫。你只是希望早一点离去。

再没什么犹豫和留恋的了吗？

比如青春，比如江湖，比如故乡桃花和罗帐粉黛……

你摇摇头。你认准了那个比命更大的东西：义。人，一生只能干一件事。

士为知己者死。死士的含义就是死，这远比做一名剑客更重要。干了这杯吧！为了那纸沉重的托付，为了那群随你前仆后继、放歌畅饮的同行。樊於期、田光先生、高渐离……

太子丹不配“知己”的称号。他是政客，早晚死在谁手里都一样。这是一个怕死的人。怕死的人也是濒死的人。

濒死的人却不一定怕死。

“好吧，就让我——做给你们看！”

你峭拔的嘴唇浮出一丝苍白的冷笑。

这不易察觉的笑突然幻化出惊心动魄的美，比任何一位女子的笑都要美，都要清澈和高贵——它足以招来世间所有的爱情，包括男人的爱情。

风萧萧兮易水寒，壮士一去兮不复还。

渐离的筑歌是你一生最大的安慰。

他的唱只给你一人听。其他人全是聋子。筑声里埋藏着你们的秘密，只有死士才敢问津的秘密。

遗嘱和友谊，这一刻他全部给了你。如果你折败，他将成为第一个用音乐去换死的人。

你怜然一笑，谢谢你，好兄弟，记住我们的相约！我在九泉下候你……

是时候了。是誓言启动的时候了。

你握紧剑柄，手掌结满霜花。

夕阳西下，缟绫飞卷，你修长的身影像一脉苇叶在风中远去……

朝那个预先埋伏好的结局逼近。

黄土、皑雪、白草……

从易水河到咸阳宫，每一寸都写满了乡愁和永诀。那种无人能代、横空出世的孤独，那种“我不去，谁去”的蔑世豪迈。

是啊，还有谁比你的剑更快？

你是一条比蛇还疾的闪电。

闪电正一步步逼近阴霾，逼近暗影里硕大的首级。

一声尖啸。一记撕帛裂空的凄厉。接着便是身躯重重仆地的沉闷。

那是个怎样漆黑的时刻。漆黑中的你后来什么也看不见了……

死士。他的荣誉就是死。

没有不死的死士。

除了死亡，还有千年的思念和仰望。

那折剑已变成一柄人格的尺子，喋血只会使青铜陡添一份英雄的光镍。

一个凭失败而成功的人，你是头一位。

一个因倒下而伟岸的人，你是第一株。

你让“荆轲”这两个普通的汉字——

成了一座千古祭奠的美学碑名。

成了乱世之夜里最亮最傲的一颗星。

那天，西安城飘起了雪，站在荒无一人的城梁上，我寂寞地走了几公里。

我寂寞地想，两千年前的那一天，是否也像这样飘着雪？那个叫荆轲的青年是否也从这个方向进城？

想起了诗人一句话：“我将穿越，但永远无法抵达。”

荆轲终没能抵达。

而我，和你们一样——

也永远到不了咸阳。

1995 年

周际 摄

02 第二辑

向一个人的死因致敬

人是唯一会脸红的动物，或许说是唯一需要脸红的动物。

——马克·吐温

01 +

一个人精神毁容了，被自己或别人的硫酸。如何是好，如何是好……

面皮移植？铸一铁面具？归隐山泉与雀兽为伴？

卢武铉先是对观众说了声“对不起”，然后散步，迎着日出，迎着故里的崖。

山脚下的小村子很美，无论地理还是气质，卢武铉回忆得也很美，说那是个“连乌鸦都会因找不到食物哭着飞走”的地方，他的话深情而充满感恩。在乌鸦身上，他用了个“哭”字。

想当年，他就是因找不到食物而哭着飞走的。去了大田，去了汉城，去了青瓦台。

每次出发，他都空空荡荡，除了一个贫民之子的誓言、一个清卷书生的豪气，别无行李。

坑坑洼洼的故乡，那些含辛茹苦、蓬蓬勃勃的野草，似乎给了他最生动的精神注脚，也预支了最有力的人格担保。

怎么看，此人的变节风险都是最小的。他有着淳朴的起点和奋斗史。

坎坷身世、卑微学历、民权斗士、草根总统……卢武铉像一个童话。

全世界，包括我这个外国人都对这个童话喜爱不已，也觉得和自己隐隐有关。

这世界需要童话，需要一次童话的胜利，就像需要一场雪。

最近的一场雪是奥巴马带来的，他的肤色照亮了星条旗，也鼓舞了地球仪。只是他离得远了点，不如卢武铉这般近，像亲戚。

有时，我觉得卢武铉酷似中国史书上的那些前辈，很儒家，很士林。你看他说过的——

大选获胜后，他用噙泪的语调承诺：“我知道大家对我的期望是什么，那是一个没有腐败、没有特权、没有违规的社会，一个用自己双手生活的诚实的社会。”

面对反腐的重重阻碍，他说：“没有一个农民，会因土地贫瘠而放弃劳作。”

住青瓦台后，他与友人私下谈心，称执政关键有三：一将改革进行到底，二让总统府远离金钱，三管好自己的亲属。

凡此种种，都让我想起先人那句话："富贵不能淫，贫贱不能移，威武不能屈。"

做好这几条，孟子说，你就是大丈夫了。其实，也就是最好的公仆。

还有啊，论面相，卢武铉的东方脸孔上有一种让人特放心的东西，温绵、敦厚、亲蔼，处处散发着安全感，完全符合中国人推崇的"方正"。

然而，童话终究是童话。事实证明，贫穷和廉洁并无直接关系，监督权力和坐拥权力是截然不同的两份差。

当他和故乡不再为食物发愁的时候，其家人被怀疑偷拿了别的东西。

终于，一名英勇的律师站在了审判席上，一位历史的原告变成了现实的被告。某种意义上，卢武铉成了自己信仰的敌人。至少客观上，彼此互换了位置。

02 +

为什么会这样，怎么会这样呢？

我不感兴趣。我只留意那天，他最后一次的攀登。

他选择了故乡的崖。崖，本身即意味着高度，即尊严的象征，即清高者的去处。

可以想象，这曾是他少年立志和理想出发的地方。

清晨的草木，带露水，很干净。

一个人在做自由落体前，心真的会安宁吗？

世间很美，他远远看见山脚下人影幢幢。同胞的生活又开始了，接下来，将是忙碌而幸福的一天。

对他来说，今天只意味着一个早晨。

这一天，卢武铉将成为全世界的新闻头条。他料到了，但他已从看客中划掉了自己。

这是个脸皮薄的男人。性情如铅笔，直、细、脆，又爱哭鼻子。有人说，流泪是孱弱的表现，他不具职业政治家应有的坚忍。何谓坚忍呢？不太懂。稍后，似乎也懂了，就是脸皮厚实且富弹性吧。

不错，论政治体格，此人是弱了点。和城府深沉、世故圆滑的同行相比，他似乎太嫩，像书生，不像政客。

“我已丧失了再讲民主、进步与正义的资格……各位不能和我一起陷入这个泥淖，请大家舍弃我卢武铉吧。”

他没有狡辩，他说他无颜于家乡父老，无颜于全体国民。连肇事的家人，他都表示了愧疚，他觉得是自己，使之不幸沾染了权力，是自己的事业把亲属带到了危险地带。

非得纵身一跳？别无选择吗？

世间那么多毁容者，不都活得好好的吗？

这大概和一个人的精神体质有关。该体质决定了一个人的生命意义和存在依据，决定了他遇事妥协之程度、忍受之底限。比如逆境下的选择，“好死不如赖活着”是一种，“留得青山在”是一种，“宁玉碎不瓦全”是一种，“万念俱灰唯死一途”是一种……

卢武铉属哪种呢？我说不清。

有一点能确认：他死于面子，死于廉耻和羞愧，死于精神毁容后的照镜子。

“我现在没有脸正对你们的眼睛……我现在完全可以被抛弃了，现在我完全不足以代表任何道德进步。”

这是个爱照镜子的政治家，是一个道德自尊心极强、自珍甚至自恋的人。他并非死于惊恐和畏罪，而是死于意境的破灭，死于内心的狂风，死于肖像的被毁，死于一个理想主义者的失败感。还有，对清静、安宁和独处的渴望。

这种死因，包括死法，确实不像现代政客所为。对许许多多政客来说，精神毁容、身败名裂，不过乃轻若稻草的一件事。审判席上，磕头捣蒜乞饶求生者多如蝼蚁，贪生即怕死。但于一个自我器重惯了、把尊严和仪容视若性命之人，这事故即如泰山压顶，漆黑一片。

所以，当有人说他死于一根道德稻草时，我不同意，我说他死于泰山。

不是说他死得重于泰山。

03 +

这种死因，多少让我想起了古人，想起了士林之风。我觉得精神气质上，卢武铉很有点前辈风度，像从竹林里走出来的，士大夫的腰板，昂首挺胸，纤尘不染。

古人是把知耻当头等事的，礼义廉耻被看成国之四维。

“无羞恶之心，非人也”；“羞耻之心，义之端也”；“五刑不如一耻”；“士皆知有耻，则国家无耻矣”。

如果说古代士子是吃“素”的，一日三省谋求肺腑洁净，衣冠楚楚力图众口皆碑，那现代政客则不然，他们更崇尚丛林法则和掩人耳目，内心多“荤腥”之物。逻辑和尺度变了，精神体质也就变了，政治品格也就变了。丑事当前，拼命遮挡；铁证如山，又死乞白赖。

古人惜名，今人惜命。古人自责，今人诿过。

谁脸上没个疮？今人看来，卢武铉的道德反应显然过度了，但古时候，这绝对是正常均值，算一个合理的脸皮厚度。

由此我涌生敬意。我向一个人的死因致敬，向他骨子里的那份“古意”致敬。

古意，让生命葱茏如竹。

我还想起了另一个自杀者，小得不能再小的小人物。三年前，南方一家小煤矿爆出档新闻，报纸标题是《倔犟矿工打赌嫖娼后服毒自杀“谢罪”》。事情大致是：端午节，矿上发了点酒，歇工后，矿友们围在一起打牙祭。不能喝酒的张某很快有了醉意，和人打起了赌，对方说你若敢去“耍小姐”就如何如何，张某一向老实巴交，但这次为显示“男子汉气概”，稀里糊涂由人陪着去了镇上发廊……第二天酒醒，张某羞愧，将昨晚事和盘托给妻子，下午借口外出，喝农药身亡。记者采访张妻时，她哭诉说，自己并没怎么责备丈夫，谁知他……末了又说：“再找这样一个男人，恐怕世上没有了。”

我同意张妻那句“恐怕世上没有了”。

几十年前也许还有，现在确实没有了。

一件众人眼里的小事（记者讲，“耍小姐”在当地矿上很平常），竟引发了那么重的后果，又被媒体津津乐道，被鉴定成“失足恨招来荒唐事”。我觉得“荒唐”二字用歪了，相反，我觉得死者是个很正常很健全的人，只因和大多数人相比，其道德姿势太端庄、太憨直，在同一件事上，他的“坎”设得太低，才把生命卡住了。但谁能说我们的“坎”高度正常呢？“耍小姐”是污点，但把这污点看得如此严重，成了天大的事，须以命相抵——这确实是个稀有，不，绝迹的男人！

我不支持他的逻辑，但敬重他的羞耻和刚烈。仔细想，其生命里有一股特别严肃、硬朗，让人隐隐动容的东西。

这也是一个略带古意的人。

在一个操守尽丧的年代，任何有操守痕迹、有心灵纪律的行为，我都予以嘉许。

04 +

卢武铉，你让我看到了人性的失败，也看到了人性的胜利。

你的纵身一仆，无疑是最大的诚恳。这一仆，让全世界鸦雀无声。

一个蝴蝶般的男人。

爱美，洁癖，羞涩，自我器重，追求宁静与安详。

也许你过于柔软，但柔软不是缺陷，而是美德，一种濒临消逝、渐行渐远的古意。

你不适合做政客，适合做政客的镜子。

电视上，我看到呜咽的菊花铺成了黄色海洋。我不知花瓣后安放着多少种情绪，纯粹的哀伤、谅宥的叹息，或者是鸣冤的抗议……

但我要献上我完全私人的冲动。我想重述一遍敬意，及致敬的理由。

在一个把道德当痰随意啐掉的年代，我向一位视道德为全部家当的失足者致敬。

在一个鲜耻乃至无耻的年代，我向任何有耻的人致敬，向爱惜羽毛和颜面的人致敬，向未泯的崇高意识致敬（行为上，他未必做到了崇高，但他有崇高的本能和临终的维护，他死于崇高的折磨）。

在一个污秽横流的年代，我向有洁癖的人、向注重灵魂保洁的人致敬。也许他是清白的，也许不是，但他渴望清白、热爱清白，并为有负于它而羞愧难当。

另外，我还要向他的山崖致敬。那么高的地方，没几个政客敢爬。

玉石虽焚，毕竟身怀晶莹；瓦片固全，终乃糟泥之骨。

卢武铉，一个向全世界低声说对不起的人，一个诚恳地垂下头的老人。

他死了，我宁愿把他的死看作合情合理，看作古意十足，看作儒生的高贵。

他死了，请接受他的歉意，原谅他做的和别人对他做的，然后，像千千万万人一样，手执一盏东方菊花，向那肖像深鞠一躬。

其实，每个人身后，都有一片山崖。那是早晨攀登的地方，也是黄昏抬望的地方。

2009 年

一个房奴的精神大字报

——以一位女同事的牢骚为例

聊天日期：2007年4月某天。

聊天地点：北京“黑暗餐厅”。

三年前，我开始策划那个梦想：在这个没有边界、连鸟的脑雷达都会失灵的城池里，觅一处自己的巢。这是个弱不禁风的梦想，如果在北京，你就会承认这一点。每天上下班，我纤细的脖子总要拉直，向半空中那些巨幅的楼盘广告表示羡艳，我想，那一定是副可怜虫的媚态。广告牌的神情个个像“二奶”，也像鹭鸶，腿细而倨傲，她们被宠坏了。

到处都是埋伏，我知道。城市里趴满蜘蛛。她们就在那儿等你，在你每天的必由之路上。矜持而又随意，她们可不是站街女。我想起T台上的那些模特，她们大腿边的小挂牌，风铃状，就是专等时代的某一只手来摘的。一触即响，应声飞快，而且是欢快，少女胸腔里发出的那种。“银铃般的笑声”，老人们形容得真好。

风铃、蛛网，都是埋伏。都带着一股中央和环岛的傲慢。

或许城池本身就是一个天然埋伏。游户一进城，就掉入了一个圈套。

一座庞大的逻辑重重、吊诡烁烁的生存棋枰。

表面上名词，骨子里全是形容词，瞧瞧吧——

“爱琴海”“水岸长汀”“雨林水郡”“枫丹白露”“棕榈人家”“爱丁堡”“竹天下”“假日花都”“瓦尔登湖”“野草莓地”“格林小镇”……

这让我很气愤，表面上一本正经的名词，全他妈撺掇形容词的劲。全是季节、植物、词牌和名著符号，文化人干的酸事，说不定还有几个狗屁诗人的狐臭。我有一写诗的姐们，就去了地产广告公司，专门绣这些风花雪月的词，啥元素稀罕，就往词里搬啥，刚扶上几棵树苗就敢叫雨林，挖条水沟就惊呼地中海，地基有点坡度就堪称“云上的日子”……这根本不是打折，简直就是胡说。

这个时代的最大腐败就是滥用形容词。

我发誓，要买就买个名词注册的楼盘，就像嫁人嫁个忠厚人，别花花肠子。可我傻眼了，没有，这年头根本没有，把楼盘图册耧个遍，甭想瞅见一个老实巴脚的名词，比不喷农药的蔬菜还稀罕。既然绝望，索性就绝到底，直奔形容词而去，嫁个恬不知耻的家伙吧。这个怎么样？“诗意栖息，天堂隔壁。”牛皮吹得大吧？大得像郭德刚，属相声的，我喜欢。投奔庸俗和露骨，是因为我想放弃辨识，早投降早歇着。我弱智还不行吗？

在流氓中寻找意中人，在谎言里拣最轻的谎。谎言越公然，越不伤人。

干什么都耗油的时代，我愿做一盏省油的灯。

言归正传，期房，楼花。

真他妈越来越怀念人类的昨天，想想古代集市，你说那会儿的人多纯朴、多有安全感啊，买椟还珠、削足适履，反正大伙都笨，且以拙为德，“端木陶朱”就供奉了两千年，凭义取利，童叟无欺，一文银一分货，货比三家也累不到哪儿去，交钱拎货走人，省力省心省事。谁发明的期房这档子买卖啊？看不见摸不着，整一个大画饼！论起购物，我真想倒骑驴回去，回到千年前的东京汴梁，哪怕原始社会都成，物物交换——更本分、更实心不是？

想起开发商我就怀念旧社会。

参加过无数房展，可每次都从那巨大的鼎沸与喧嚣中逃离，旗子、喇叭、传单、概念、数据、飘带……旋涡里有股暴乱的戾气，一踏进就有种不祥、惶恐，大脑缺氧。沙盘楼景都像草莓蛋糕一样诱人，但我知道那不是诺言。我没有照妖镜，无力识别传说中的那些陷阱和烟雾，我不是人家的对手。我害怕复杂，我三十年的快乐全仰仗简单和清晰。可城市就这么复杂，生活就这么复杂，不仅结构复杂，程序和路径也深奥无比，它逼你去学知识、练眼力、壮胆魄，以应对复杂和深奥，否则结局只有一个：你成了“复杂”的受害者！你沦为“深奥”的牺牲品！

我多么羡慕那个叫舒可欣的男性，舒可欣你知道吗？就是京城那个著名维权律师，他天天挥舞披荆斩棘的手势打各种缠绕房产的官司。能代表良心、激情和鲁迅，他多么伟大！我曾近距离采访过这张脸——

相当于《高端访问》里水均益和阿拉法特的间隔。谈到他为之奋斗的那些人，他总是愤怒，那是一种面对阿Q的愤怒，好像总在说：你们怎么这么惯于被欺？怎么能这般忍辱？那是一种混合着关怀和鄙夷的愤怒。尊敬的舒老师，一张典型的国字脸，因愤怒而更加饱满，饱满得让我顷刻间想起“人民”和“九百六十万平方公里”这些词。他很复杂，因复杂而强大、而蓬勃。他用自己的复杂同对手的复杂英勇搏斗，那是你中有我我中有你的胶着战、焦土战。可我不行。舒老师您再怎么鼓励和生气都没用。我就是这么没出息，我就是您不争气的衰民、睡民、奴民。记得那次采访结束时，您狐疑似的扫了我一眼，您一定瞧出来了：这女记者虽套着CCTV的马甲，但生活中是碗稀饭，根本当不了自己的信徒！

不错，我还没正式买房，就早早被您说的那些事吓瘫了。

不过，我深深知道您是对的。生活需要战斗，您就是这个时代的战斗机。乌云的天空中，需要您雄鹰般的身影。像您这样的，一千架、一万架才好。

我租住在四环边一座高架桥畔的公寓。很便宜，也不便宜，月租一千二。

夜晚，我会打开小区的业主论坛瞥两眼，那儿充满了一股火药味，或者说“舒可欣味”：车位侵占、物业告示、电气收费、罚款通知、最后通牒、狗咬人事件、电梯断电真相、业委会内讧、民主选举、罢免倡议书、水污染调查……几乎所有人都在紧张地防范，或者进攻，都在火热地参与什么波澜壮阔的大事……大家都在提高智商、锤炼逻辑、狂补法律，争取变得更强大、更彪悍、更振振有词和不吃亏。这就是生活，电视剧“亮剑”精神激励下的生活，晚饭后至入睡前的小区夜生活，亦即舒律师号召的向前冲不要向后仰的义勇军生活。

我跟不上，俨然一个被淘汰了的人，一只坐壁上观的壁虎。可是舒老师您知道吗？要战斗就得怀揣炸药，就要全身披挂，而我天生骨软，背不动那些装备。我只想轻轻松松，最好一股敌人都遇不上。换句话说，我属于那类人：只想着早一点开始生活，而不想在准备生活上花太多心思，耗太多元气；我从不去想改造这个时代而只做虚构时代的美梦；我不想维什么权，我只怔怔地看着别人维权；我一点不想参加革命，却白白享受革命结出的果实。我对你们的敬意抵消不了我自私的嘴脸，我怯弱得近乎小人，我很卑鄙是么？要搁战场上，您早把我当逃兵给毙了是么？唉，幸好我是女人，否则没有女人在我身边会有安全感。

我无法自我器重，也一丁点不喜欢自己，但我爱自己。我知道马克思说得对，改造世界比解释世界伟大，我知道只贪图私生活的人是可耻的，但我确实不爱打架，一闻见硝烟就窒息，这叫性格或人格哮喘？

终于有一天，我买下了自己的楼花，那个叫“诗意栖息”的画饼。我订的是 90 平米的那种饼。

不挑拣了，固执的感觉真好。我悲壮地接过笔，在一叠房贷书上画押签名。抛去首付，50 万人民币，20 年还清。20 年，按世界妇女的平均寿命，我还有两个 20 年。鬼使神差，签完名，我竟情不自禁在后面缀了个句号，连房贷员都愣了神。对不起，不是故意的！那一刻，我有一种“生活，真正开始了”的激动，再不用失魂落魄地出没于展会了，再不用苍蝇般叮那些蛋糕沙盘了，再不用诚惶诚恐地怀疑自己智商了。我发誓，本小姐此生绝不再购房。

别了，开发商。别了，万恶的房展会，见鬼去吧！

尔后，我打车直奔那块堆满垃圾的地皮。既然破败，那就深情地欣赏它的破败吧，还有荒凉之上矗立的宣言：“诗意栖息，天堂隔壁！”不对，那壁字怎么错了啊？开发商竟把“壁”写成了“璧”！

四百多个日夜过去了，荒凉终于长出了庄稼。虽然距“天堂”很远，但我不失望，因为未奢望。什么量房啊、查验啊、测室内空气啊，统统与我无关，我是照单全收。收房那天，别人都带着水盆、卷尺、锤子、乒乓球、计算器……我知道，这些整套的收房工具都出自网上的理论仓库，正规军装备。我赤手空拳，根本不打算遇敌。事实上，啥硝烟也没闻见，没谁顾得上和开发商切磋，大家都乖乖地交钱、开单，收款台前长长的列队像幼儿班一样听话。

从此，兜里多了一串有分量的钥匙。这是楼板的份量，这是“业主”一词的分量。虽然分量的大半还攥在银行手里。

狗屁精装，入住仨月：笼头坏掉俩，水管漏了一回，门吸磕掉一个，墙漆脱落一片。但骂人不等于生气，这类事我再熟悉不过了，在社区论坛、网上留言，在别人的新闻和我接触的新闻里，一切都太熟悉太正常。惊诧啥？以为你是在美利坚呀！

白天，我更玩命地干活，每月多做 0.5 个片子。我要为银行加班，我要为房子进贡，我要为它奋斗终生。一俟晚上，房子就为我效劳了，它像一个松软的鸟巢，收藏我的疲惫和凌乱羽毛。总之，入住的头两个月，整体上还算是“痛并快乐着”，可渐渐地，快乐像咖啡沫一点点瘪下去。

房子位于五环外，一段地铁加一截轻轨加三站公交，往返仨小时，加上京城独步天下的“首堵”，每天都感觉像是在出差。回到小区，夜色已浓似酱油，27 层的电梯门徐徐闪开，直觉得头晕，晕机晕船的恶心。房门在身后“砰”地扣锁，我意识到自己进了一个抽屉，一个昂贵的抽屉，一个冰凉的悬空的抽屉，一个不分东南西北的抽屉，一个闷罐无声的抽屉……我弄不清我究竟是生活在里面、还是躲在或被关在了里面？究竟这抽屉属于我、还是我被许配给了这抽屉？我感觉自己就像只蟑螂或小白鼠，是被强塞进来给抽屉填空的。究竟谁消费谁、谁支配谁呢？我有点恍惚了。也不知道周围的抽屉里都装着谁？或者空空荡荡……原以为有了这样一个抽屉，生活就此开启，可为何仍无“到位”的感觉呢？一切如故，没有变。

这个小区，按北京流行的说法，乃名副其实的“睡城”。也就是说，大家在这儿的所谓生活，主打内容就一项：睡。早出晚归，来此就是住宿，别的谈不上。全是菱角塔楼，形体、高度、外观清一色，楼距很小，没啥闲地可遛可呆，连狗都不愿出门。或者说连狗都惧怕出门，因为一旦和主人走散，就甭想回来了。

那么，我倒霉的抽屉，所谓的家又如何定位呢？有一次走在楼下，我突然意识到这个问题。仰头望，我发现其实根本找不见自己的窗户，我举着手指，嘟囔着数高，直到头晕目眩，也没敲定27层的位置，所有的窗户都表情一致，那是一种嘲笑的表情，它们在嘲笑我。你尝过站在自家楼下——却愣是瞅不见家的感觉吗？这感觉让人发疯。

这么说来，我辛辛苦苦挣来的家，不过是城市里的一片马赛克？一块带编号的砖？一帖署名的瓷片？每天的所谓回家，莫非只是为了走回那个编号、像进电影院般对号入座？唯一区别即我买的是年票？70年通票？

除了那串编号，我还能用什么来描述我的家呢？我还有让别人找到我的其他线索吗？我甚至想，如果某一天我突然失忆，老年痴呆，或其他原因忘了那个编号，我怎么回家呢？这么一想，我真的害怕了，因为忘掉数字对我来说乃家常便饭，电话号码、身份证号、信用卡、存折、电子邮箱的密码……在我脑褶里从来就是一团糨糊。

那天过后，我郑重地做了一件事：把我所在的小区、楼号、单元、门牌——工工整整地抄在手机记事簿里（我想，如果哪天我暂时失忆或脑子短路了，至少聪明的警察能发现这条重要线索且把我送回家罢。当然，也仰仗那位警察的想象力）。我发誓，我没开玩笑！我是严肃的。

我成了个胡思乱想的人。女友怜惜地说：你是不是病了？这就是最正常的生活啊。我想，我可能真是病了。她说，结婚吧，俩人就好了。唉，结婚又怎样呢？抽屉里关一只蟑螂和关两只蟑螂区别大吗？

小区的业主论坛我很少看，最近去竟吓了一跳，那儿已变成了滑铁卢！无数人在厮杀，无数帖子在冲锋，无数口水在飞舞，混乱得像台湾选举。原来都是自来水惹的祸，小区水发黄发浊，早就是事实，开发商称已申请将自采水转为市政水，可迟迟按兵不动，清理水井的承诺也未见行，现有采水面太浅，易受邻近药厂污染。奇怪的是，明明大家有一个公敌——开发商，可到头来竟同室操戈，变成一场业主内乱，很有点法国大革命雅各宾派和吉伦特派的味道，激进者要拉横幅在小区里游行，温和派呼吁理性和秩序，还有就是水样检测、组织抗争需要的经费，靠自愿集资还是公摊均担……我好奇地打开一张贴图，那是激进派狂草的一条横幅：不在沉默中爆发，就在沉默中死去！还有一条颇像行为艺术的创意：号召大家在各自窗户上贴一幅字——一个大大的“水”！理由是这样最能吸引媒体，因为这是个形式大于一切的年代！

唉，我又叹了口气。一个远离革命的卑鄙者的叹息。不知怎的，我非但不沮丧，不为水的命运担心，反而有点快慰，这至少证明了一个事实：这座睡城还是有激情的！这个池塘还是有波澜的！

可我渐渐发现，这波澜仅仅限于网络池塘，现实中没丝毫响动，仿佛一切都发生在梦游里。一连几天，我没瞅见一面贴“水”的窗户，整个小区的白天都平静得很，连人影都很少。而一到了深夜，网上又变成了集市，昨夜的池塘又登场了，依然是蛙声一片，鼓角连天。这究竟怎么回事？

在这个如火如荼的池塘里，我没有敌人，也没有朋友，除了懒洋洋拖一下鼠标，俨然一条睁眼睡觉的泥鳅……一位同事说：正因为你没有敌人，才没有朋友！他还说，知道什么叫生活吗？生活就是博弈！

靠，生活怎么变成博弈了呢？怎么所有人都满嘴舒可欣口气？舒可欣，一支流行牙膏？

我还是不甘。我就是不甘。生活怎么是博弈呢？你们有没有搞错？“准备生活”怎么能随便和“生活”混为一谈呢？博弈顶多是为生活而做的准备，就像革命是为了从此不再革命，是为了今后好好过日子，革命怎么能成为革命目的呢？博来博去，精疲力尽，奄奄一息，而真正的生活啥时候开始？你们说自己一直在生活，说眼下的斗争就是生活，可我怎么觉得这仅仅是生存而远非生活呢？炮声一歇巴顿就撞树死了，因为那是他唯一的快感，你们从眼下的斗争中也获得了快感？如果准备生活占据了我们的全部时间，那纯粹的人生又在哪里？

啥才算真正生活？

从前人不是这样过的，未来人也不是这样过的，为什么今天就非得这样？就只剩下这样呢？生活的本来面目是什么？谁还记得它从前的模样？三百年前，张潮的《幽梦影》说：“春听鸟声，夏听蝉声，秋听虫声，冬听雪声；白昼听棋声，月下听箫声，山中听松声，水际听欸乃声……方不虚此生耳。”

方不虚此生耳。和古人相比，我活得像混凝土。全世界都像混凝土。

每个人都是一块砖。一块失魂落魄的砖。一块在纸币大风中起落的砖。

我采访过一个行为艺术家，叫莽夫。一开发商拿出一外形像摇篮或襁褓的玻璃房，请他在楼盘前做一次题曰《哺乳》的生存试验：为期30天，吃喝拉撒睡全在其中，同时配给他的，还有一只婴儿奶瓶、一个能放大50倍的望远镜，一本记事簿，随你怎么折腾，不外出就行。

开发商宣称此举是向公众展示自己的住宅理念：好楼盘就像一只奶瓶，给人提供最大的哺乳和滋养。我对开发商的胡说不感兴趣，只对这个可怜的居民有好奇，因为那个密封容器让我想起了自己的抽屉，我想知道这一个月刑期他干了些什么？他又能干什么？

采访让我失望，艺术家除了骂娘，啥也懒得描绘。他说就是为挣钱、没别的。或许看出了我的沮丧，作为补偿，他说望远镜帮了他大忙，让他干了几桩有意思的事：搜索鸟、树、星星……丫的，方圆一公里，总共只找出9只鸟、12棵树。他恶狠狠说。

呵呵，我笑了。片子做不成，但我挺开心。我觉得他和我有点像。我们都有点不正常。

险要没话说时，他突然问：买房了吗？我说买了。贷款？我点点头。他叹口气，有点可怜地望着我：有一天，午睡醒来，发现玻璃外面趴着一只蜗牛，蜗牛——真他妈奇迹，这地儿还能遇见蜗牛！开始我多么感激这蜗牛，它终于让我有事做了，可慢慢的，我觉得难受，视觉上不舒服，它爬得如此慢，如此奴隶般辛苦，就是因为它要驮着自己的房子过一辈子，它要为那个壳终生服役。我才不那么傻，我不买房，我不能让一个壳子来剥削我，我不能背着房子走路，那样会把魂给丢了的。

我隐隐动容，这是个伟大的家伙。他的话很玄，带着股神谕或暗器的风力。

但你总要有自己的房子吧？我问。

那我就回家种田去，在自家地里建房。他满脸兴奋，仿佛这是个早有答案的问题。回老家去，我是农村户口，家里有地，有菜园，我要砌一个真正的房子，不是你想的那种别墅，是我们老家最普通的那种，那才叫真正的房子，连天衔地，坐北朝南，有鸡飞狗跳，有春夏秋冬……你住几层？他突然想起了什么。

27层，我有点心虚了。

唉，他又悲天悯人地摇摇头。知道吗？你们现在住的只能勉强叫房，根本不能叫“屋”，更不配叫“宅”。“屋”是四壁完整、基顶俱全的一个独立系统，而“宅”是有院落的，前庭后园，有树有景，那是个更生动丰富的系统。现在的房，叫房都有点夸张，充其量是一个“位”，如同公共汽车上的一个座，车厢就是整个楼……还有，人无论如何都不能住得比树高，这不合天道，你想啊，鸟是世上最高的动物，可最高的鸟也不过是住到树这一层，上苍造树，就是为生灵挡风避雨、蔽日养荫的，你住得那么高，树的这个功能就浪费了，或者说，树的这个道德就不见了，这等于违反造物之理，辜负天道美意。悖天行，则命短……

我听得傻傻地说不出话。想逃，可拔不动腿。

吓着你了吧？嘿嘿，莫怕莫怕。他收起智慧，又恢复了邋遢与憨厚。

我又不是灵芝仙草，住这么滋润干嘛？你懂风水？我问。

不，他摇头。他说上面那番意思是他这三十天看高楼大厦看出来的。

后来他又说啥我忘了，除了一句。他说：人不能给自己造一座山。

是啊，房子源于山水草木，乃大自然赐予人的礼物，可它何时变成人身上的一座山了呢？人对房子何以变得敌视？人何以变成自己工具的工具了呢？

我们还有能力让事物恢复它的本来面目吗？我们还有足够的睿智与灵性呼唤和被叫醒吗？

2007 年 5 月

林美 摄

白衣人：当一个痛苦的人来见你

——对现代医学的人文透视

我愿尽我力之所能与判断力之所及，无论至于何处，遇男遇女，贵人及奴婢，我之唯一目的，为病家谋幸福……

——希波克拉底誓言

角色体验

患病，乃一种特殊境遇。无论肉体、意志和灵魂，皆一改常貌而坠入一种孤立、紊乱、虚弱、消耗极大的低迷状态。一个生病的人，心理体积会缩小，会变异，会生出很多尖锐细碎的东西，像老人那样警觉多疑，像婴儿那样容易自伤……他对身体失去了昔日那种亲密无间的熨帖和温馨的感觉，俨然侵入了异质，一个人的肉体被劈成了两瓣——污染的和清洁的、有毒的和安全的、忠实的与背叛的……他和自己的敌人睡在一起，俨然一个分裂着的祖国。

求医，正是冲此“统一大业”而来。

相对白衣人的优越与从容，患者的弱势一开始即注定了。他扮演的是一被动的羔羊角色，对自身近乎无知，束手无策，被肉体的秘密蒙在鼓里——而底细和真相却攥在人家手中。身体的“过失”使之像所有得咎者那样陷入欲罢不能的自卑与焦虑，其意志和力量天然地被削弱了，连人格都被贬损了。他敬畏地看着那些威风凛凛的白衣人——除了尊重与虔诚，还混含着类似巴结、讨好、恭维、攀附等意味。他变了，变得认不出自己，唯唯诺诺、凄凄惶惶，对白衣人的每道指令、每一抹表情都奉若神明。那是些多有力量的人啊，与自己完全不同。他们代表医学，操控着生命的方程和密码，仅凭那身洁白，无形中就匹配了某种能量与威严。

每个患者都心存侥幸，奢盼遇及一位最好的白衣人，有时出于心理需要，不得不逼迫自己相信：眼前正是这样一位！（你不信？那是你的损失）由于专业隔膜和信息不对等，白衣人——作为现代医学的唯一权力代表，已成为患者心目中最显赫的精神砥柱和图腾。而且，这种不对称的心理关系几成了一种天然契约，作为医治的精神前提而矗立。

但是，我们必须关注接下来的发生，即白衣人的态度。

对于患者的种种弱势表现，他是习以为常、乐然漠然受之，还是引为不安、勿敢怠慢？在一名优秀的白衣人那里，患者应首先被视作一个“合格”的生命，而非一个被贬低了的客体（无论对方怎样自我放逐，但自贬与遭贬是两码事)。甚至相反，患者更应作为一位“重要人物”来看待，赢得的应是超常之重视——而非轻视、歧视、蔑视。

一名有良知的医生，他一定会意识到：再去贬低一个已经贬低了自己的人，于心于职都是有罪的。同时，他也一定能谙悟：正是在患者这种可怜兮兮的表象下却潜伏着一股惊人的力量——一股让人难以抗拒的莫大的道义期冀和神圣诉求，它是如此震撼人心、乞求回应，容不得犹豫和躲闪，你必须照单领受并倾力以赴，不辜负之。不知现代医学教程中有无关于患者心理的描述？我以为它是珍贵而必须的，每个白衣人都应熟悉并思考如何善待它。

“弱势”在良知一方总能激起高尚的同情和超量回报。但在另一类那里，情势就不妙了——

走进挂有门诊牌号的格子，随时可见这样的会晤：一方正努力陈述痛苦，显露出求助的不安，同时不忘递上恭维；一方则满脸冷漠，皱着眉头，一副轻描淡写、厌倦不耐的样子……这真是一种奇怪的接见，如贵族之于乞丐，官衙之于芥民。更要命的是，很多时候，这涉关“生死大计”的接见维持不了几分钟即草草收场了，更像是个照面。若患者对轻易挥就的那寸小纸片不放心，还巴望着多磨蹭会儿，白衣人便道：“先试试看，再说……”其实，这话大有端倪，也就是说，此次诊断只是个演习，乃试验性的，他已提前透支了一道权力——一次允许犯错误的机会。俨然一马虎士兵，从未要求自己“一枪命中”，竟打算连射下去，直到命中为止（或者不命中也为止，搂空了弹匣即玩完）。多么荒诞的规则，连最正常的逻辑都忘了：既然射技实在欠佳，何不趴在准星上多瞄一会儿呢？否则，说不定用不上几轮“下回分解”，就把人家的性命给误掉了。

细想一下那些粗鲁的医学行为，若稍加警觉，许多细节皆令人不寒而栗。其实在心理上，患者对白衣人的吁求有多么卑微啊，假若能与自个儿多聊片刻，对自个儿的身体多指摘几句，也就心满意足、感激涕零了。

一名正实习或上岗伊始的医生常有这样的体会：当病人径直朝自己走来—— 一点亦不嫌弃自己的年轻，在冷冷清清的案前坐下时，自己的内心会激起多么大的亢奋和感动啊，他定会比前辈们表现出更大的热忱与细致，会倾其所有、使尽浑身解数以答谢这位可敬的病人……遗憾的是，随着光阴流逝，随着日复一日的积习，这份珍贵的精神印象便和其他青春记忆一起，在脑海中褪色了……当一个白衣人终于持有了梦寐以求的工龄和资历之际，他究竟比年轻时多出些什么呢？

尊敬的白衣人，一定有过这样的事吧：冷不丁，您的衣襟突然被患者家属给紧紧拽住了——就像溺水者抱住一根浮木，急迫而笨拙，绝望而不假思索……这时，您的第一反应是什么？敌视、憎厌、恼怒其无礼？还是沉痛与悲悯？是冷冷打掉那双手还是高尚地将之握住呢？

常闻病人家属向大夫送“红包”，亦曾目睹有人在医生面前苦苦央求乃至下跪，那时我想，我们的医职人员何以让患者“弱”到此等不堪呢？那“包”和“跪”里装的是什么？是人家对你的恐惧，是对你人格的不信任，是走投无路的灵魂踉跄与摔倒……“包”何以为“红”？那皱巴巴的纸币分明是喂过血和泪的啊！从精神意义上讲，窝藏这包之人已不再有白衣人的属性，那丝丝缕缕的“红”已把他披覆的“白”给弄脏了。一个冒牌的赝品。

托马斯宣言

美国医学家刘易斯·托马斯在其自传《最年轻的科学——观察科学札记》中，毫不隐讳地说，他对医生本人不患重症感到“遗憾”。因为如果那样，医生本人就无法体会患者的恶劣处境，无法真切地感受一个人面临生命危难时的悲伤与恐惧，亦即无法感同身受地去呵护、体恤对方。

读至此，我唏嘘不已，除了感动，还有感激，更有敬意。难道不是吗？没有比这种“角色亲历性”更能于蒙昧的医学现实有所帮助了。体会做病人的感觉——这对履行医职乃多么重要的精神启示！它提醒我们，一名优秀的白衣人永远不能绕过患者的痛苦而直接楔入其躯体，他须在对方的感觉里找到自己的感觉，在对方的生命里照见自己的生命，于对方的痛苦中认出自己的那份——尔后，才能以最彻底和刻不容缓的方式祛除这痛苦。

托马斯的假定并无恶意，更非诅咒。他只是给自己的岗位设定了一种积极的难度，一份严厉的心灵纪律，进而从人文的角度更近地帮助医学，提升其关怀质量。

医学是“保卫生命”的事业。它催促我们的白衣人：以生命的名义，以全部的激情、理性和庄严努力工作吧！争分夺秒与死神赛跑吧！因为，拯救别人就是拯救自己，病人之现实亦即我们之现实（至少也是明天之现实），个体之命运即人类之命运。

“托马斯宣言”无疑是理想的、奢侈的，甚至不具科学及“合法”的操作性，但它却包含着诱人的信息，预示了一种高贵、纯洁的医学伦理前景——从中我们看到了白衣精神的良知、力量和希望。

医学，不仅是物质与技术的，更应是精神与人文的，她应成为一门涵盖自然、伦理、哲学、审美、道义、心理、教育等元素在内的学科。因为，她面对的并非物理实体，竟是灵肉丰盈之生命——万物中最神奇、最复杂、最瑰美和深邃无比的人。人是最宝贵的，每个“他”都永远唯一，永远“自在”而不可替代。医学即人学，对生命本体的尊重、仁爱、体恤，应成为“红十字”精神的核心。

有时候，我常奢想，白衣人之角色该由人类中最优秀的成员来充任。他须集智识、德能、信念于一身，不仅是个工具知识分子，更兼人文知识分子的品质和理想——对生命充满虔敬热烈的关怀，于职业抱有高尚的理解及打算，对人性持有出色的亲和与体贴能力……他还应是个感觉丰富、细腻敏锐之人，唯此方能充分采集患者的感觉，对那些极不确定和模糊的信息给出准确判断、归纳与推理。必须有心灵的参与，其才华和技术方不会打折扣，那些物质注射才会在人体上激起神奇的响应与回馈。相反，如果他从感情上贬低了生命——对之采取了一种疏远、懈怠、轻蔑的姿势，那他就无法从行为上去拯救生命。

无疑，一个白衣人的医绩乃其对“人”之信仰的结果，乃其对生命尊重程度所获得的来自人体的诚谢与报答。

死亡：医学的耻辱

在和平年代，医院已正式成为接纳死亡最多的场所，也成了唯一能使死亡“合法化”、“专业化”、“技术化”的领地。在世众眼里，包括很多白衣人看来，死亡现象显然已“合情合理”——事情似乎明摆着，即使拼了力，使尽了所有手段，而那些顽疾、重伤、癌症、艾滋病……生命的溃口毕竟太大了，有限的医学现实难免败下阵来。

但我想说的是：作为一名严格意义上的白衣人，一位怀有深厚的人道心理和生命关怀力的施治者，无论如何，都不能将死亡（如此剧烈之惨变）视为“合理”——这与医学的最高境界和使命是背道而驰的。

从古老的诞辰日起，医学即注册了其性质只能是“生命盾牌”而绝非任何形式的“死亡掩体”。她是以“拒绝死亡”为终极目标的，这也是其最高的美学准则和道德律令。从纯粹意义上讲，任何非自然的死亡都将是医学之耻辱，都是医学现实的无能所致，都是对生命的辜负和渎职——只有满足了这一指控，只有基于这种最严厉的批评和诠释，“红十字”才能当之无愧地享有她天然的神圣与崇高，才堪称人世间最巍峨最清洁的精神标识。

“必须救活他”——假如医学在这一誓言前让步了、畏缩了，那她自身的价值尺度和尊严即遭到了损害，即等于自己侮辱了自己。

托马斯在他的书中还回忆了一桩终生难忘的事：

一位年轻的实习大夫，在目睹自己的一名患者死去时，竟失声痛哭。作者尤其指出，那死并非“事故”所致。也就是说，按通常理解，医方并无过失。可一个并无过失之人何以伤心到“必须哭泣”的地步呢？

意义即在此，境界即在此，信仰即在此。

我想（或许亦符合托马斯的理解），那一霎，促使年轻人流泪的除了悲悯之外，还有赖于另一项更重要的刺激，即一个他难以接受的事实：医学之无能！医学对一个生命的辜负和遗弃！他见证了这一幕，他感到震惊、感到害怕、感到疼痛和悲愤、感到内心的罪感……他竟如此地不习惯死亡！他被压迫得喘不过气来。他无法原谅自己所在的“医学”（自己曾是多么器重她、敬慕她）——他投奔这座殿堂，是冲着她“保卫生命”的伟大含义去的，而其现实却如此拙劣、平庸，她对生命许下的承诺竟如此难以兑现——作为这殿堂上的一员，他无法不为自己的集体汗颜。在死亡对医学的嘲笑声中，他觉得自己亦被嘲笑了……

习惯死亡是可怕的。倘若连一颗心脏的骤停——这样巨大的事实都唤不起情感的悸动，这说明什么呢？麻木与迟钝岂不是比昏迷更可怕的植物心态？在所有的医疗事故中，同情心的死亡乃最恐怖的一种。

让我们与托马斯一道，向这份珍贵的哭泣致敬！它来自一名年轻人献给这世界最干净的礼物：痛苦和自责的勇气。

医学的身份

根据体会，凡特别尊重生命与自我的人，在开始一项长期劳动前，是需要匹配一束强大理由的。这理由必须坚实、饱满，有不俗的精神魅力和荣誉性，符合主人的审美心理和价值诉求——唯此才能对该事业起到牢固的支撑和持续的推动力。

不知现在的医学教育有没有正式向学员发出这样的设问：何为医职？何以为医？

如果仅仅把“红十字”作最平庸最无能的理解，比方说为了糊口、谋生，而非基于人文理想的考虑，并无任何高尚的心理打算和精神准备——那他的身份就极可疑。由于信仰的缺席——他根本不对人生提出正式的价值期待，其行为即很难从正常意义上去确认、检验和评估了，姑且称之为“混”罢。现实中，大量粗鄙的医职人员就是循着这样的职业流程从医学院的轧模机上被复制出来的——犹若假肢一般(无精神性可言，只有空荡荡的工具含量)。说到底，他取得的只是一张不及格的上岗证，而绝非生命的身份证。

尽管当代亦不乏值得骄傲的白衣人形象，尽管现时医学已取得了物质与技术的高度繁荣，但必须承认，从心灵和人文角度看，我们曾一度清洁的医学传统，实际上正披覆着可怕的蒙昧，我们的很多医职人员并未很好地履行使命，“红十字”的尊严与荣誉正屡屡遭受来自内部的诋毁和污损。翻开报纸：少女被误摘卵巢，妇女腹遗纱布十几年，儿童被推错了手术室……

况且这尚非技术原因造成，仅由粗鄙的医疗态度所致。至于误诊漏治而酿的隐性事故就更无从指认了。由于病理本身的复杂和专业隔膜，患者及家属很难对医疗质量进行有效的判断、跟踪和鉴别，治好了乃医之功德，治坏了是自己不争气……说到底，这是一份没有合同保证的契约，医方永远是赢家，是受益者。所以，在医疗诉讼中，患者一方总处于劣势，除了乞求与悲愤，实难为自己找到有力的证据支持。

由于天然的德能地位，医院本质上有异于任何一项服务产业。经验证实，医务质量与经济效益是难成正比的。单靠功利欲望作兴奋剂，激弹起的只是世俗的阴暗心理，削弱的却是真正的医学精神和心灵尺度。若不把患者当作一个有尊严有价值的生命——而仅视为一间小小的“银行”（暗中作着“提款”或“洗劫”打算），并据此确定自己的服务程度，那医院就不再是本质意义的人道场所，那枚和教堂一样高耸的“十”字就应声坠落了。

医学的原色是伟大的。作为一项最古老的职业，从几千年前起，她就扮演了一项近乎于神职（西方的上帝、东方的菩萨）的角色。她发轫于道义，并靠道义来维持呼吸和繁衍。她荫惠天下，布济苍生，承纳民间的膜拜和无数感激，而荣誉的犒赏又滋养了其德能力量……

为西方医德最早立下纪念碑的，是古希腊的医生希波克拉底，他每次行医前都要重复自己的誓言：“我愿尽我力之所能与判断力之所及，无论至于何处，遇男遇女，贵人及奴婢，我之唯一目的，为病家谋幸福……”而唐朝名医孙思邈可谓东方医德的代表，他对“郎中”的道德诉求是：“无欲无求，先发大慈恻隐之心，普救生灵之苦。”再像古时的扁鹊、华佗、张仲景、李时珍等，他们的职业理由比起今人来说，皆纯粹和本真得多，均散发着浓郁的博爱色彩和济世情怀。某种意义上，古代医学行为更接近医学的精神正源，其对外部世界的慷慨施予，于自我严格的修为操守，堪与最清洁的神性劳动——宗教行为——相媲美。

你准备好了吗

选择了医学，即选择了她的美德和自在尺度，即须义无反顾、理所当然地对全社会起誓："为了保卫生命，我决心投身医务！"

许多精神常识于一个白衣人的青年时代即应早早确立了。

想起医学院的莘莘学子，在尔辈携着稚气、满怀憧憬地步入校园之际，有没有迎来这样的时刻：你们尊敬的老师或校长，突然决定领你们去见一个人，一位刚刚失去爱子的母亲。

你们应握住那虚弱之手，凝注其黯淡的瞳仁，聆听她凄恸的抽泣……你们应努力结识这位不幸的母亲——而她可能是任何一个人的母亲！请记住这严酷的一幕，记住这是由医学的无能造成的。你们应感到悲伤，感到歉疚才是。更重要的，你们应试着对医学的现实发难，直面前辈们落下的耻辱。既然是耻辱，就建议你们大胆地去咀嚼，直到咀嚼出力量来。而在未来，你们将获得荣誉。

如果这真能成为开学以来的第一课，我将羡慕、祝贺你们——终于有了一所好学校！在那儿，你们将遇到真正的知识和精神。倘若根本不是这样，我则替你们感到遗憾，遗憾没有遇到好的老师和校长。

做一名白衣人对世界意味着什么？

每个人都可能在某个忧郁的日子里来见您。他走了那么远的路，挨了那么久的煎熬，打听了那么多的门牌和号码，费尽周折，终于站在了您—— 一个有力量的人面前。他强打精神，满怀期待，献上感激，指着自己的心脏、胸口或某个沉重的部位：这儿，这儿……

他选中了您，也就把身体的支配权给了您，亦把巨大的荣誉和信赖给了您，仰仗您能挽救他，留住未来的时日和幸福。总之，他是怀着朝圣的心情来见您的。无论一个平素多么轩昂和自恃有力的人，此时，其眼眸深处都跳跃着一粒颤抖的火苗：请，救救我……

可，尊敬的白衣人，您准备好了吗？

1998 年

打捞悲剧中的“个”

死亡印象

犹太裔汉学家舒衡哲写过一篇《第二次世界大战：在博物馆的光照之外》，文章认为，我们今天常说纳粹杀了六百万犹太人，日本兵在南京杀了三十万人，实际上是以数字和术语的方式把大屠杀给抽象化了。他说：“抽象是记忆最疯狂的敌人。它杀死记忆，因为抽象鼓吹拉开距离并且常常赞许淡漠。而我们必须提醒自己牢记在心的是：大屠杀意味着的不是六百万这个数字，而是一个人，加一个人，再加一个人……只有这样，大屠杀的意义才是可以理解的。”

我们对悲剧的感知方式有问题？

平时看电视、读报纸，地震、海啸、洪水、矿难、火灾……当闻知几十条乃至更多的生命突然消逝，我们常会产生一种本能的震惊，可冷静细想，便发觉这“震惊”不免有些可疑：很大程度上它只是一种对表面数字的愕然！人的反应更多地瞄准了那枚统计数字——为死亡体积的硕大所羁绊、所撼动。它缺乏更具体更清晰的所指，或者说，它不是指向实体，不是指向独立的生命单位，而是指向概念，空洞、模糊、抽象的概念，而最终，也往往是用数学来终结对灾难的生理记忆。

有次吃饭，饭桌上，某位记者的手机响了，那端通知他某处发生了客车倾覆，“死了多少？什么？一个……”其表情渐渐平淡，肌肉松弛下来，屁股重新归位，继续喝他的酒了。显然，对“新闻”来说，这小小的“一”不够刺激，让人兴奋不起来。

多可怕的数学！对别人的不幸，其身心没有丝毫的投入，而是远远的旁观和悠闲的算术。对悲剧的规模和惨烈程度，他隐隐埋设了一种大额预期，就像评估一场电影，当剧情达不到高潮值时，便会失落、沮丧、抱怨。这说明什么？它抖出了人性中的某种阴暗嗜好，一种对“肇事”的贪婪，一种冷漠、猎奇、麻木的局外人思维。

重视“大”，藐视“小”，怠慢小人物和小群落的安危，许多悲剧不正是该态度浸淫的结果吗？很多桥塌、楼倒、火灾、食毒案之所以轰动，很大程度上，并非由于它藏匿的肇因之深刻、渎职之典型，而是其死亡面值的巨大，是事故吨位的重量级。若非几十人罹难，而是一个或几个，那它或许根本没机会被“新闻”相中，引不来围观、调查和问责。

永远不要忘了，在那一朵朵烟圈般——被嘴巴们吞来吐去的数字背后，却是实实在在的“死”之实体、“死”之真相——

悲剧最真实的承重是远离话语场之喧嚣的，每桩噩耗都以其黑色羽翼覆盖住了一组家庭、一群亲人——他们才是悲剧的承担者，于其而言，这个在世界眼里微不足道的变故，却似晴天霹雳，死亡集合中那小小的“个”，对之却是血脉牵连、不可替代的唯一性实体，意味着绝对和全部。此时，它比世上任何一件事都巨大、都严重，无与伦比。除了压得喘不过气来的痛苦，除了晕眩和凄恸，就再没别的了。无论如何，他们都不会理解那种“新闻”式的消费。因为这一个“个”，他们的生活全变了。日常被颠覆，时间被撕碎，未来被改写。

2005 年 1 月 23 日，在阿姆斯特丹的荷兰剧场，近七百人接力宣读奥斯威辛集中营被害犹太人的名单，共用五天时间念完 10.2 万个名字。市长科恩说：“只有念出每个人的名字，人们才不会将他们遗忘。”

2012 年 4 月 6 日，11541 张红色椅子在萨拉热窝街头排开，仿佛一条鲜血河流，以纪念波黑战争爆发二十周年，每张空椅子代表一位死难者。

2010 年 4 月，奥巴马参加西弗吉尼亚州矿难悼念仪式，一一念出 29 名矿工的名字，他说：“尽管我们哀悼这 29 条逝去的生命，我们同样也要纪念这 29 条曾活在世间的生命……我们怎忍让他们失望，我们的国家怎能容忍，人们仅因工作就付出生命，难道仅仅因为他们在寻找美国梦吗？”

2012 年 7 月 26 日晚，央视新闻频道，播音员用沉痛而缓慢的语调逐一宣读在北京 21 日特大暴雨中已确认的遇难者名单，61 个名字，耗时 1 分 35 秒。对央视来说，这是史无前例的灾难播报方式。

他们不再抽象，不再是一个数字，他们有了人间的地址。

这是生命应有的待遇，这是逝者应有的尊严。只有这样，生死才得以相认，我们才能从悲剧中领到真正的遗嘱。

海哭的声音

上世纪末最后一个深秋，共和国历史上最惨烈的一桩海难发生了。1999 年 11 月 24 日，一艘号称“大舜”的客轮在烟台到大连途中失事。312 人坠海，22 人获救。这样短的航线，这样近的海域，这样久的待援，这样自诩高速的时代，这样渺小的生还比例……举世瞠目，寰宇悲愤。

2000 年 3 月 18 日，《南方都市报》“决策失误害死 290 人”的大黑题框下，贴了一位遇难者家属的照片。沉船时，他与船上的妻子一直用手机通话，直到声波被大海吞没……

这是我第一次触及该海难中的“个”，此前，与所有人一样，我的记忆中只贮存了一个笼统的数字：290。

那个阳光灿烂的下午，我久久地凝视那幅画面：海滩，一群披着雨衣神情凌乱的家属；中年男子，一张悲痛欲绝的脸，怔怔地望着苍天，头发潦草，一只手紧紧捂住张开的嘴，欲拼命地掩住什么，因泪水而鼓肿的眼泡，因克制而极度扭曲的颧骨……我无法得知他在喃喃自语什么，但我知道，那是一种欲哭无泪、欲挣无力的失去知觉的呼唤，一种不敢相信、不愿承认的恍惚与绝望……

一个被霜袭击的生命。一个血结了冰的男人。或许他才是个青年。

那种虚脱，那种老人脸上才有的虚脱和枯竭，是一夜间人生被洗劫一空的结果。

想想吧，11 月 24 日，那一天我们在干什么？早忘了。然而他们在告别。向生命，向世间，向最舍不得撒手的人寰，向最亲密的事物告别。那是怎样残酷的仪式！怎样使尽全力的最后一次眺望！最后一滴声音！

想想吧，那对年轻的灵魂曾怎样在电波中紧紧相拥，不愿撒手，不愿被近在咫尺的海水隔开……那被生生劈作两瓣的一朵花！

这是死亡情景，还是爱情情景？

那一刻，时间定格了，凝固了。生活从此永远改变。

290，一个多么抽象和无动于衷的数字。我不愿以这样一个没有体温的符号记忆这次海难。我只是攥紧手中的照片，攥紧眼前的真实，生怕它从指缝间溜走。我全身心都在深深地体会这一个“个”，这个绝望的男子，这个妻子的丈夫。那一刻，他听到了什么？她对生命的另一头说了些什么……

渐渐，我感觉已和他没了距离。他的女人已成了我的女人，他的情景已是我的情景。从肉体到灵魂，我觉出了最亲密者的死。

手脚冰凉，我感到彻骨的冷。风的冷，海的冷，水底的冷。

天国的冷。

我想起了许多事。出事那天，我从电视人物，尤其是官员的脸上（他们在岸上，在远离大海的办公室里），看到的只是备好的语言和廉价的悲悯，只是“新闻”折射出的僵硬表情。显然，他们的全部注意力都押在了“290”这个数据上。他们严肃、冷峻，他们从容不迫、镇定有方……看上去连他们自己都像一堆数据。一切表现都是格式化、公章式的（太面熟了），都是机件对“数据”产生的反射，是“290”而非那一个个的“个”在撞击他们。那深思熟虑的咬字和措词（太耳熟了），是被量化了的，是受数据盘和公务软件操控的。你感觉不到其情感和内心，他们身上没有汹涌的东西，只有对责任的恐惧和应变能力。

死了的人彻底死了，活着的人懒懒地活着。

多年后的一个夜晚，收拾书架时，又意外地遇上那张报纸。我再次打量他。想象他年轻的妻子，想象她平日在家里的情景，想象那一天那一夜的甲板，想象那最后一刻还死死抱着桅杆、对陆地残存一丝乞望的生命……

那艘船不应被忘记，那个黑色的滂沱之夜不应被忘记。为了生活，为了照片上的那个人，为了更多相爱的生命。

个体：最真实的生命单位

在对悲剧的日常感受上，除了重大轻小的不良嗜好，人们总惯于以整体印象代替个体的不幸——以集合的名义遮蔽最真实的生命单位。

由于缺乏对人物之命运现场的最起码想象，感受悲剧便成了毫无贴身感和切肤感的抽象注视。人们所参与的仅仅是一轮信息传播，一桩单凭灾难规模和牺牲体积确认其价值的“新闻”打量。

这是一种物质态度的扫描，而非精神和情感意义上的触摸——典型的待物而非待人的方式。该方式距生命很远，由于数字天然的抽象，我们只留意到了生命集体轮廓上的变化和损失（“死了多少”），而忽略了发生在真正的生命单位——个体之家——内部的故事和疼痛（“某个人的死”）。

数字仅仅描述体积，它往往巨大，但被抽空了内涵和细节，它粗糙、笼统、简陋、轻率，缺乏细腻成分，不支持痛感，唤不起我们最深沉的人道感情和理性。过多过久地停留在数字上，往往使我们养成一种粗鲁的记忆方式，一种遥远的旁观者态度，一种徘徊在悲剧体外的“客人”立场，不幸仅仅被视为他者的不幸，被视为一种隔岸的“彼在”。

如此，我们并非在关怀生命、体验悲剧，相反，是在疏离和排斥它。说到底，这是对生命的一种粗糙化、淡漠化的打量，我们把悲剧中的生命推得远远的，踢出了自己的生活视野和情感领地。

久之，对悲剧太多的轻描淡写和迎来送往，便会麻木人的心灵，情感会变得吝啬、迟钝，太多的狭私和不仁便繁殖起来了，生命间的良好印象与同胞精神也会悄悄恶化。

感受悲剧最人道和理性的做法：寻找“现场感”！为不幸找到真实的个体归属，找到那“一个，又一个……”的载体。世界上，没有谁和谁是可以随意叠加和整合的，任何生命都是唯一、绝对的，其尊严、价值、命运都不可替代。生生死死只有落在具体的“个”身上才有意义。整体淹没个体、羊群淹没羊的做法，实际上是对生命、对悲剧主体的粗暴和不敬，也是背叛与遗忘的开始。

同样，叙述灾难和悲剧，也必须降落到实体和细节上，才有丰满的血肉，才有惊心动魄的痛感和震撼，它方不失为一个真正的悲剧，悲剧的人性和价值才不致白白流失。

一百年前的“泰坦尼克”海难，在世人眼里之所以触目惊心，是因为两部电影的成功拍摄：《冰海沉船》和《泰坦尼克号》。通过银幕，人们触摸到了那些长眠于海底的“个”，从集体遗容中打捞起了一张张鲜活的生命面孔：男女情侣、船长、水手、提琴师、医生、母亲和婴儿、圆舞曲、美国梦、救生艇……人们找到了和自己一样的人生、一样的青春、一样的梦想和打算……

如此，“泰坦尼克”就不再是一座抽象的遥远时空里的陵墓，悲剧不再是新闻简报，不再是简单的死亡故事，而成了一部关于生活的远航故事，所有的船票和生离死别都有了归宿，有了“家”。有了这一个个令人唏嘘、刻骨铭心的同类的命运，“泰坦尼克”的悲剧价值方得以实现，人们才真正记住了它，拥有了它。

美国华盛顿的“犹太人遇难者纪念馆”，在设计上就注重了“个”的清晰，它拒绝用抽象数字来控诉什么，而是费尽心机搜录了大量个体遇难者的信息：日记、照片、证件、通信、日用品、纪念物，甚至还有偶尔的声音资料……当你对某一个名字感兴趣时（比如你可以选一个和自己面容酷似或生日相同的人），便可启动某个按钮，进入到对方的生涯故事中去，与其一道重返半世纪前那些晴朗或阴霾的日子，体验那些欢笑和泪水、安乐和恐怖、幸福和屈辱……这样一来，你便完成了一次对他人的生命访问，一次珍贵的灵魂相遇。

走出纪念馆大厅，一度被劫走的阳光重新回到你身上，血液中升起了久违的暖意，你会由衷地感激眼下。是啊，生活又回来了，你活着，活在一个让人羡慕的时空里，活在一个告别梦魇的时代……你会怀念刚刚分手的那个人，你们曾多么相似，一样的年轻、一样的热爱和憧憬，却有着不一样的命运、不一样的今天……

记住了他，也就记住了恐怖和灾难，也就记住了历史、正义和真理。

与这位逝者的会晤，相信会对你今后的每一天，会对你的信仰和价值观，产生某种正直的影响。它会成为你生涯中一个珍贵的密码——灵魂密码。

这座纪念馆贡献了真正的悲剧。

重视“小”，重视那不幸人群中的“个”，爱护生也爱护死，严肃地对待世上的每一份痛苦，这对每个人来说都意义重大。它教会我们一种打量生活、对待同胞、判断事物的方法和价值观，这是我们认知生命的起点，也是一个生命对另一个生命的最正常态度。在世界眼里，我们也是一个“个”，忽视了这个“个”，也就丧失了对人和生命最深沉的感受。

其实，生命之间，命运之间，很近，很近。

2012 年

光荣的父辈

近来屡被问及，儿子出生，你有何变化？

想了想，说：儿子到来，我的忧愁成倍增加。换句话说，我对这个世界的爱憎成倍增加。爱，是内心对生活的肯定，是本能，也是献媚。憎，是因为这个时代、这场不及格的现实、这个不完美的社会、这群不称职的父辈，为新生命埋伏了太多敌人，设置了无数险境和障碍，而婴儿却蒙在鼓里。对他们来说，只是满心欢喜地跑来，并不能区分哪栋时空、谁之地盘……其嘴角的幸福和蜜一样的笑靥，来自十个月的胎儿梦，来自母亲的子宫和温柔乡，那儿没有国籍、制度、等级和伦理，没有门第、贫富、纠结与冲突，只有甘露、温泉、肌肤和儿歌，那是完美的大自然母腹，那是最柔软的乌托邦。

婴儿的特征，即“小”和“新”，这让他有了一抹神圣和无辜的气质，这足以让天下人心生爱怜并自惭形秽。他以微小的体积激起你巨大的水花，你会有一种甜蜜的沉重和责任感。自从把儿子抱回家，室内空气即变了，多了股栀子花的香味。这芬芳来自田野，来自阳光、牛羊、乳汁和无边无际的爱。

我想起了林徽因那首给新生儿的诗，《你是人间四月天》:“你是夜夜的月圆；你是一树一树的花开。是燕，在梁间呢喃。你是爱，是暖，是诗的一篇。你是人间四月天……”

在赤裸的婴儿身上，你看不到年份、时代和社会的蛛丝马迹，今天哇哇大哭的这个婴儿，和一千年前的那个婴儿，是同一个，并无二致。而且，他们的模样彼此很像，到了会轻易抱错的地步，到了一个婴儿啼哭所有母亲都会颤抖的地步。你的儿子，只是那万千花簇中的一朵，离你最近的那朵。

博客上，有网友留言，说:“你头像的娃娃照片和我家娃娃特像！”我激动地回复:“婴儿都非常像，我觉得，婴儿是天下人共同的孩子……”是的，生命在很小很小的时候，都非常像，他故意让你分不清谁是谁家的。这很好，这样，孩子就能轻易缴获天下人的爱怜。自从儿子降生，我看每个幼小的生命，目光都是一样的，心里的柔软都是一样的。那天，网上见一生病的幼儿，心疼得要命，立即跑去捐款。见一患白血病的孩子，立即想告诉对方，儿子捐献的脐带血入库了，去申请使用吧……这甚至波及了工作，在节目解说词中，我奋不顾身地护着孩子:“每个孩子，都是时代的孩子，都是天下人的孩子，都是这个生存共同体的财富。亏待孩子，就是亏待未来。”“每一个失踪的孩子，都印证着社会的失明。一个孩子在受难，就是文明在受难。”

看婴儿的眼睛——那汪从未滑过阴影的眸水，会增添你奋斗的冲动和正义感，你会陡然觉得自己像一棵树，高大而正直，身披霞光。

儿童节前，一家报纸约我写段话，给初来乍到的小人儿。其实，我对儿子没啥可说的，我想的是自己的同类，为人父母者。

在家庭单元内，在一对成人和亲子之间，爱，显得崇高而结实，每个人都爱怀里的幼小，孜孜以求他的前途和未来设计，皆甘愿舍己哺子、以自己的亏损来滋补孩子。但若换个角度，跳出血缘和家族，论及所有父母和所有孩子、一代人和下代人之间的全盘关系时，荒谬即来了，这群父辈竟是最自私、冷漠、贪婪和不可理喻的。睁眼看看吧，他们决心把一个怎样的世界交付后代呢？疯狂地采掘、吞噬、排泄、挥霍、毁坏、透支，江河、土壤、森林、矿产、能源、海洋乃至大气……除了亿万吨垃圾，他们可曾想给后代留下什么？几年前，一位环保总局的官员就悲愤地指出：半世纪来，中国可居住土地由六百万平方公里减至一半；三分之一的国土被酸雨污染；主要水系的五分之二沦为劣五类水；45 种主要矿产 15 年后将只剩 6 种……这仅仅是中国，世界呢？资源越有限，竞争越残酷，也许将来，连新鲜空气都要像牛奶一样装进袋子里了，谁有钱谁就多吸几口。难道我们今天对孩子的期许，对其学业和智力的督促，就是指望在未来的生存大战中自家孩子能优先享受那袋空气吗？

在那篇祝辞中，我写道——

天下父母，能给孩子的大爱是什么？最贵重的礼物是什么？

不是房产门第存折股权绿卡，是尚能提取的蓝天净水江河森林矿产之大自然库存、之祖宗家底！是一个被健康的制度、法律、契约、美德所扶正的社会！是一个自由表达、规则合理、运行有序、有权益谈判机会的时代！否则，你能保证他接手的房子不被强拆吗？你能保证他继承的钱袋不被税费、通胀、恶市、骗子和权势洗劫一空吗？你以为他躲得过贫困即能躲过毒大米、毒豆芽、毒牛奶、毒空气和“躲猫猫”吗？你能保证他不被户籍、入学、就业、迁徙、种种潜规则所拖累和羁绊甚至得抑郁症吗？你能保证他不会在某个拐角撞上孙伟铭、药家鑫、“李刚儿子”或直接成为他们吗？你能保证他未来的孩子不会成为“小悦悦”、不被拐卖或下落不明吗？

是时候了，我们要换一种大视野和大逻辑，用“家园”替代“家庭”，用“家国”替代“家族”，让爱在天下父母和天下孩子之间重新铺开。

天下父母，应以大爱的名义、决心、共识和紧迫感，为天下孩子执一份共同理念，尽一项集体义务，即：缔造了一个公正、自由、安全有序的时代，一个温美、平和、良性循环的社会！凭此承诺，我们才配做父母，才是怀揣真爱的父母，才是光荣的一代父辈。

一朋友发短信给我：“今天你骂人了？不是说要心平气和吗？”她指的是我在微博上对一起校车事故的愤怒，一间九座车厢塞进了64个人，二十多个孩子，没了。

我不是反对主义者，只是理想主义者。我人生的全部目的只有一个：生活！在充分的肯定语态和赞美心境中生活，在美和爱中聚精会神、不被干扰地生活。但当这个时代在很多方面不及格时，我想，必须奋斗，必须投身于改变。有些任务应在这代人身上完成，否则在未来的人眼里，我们将不是让人尊敬的老人，我们将配不上岁月的爱戴。后人可重复我们的爱，但不应重复我们的恨，不应重复我们的愤怒和冒烟的心情。

一个人，若不能在精神和行动上与自己的时代缔结一种深刻关系，若他消费的不是自己参与创造和支配的生活，那他即成了一个多余的人，一个寄生虫角色。

只有担责的一代父辈，才能分娩出下一梯队的美好人生，我们对子孙的祝福才诚实有效，才不会虚幻成谎。

天下父母们，请走出自家门户，来到高高的山顶之上，把祝福、许愿和承诺——抛向天下孩子，而我们的亲生儿女，就在其中。让我们夜以继日、不遗余力——为漫山遍野的孩子——抛洒爱的义务吧。

他们的回报，将是提起父辈的名字时，那深情的爱戴、敬意和脸上的骄傲。

2011 年

大地伦理（四章）

毁灭物种就像从一本尚未读过的书中撕掉一些书页，而这是用一种人类很难读懂的语言写成的关于人类生存之地的书。

——［美］霍尔姆斯·罗尔斯顿

天使之举

电视新闻里，每看到那些“绿色和平”分子、那些民间志愿人、那些无名小卒，在风浪中划着舢板，不知畏惧地、拼命地挡在捕鲸船或核潜艇前……他们皆那么小、那么孤单，那么三三两两、稀稀拉拉，却抗拒着那么气势汹汹的庞然大物，甚至是国家机器……我总忍不住久久地感动。我清楚：这些都是真正的人，真正有尊严和爱自由的人。

他们在保卫生命，在表达信仰和理想，在抗议同类对家园的剥削。

据报载：一位叫朱丽娅·希尔的少女，为保护北美一棵巨大的红杉树，竟然在这棵18层楼高的树上栖居了738天，直到该树的所有者——太平洋木材公司承诺放弃砍伐。

希尔是阿肯色州一位牧师的女儿，为呼吁保护森林，她于1997年12月10日攀上了这棵被称为“月亮”的红杉树。原打算待上三周，不料木材公司的冷漠却把她足足搁置了两年。当冬季来临，她只能用一块蓝帆布遮挡自身；无法洗澡，就以湿海绵擦身。

当双足再次踏上大地时，希尔喜极而泣。

我留意到，这则消息是被某晚报排在“世间奇相”栏中编发的，与之毗邻的是“少年坐着睡觉十一年”。显然，在编辑眼里，这事儿不外乎是一种“异人怪招”，算是对“大千世界，无奇不有”的一种诠释。可以想象，无论于编辑心态，还是于看客的阅读体验，都很难找到“感动”、“审美”之类的痕迹，只是猎奇，只是娱乐与戏谑。

我为一位少女的心灵纤细和行动能力所震颤，为这样一场生命行为——所包含的朴素信仰和巨大关怀力而惊叹，也忍不住为同胞的粗糙而遗憾。

这不仅仅是迟钝，更是麻痹和昏迷。

对大树漠不关心算什么人呢？只能算“植物人”罢。

我们有数不清的黄河探险、长江漂流、雪山攀登、海峡泅渡……甚至竟不惜性命。目的不外乎：或为国争光，别让洋人抢了先；或时尚一点说，“超越自我、挑战极限”。可我们几乎从未有过像希尔那样默默的私人之举，那样日常意义上的“举手之劳”……

显然，双方对自然的态度有别：希尔拥抱大树显示的是一种爱的决心，一种厮守的愿望；我们的那些“壮举”设计的是一种比试，一种对抗。二者的实践方式亦有别：如果说前者更接近一种日常的梦想表达和自由生活方式的话，那么，后者则更像一场众目睽睽下的卖力表演和作秀。

即使我们也有了这样的生命之举，即使某位中国少女扮演了希尔的角色，又会怎样？她的同胞、亲人会作何想？社会舆论和职能部门会作何反应？

她会不会被视为疯子？梦游者？妄想狂？

我们没有这样的习惯：做自以为正确的事！我们也缺乏这样的习惯思维：尊重、维护别人（包括对之有监护权的子女、眷属）做自以为正确之事的权利！

父母会干预，朋友会劝阻，组织会帮教，舆论会讽刺，有关部门会制止……用我们熟悉的话说，叫“摆平”。即使你勉强爬上了那棵树，待不过三天，就会被轰下来。对付一个丫头片子的撒野，招多着呢。说到底，此事休想做成。

于是，也就成了无人来做的事。

她不属于我们。因为她是天使。

树，树，树

有位老先生，教弟子识字：何为“树”呢？木，对也！

提起瑞典，眼前就会浮现出一幅宁静、典雅、恬淡的画面：白雪、木屋、蓝湖、青山、郁金香……而斯德哥尔摩，更是一弯美丽的月牙之城，每个探访过她的人，都会为其旖旎风情所打动。而给人印象最深的是：她虽有现代设施之便捷，却无现代都市之弊端，尤其完好的是古城风貌和高大树荫……游客也往往会从导游嘴里获知这样一个故事——

20世纪60年代，现代化浪潮冲向这座古城。市政当局雄心勃勃地推行旧城改造，“百万工程”即其中一项，旨在每年递增十万套新住宅……当轰隆隆的铲车逼近“国王花园”时，斯德哥尔摩人警觉了：这样下去，自己的家园会沦为什么样子？未来的她与世界各地有何二致？

疑问渐渐拢成一股公共舆论和团结的理性。人们开始表达愤怒，在露天里发出声音。终于，一场保卫斯德哥尔摩的运动开始了——

1971 年，市政决定，要在“国王花园”建一个地铁站，它意味着这片深为市民喜爱的绿地将大难临头。于是，一群勇敢的年轻人率先发起了“城市的选择”行动。他们擎着标语，走上街头，高喊“拯救斯德哥尔摩”的口号。开始政府不以为然，派出电锯工人，欲强行伐树，公众用身体组成人墙，挡在树前……骑警来了，但慑于众怒，也败下阵来。为防止当局耍花招，市民们干脆搭起了帐篷，日夜守候在那儿，誓与古树共存亡。

终于，政府作出了让步，地铁线绕道而行，虽多花了数倍纳税人的钱，但历史悠久的“国王花园”却留了下来。

那群百年古树是幸运的。在她盛大荫凉下成长起来的青年一代，终于有机会回报那片母爱般的葱茏了。或许愈难得就愈珍惜吧，如今的“国王花园”更是斯德哥尔摩的胜地，每年都有数不清的集会和演出在此举行，俨然成为瑞典人向世界展示自己的一个窗口。

那些护树青年们，也成了大众心目中的英雄。新生的瑞典公民和外国游客，很容易就能在瑞典教材、斯德哥尔摩旅游手册里读到他们的事迹。

还有一件事也令我难忘。如果说“拯救斯德哥尔摩”的主体力量来自民间，那这一次却是精英们的决策功劳了。

20 世纪中期，美国的田纳西州曾投资 1.16 亿美元建一处名叫“特里哥坝”的水坝，当施工进入关键阶段时，忽接美国最高法院的通知，令其停工，理由是这儿生活着一种体长不过 3 英寸的蜗鲈（北美淡水鱼，体小，需在浅而湍急的水中产卵）。其后，“濒危物种委员会”也对该工程加以阻止……眼瞅着这座已具雏形的庞然大物，其时的田纳西州州长叹道：“这等于给世上最小的鱼建造了最大的纪念碑！”

3 英寸——1.16 亿美元，怎样的悬殊比例，怎样的不可思议！

这是大地的胜利。

一切取决于人的素质，大地哺育出的人的素质。

一群古树挫败了一条现代地铁线，一尾 3 英寸小鱼掀翻了一座超级水坝……我们身边会发生这等事吗？

我常常抑制不住地想：如今的北京，假如没有当年那场大规模的旧城改造，而是像梁思成和林徽因夫妇设计的那样：完整地保留旧貌，另辟新城……今日北京会是一番什么气象？据说，当年梁先生将提案呈递后，得到了这样的呵斥：“谁反对拆城墙，是党员就开除党籍！”显然，问题是不可讨论的。正是这种不可讨论，使得几十年来知识者早早养成了沉默的习惯，使我们在和平时期失陷了一座又一座辉煌城池。至今，偌大华夏竟无一座古城是以“城”为单位留存下来的，所谓的古迹，只是稀稀拉拉的“点”，铺不成“面”，构不成“群”。

“拆掉北京一座城楼，就像割掉我一块肉。扒掉北京一段城墙，就像剥掉我一层皮！”正像林徽因的墓在“文化大革命”中被铁砣砸得稀烂一样，梁先生的惨叫又何尝不是文明之呻吟、知识之哀鸣？

后来我又获悉：第二次世界大战结束前，身在重庆的梁先生，曾写信给美国军方，望轰炸日本本土时，能对奈良和京都两座古城手下留情。

不知美方是否收到了这封信，更不知这一外国人的请求是否被采纳，但我由衷地感到：若没有梁先生这些人类文化的知音和保姆，我们的世界和生活会破败成什么样子？而其本人及那些诤言的遭遇，恰恰折射出了文明的处境，良知的艰辛和成本。

笼文化和望鸟镜

同胞在其旅行见闻中留下一细节：在欧洲的一些公园，常见一种架在草坪上的望远镜，开始不懂，一打听，方知是为观鸟而设，它们准确的名字叫“望鸟镜”，贴上去，游客能仔细欣赏远处树上鸟雀的一举一动，对鸟雀却毫无惊扰……

“望鸟镜”，一个多么柔情和诗意的词儿啊，那距离多么美，多么温暖和恬静，多么沁人心脾！

在我们这片土地上，何以没诞生如此“遥望”的冲动呢？我想起了身边的另一番景象：花鸟鱼虫市场，寓翁闲叟们的膝下，太极晨练的路边，随处可见一种国粹——鸟笼，一盏盏材质优良、工艺精湛的“小号”。

有多少盏这样的“小号”，便意味着有多少双翅膀从天空中被裁剪下来，被折叠成椅子，只能坐，不能飞。

我们发明的是栅栏，是囚牢。我们总喜欢把爱变成虐，把拥有变成占有，把“吻”变成“咬”。

读过一组故事：在澳洲，当局不惜斥巨资，在一条高速道上留出了众多的横向路带，目的是为了让袋鼠们自由穿梭……一对志愿者夫妇，为拯救一条被渔网困住的白鲨，冒着生命危险，跳下海，亲手去解绳扣……纽约的一次火灾中，消防员理查·麦托尼解下自己的输氧器，拯救一只被浓烟呛昏的猫……一位女科学家，为考察和保护非洲狮，在原始森林中风餐露宿，历时二十余年，直至去世……

这和我们那些身穿羚羊皮、大嚼鲨鱼翅的饕餮客相比，真有天壤之别。其实这区别，也正是“望鸟镜”与“鸟笼”的距离。

还有更让人匪夷所思的，2001 年 10 月 6 日，一对游客在武汉森林野生动物园乘车游览，嬉戏中，一只两岁的小狮子突然将利爪探进车窗，抓伤了他们。20 日，动物园向市林业公安处提出申请，要求击毙这只闯祸的小畜生。后经当地市民的再三抗议，园方才撤回死刑起诉，改判小狮子“无期徒刑”。从此，这只小狮子将在铁笼里孤单一生，不能再享受群居和放养生活。

显然在人眼里，它是有罪的，因为它对人产生了敌意，并制造了伤害。但我要问：谁先有罪？谁先侵犯了对方利益？谁先发动了挑衅和攻击？在大自然的法庭上，人类难道不已被控诉亿万次了吗？按自然法和生命平等的理念，此刻，它压根不该出现在人的车窗前，它的位置是非洲大草原，这会儿，它应该随母亲散步、和姊妹玩耍……

是谁剥夺了其自由和天伦之乐？是谁把它发配到了与人近在咫尺的地方？毁其家园、杀其父母、夺其自由，如今却呵斥起它的过失来了，这公平吗？

更让人疑惑的是，有识之士不是大声疾呼要恢复动物的野外生存能力吗？不正为野兽不野而忧心忡忡、寝食不安吗？为何现在却要对一只偶露峥嵘的小兽怒目相向、睚眦必报？莫非希望兽中王像叭儿狗一样俯首帖耳？

我替这只小狮子难过，更为自己的同类悲哀。

生命和平

在同一物种内，一个生命杀害自己的同类，比如一个人杀害另一人，甚至一只狼咬死另一只狼——无疑皆被视为犯罪和不道德，哪怕动物间的自相残杀，也会激起人心理上的强烈厌恶。那么，不同物类之间呢？

当我们堂皇地把大自然视为盘中餐、袖中物时，何以再也寻不到羞愧感了呢？“人类中心论”、“人本位”、“人类利己主义”天然合理吗？人欲膨胀到几何都不应受怀疑和指控吗？

当初，上帝曾给予人类怎样的权限？现代人履行的是神旨，还是自我授权或达尔文式的“刀俎路线”？

曾有一报道：辽宁，一座林子里，一个头戴兔皮帽子、手提猎枪的男子，突遭一只凶鹰袭击。它朝猎物俯冲下来，死命将利爪钉进对方头皮，想将之吊起来……若非同伴及时赶到，该男子很可能呜呼了。

猎人被猎，确实反常。报道人的语气里，竟毫无责怪凶鹰之意。人背叛人，也属罕见。

我在想，那位猎人，在天上的那双眼看来，是一只怎样的动物呢？据说，鹰眼向来锐利，视程和分辨率极高，总不致把人和兔子搅混吧？按常识，鹰也从不袭人啊。这究竟是怎么回事呢？

只有一种解释：人，变成了非人、怪物！变成了可怕的东西！

脑袋像兔子、猫腰提枪、蹑手蹑脚……难怪眼神极好的鹰也不认得它素来敬畏的人了。怪谁呢？

不由得想起史蒂文森在《尘与影》中给“人”下的一场定义——

> 人是多么怪异的一种幽灵啊……他是这大地上的疾病，忽而用双脚走路，忽而像服了麻药一样呼呼大睡。他杀戮着、吃喝着、生长着，还为自己复制若干小小的拷贝。他长着乱草般的头发，头上装了一双眼睛，不停地转动和忽闪着。这是一个小孩看了会被吓得大叫的东西，但如果走近点看，他就是他的同伴所知道的那个他。

我想，那个倒霉的猎人大概一辈子都不会再戴那顶兔皮帽了吧。

自然史上从未像今天这样，发生一种生命形式威胁着这么多别的生命形式的情形，也从未面临过这样一场由一个超级杀手制造的超级杀戮……人类不管是以其行动促成了某一物种的灭绝，还是以其漠然让该物种走向灭绝，都是阻断了一道有着生命活力的历史性的遗传信息流……让一个物种灭绝就是终止一个独一无二的故事。（霍尔姆斯·罗尔斯顿《哲学走向荒野》）

20世纪的最后一年里，每天午间，某电视频道都用几分钟讲述一个发生在“历史上的今天”的悲剧，它告诉世人：许多年前的今日，在我们的不知不觉中，曾有一种生存伙伴，比如一只美洲旅鸽或一头安哥拉红羚，发出了它在地球上最后一丝哀鸣……

每看这档节目，我正在进食的胃都会莫名地一阵痉挛。

我甚至怀疑，现在的胃病莫非就是那时落下的？

2003年

雪白

01 +

叫人感念和思痛的东西愈来愈多了。比如雪。

在我印象里，雪是世界上最辽阔、最庄严、最有诗意和神性的覆盖。她使我隐约想到了圣诞、人类、福祉、博爱、命运这些宗教意味很浓的词。

那神秘无限的洁白，庞大的、包容一切的寂静，纯银般安谧、祥和的光芒，天地浑然、梦色绝尘的巍峨与澄明……

拿什么更美的形容她呢？她已被拿去形容世间最美的意境了。

童年时，我心里涨满了雪，比大地上的棉花还要多。那时候，大地依然贫穷，贫穷的孩子常常想：要是地里的雪全变成棉花该多好

周际 摄

啊……如今，我们身上有的是厚厚的棉了，而大地，却失去了那相濡以沫的洁白。

那时候，一个冬天常常有好几场惊心动魄的雪。有时不舍昼夜地下，天凛地冽，银装素裹。夜晚白得耀眼，像火把节、像过年，很令人鼓舞。记得初中语文里有篇《夜走灵官峡》，开头即“纷纷扬扬的大雪又下了一整夜……”

那盛大的雪况，现在忆起来很有些隐隐动容和“俱往矣”的悲壮。不知今天的孩子会不会问：真有那么多雪么？

是真的，雪不仅多，而且美得痛心。

记得小学班里有个家境很穷的女生，又瘦又黑，像棵细细的老也长不大的豆芽儿。一次作文课上她灵机一动把雪比喻成了“雪花膏”，她说：“那天夜里，我看见天上飘起了雪花膏……”她念的时候同学全笑了，连老师也哧哧笑了，说她是异想天开。于是老师接着给我们讲“异想天开”是什么意思。我就是从此学得这成语的。老师讲“异想天开”时女生趴在水泥桌上（当时课桌是用水泥板搭的）呜呜哭了……不久，她因家贫辍学。

许多年后，一个偶然的机会使我记起了这件事。我猛然发现那个“雪花膏”的比喻其实多么生动而富有诗意啊！

雪，雪花膏的雪，女孩子的雪。

在我所有见过的比喻中，这是最珍贵的一个，也是最难忘的一个。

要知道当时穷人的女儿是买不起雪花膏的。美丽的如诉如泣的雪花膏。

02 +

不知从何时起，有个声音问：我们的雪呢？

从前的梦想，有的很快就兑现了，比如棉花，比如雪花膏和课桌……一些虽遥遥无期，但我们并不苛求，慢慢来，一切都会有的，没有的都会有的……

是的，我们相信，时间已悄悄地印证了这点。但另一个事实是：我们曾经有过的，现在却没有了。

比如雪。我们有了无数的雪花膏，比雪花膏还雪花膏的雪花膏，可我们的雪呢？那“千树万树梨花开”的雪呢？

偶尔碰上一回，可那是怎样的情景啊——

稀稀落落粉针或末状的碎屑，仿佛老人凋谢的白须，被风一击，被地面轻轻一震，即消殒了。

这哪里是雪？分明是雪的骸，死去的雪。

衰败的迹象即这时显露的。我留意到了冬日的憔悴，大地的烦躁，空气的郁闷，没有冰的河床，树的稀少和鸟的惊恐……眯起眼睛，我辨认出菜叶上的斑点，阳光中的尘埃和可疑的飞来飞去的阴影……

从前不是这样子的。

纯洁简美的东西愈来愈少。人类创造着一切也破坏着一切，许多优雅的本色和古典的秩序被打碎了、颠覆了，包括季节、生态、秩序、规矩、操守……我们狂妄地征伐却失去了判断，拼命地拥有又背叛着初衷，我们消灭了贫穷还消灭了什么？

这是个欲望大得惊人的掘金年代。抒情的方式正在消失。只有物的欲望。欲望。

我感到了不安，感到了冬天背后那双忧郁的眼睛，那些威胁她的莫名危险……我开始了怀念，怀念那些流逝和几要流逝的东西，比如童年、雪、本色，比如村庄、野地、棉布、流动的水……

1996 年

仰望：一种精神姿势

我们生活在阴沟里，但依然有人仰望星空。

——王尔德

在先者关于生命、时空、信念……的声音中，有一句话，于我堪称最璀璨、最完美的表述，此即康德的墓志铭："有两样东西，对它们的盯凝愈深沉，在我心里唤起的敬畏与赞叹就愈强烈，这就是：头顶的星空和心中的道德律。"

仰望星空——许多年来，这个朴素的举止，它所蕴含的生命美学和宗教意绪，一直感动和濡染着我。在我眼里，这不仅是个深情的动作，更是一道信仰仪式。它教会了我迷恋与感恩，教会了我如何守护童年的品行，如何小心翼翼地以虔敬之心看世界，向细微之物学习谦卑与忠诚……谦卑，只有恢复谦卑，生命才能获得神性的支持，心灵才能生出竹枝的高度与尊严。

如果说“仰望”有着精神同义词的话，我想，那应是“憧憬、虔敬、守诺、皈依、忠诚……”之类。“仰望”——让人端直和挺拔！它既是自然意义的昂首，又是社会属性的膜拜；它可喻指一个人的生命动作，亦可象征一代人的文化品性和精神姿势。多年来，我养成了一个观察习惯：看一个人对星空的态度——有无“眺”之虔敬，有无和“仰”相匹配的气质。某种意义上，看一个人如何消费星空，便可粗略判断他是如何消费生命的。于一个时代的群体而言，亦如此。

在古希腊、古埃及、古华夏，当追溯文明之源时，你会发现：最早的文化灵感和生命智识——莫不受孕于对天象的注视，莫不诞生于玉庐苍穹的感召和月晕清辉的谕示。神话、咏叹、时令、历法、图腾、祭礼、哲思、诗词、占卜、宗教、艺术……概莫能外。日月交迭，斗转星移；阴晴亏盈，风云变幻；文化与天地共栖，人伦与神明同息；银河璀璨之时，也是人文潮汐高涨的季节。星空，对地面行走的人来说，不仅是生理依赖，也是精神依赖；不仅是光线来源，也是诗意与梦想、神性与理性的来源。从雅典神庙的“认识你自己”到贝多芬的“我的王国在天空”；从屈原“夜光何德，死而又育”的天问，到张若虚“江畔何人初见月，江月何年初照人”之唏嘘……正是在星光的普照与萦绕下，人类才印证了自己的足点，确立着无限和有限，感受到天道的永恒与轮回，从而在坐标系中获得生命的镇定。

失去星空的笼罩和滋养，人的精神夜晚该会多么黯然与冷寂。

生命之上，是山顶。山顶之上，是上苍。对地球人来说，星空即唯一的上苍，也是最璀璨的精神屋顶。它把时空的巍峨、神秘、诗意、纯净、浩瀚、深邃、慷慨、无限……一并交给了你。

汉语构词真的很奇妙，把“信仰”二字拆开即发现：信与仰的关系竟那么紧密——信者，仰也；仰者，信也。唯仰者信，唯信者仰。

对星空的审美态度和消费方式，往往可见一个时代的生存品格、文化习性和价值信仰。我发现，凡有德和有信的时代，必是谦卑的时代，必是尊重万物、惯于膜拜和仰望的时代；凡理想主义和浪漫主义涨潮的季节，也必是凝视星空最深情与专注之时。

应该说，半世纪之前的人类，在对星空的消费上，基本是一种纯真的、童年式的文化和精神消费，更多地，人们用一种唯美和宗教的视线凝望它。但现代以来，随着技术野心的膨胀和飞行工具的扩张，人们变得实用了、贪婪了，开始以一种急躁的物理的方式染指她……手足代之目光，触摸代之表白。这有个标志点：公元1969年7月20日，随着“阿波罗”登月舱缓缓启开，一个叫阿姆斯特朗的地球人，在一片人类从未涉足的裸土上，插上了一面星条旗。

当星空变成了“太空”、意境变成了领地，当想象力变成了科技力和生产力，当“嫦娥奔月”变成了太空竞赛和星球大战——人类对星空的消费，也就完成了由“爱慕”向“占有”的偷渡，对之的打量也就从恋情式进入了科技式和政治式，膜拜变成了染指和窃取。不仅恋曲结束了，连纯真也一并死掉了。

至此，康德和牛顿所栖息的那个精神夜晚，彻底终结。他们的星空已被彻底物理化。

2005年

人类如何消费星空

触摸她，用目光，别用手指。

——题记

01 +

数千年来，对月亮这颗距我们最近的星体，人类所作的都是一种文化注视和精神打量，或者说，乃诗意消费和美学消费。但最近的一件事，却改变了这一传统：有人以实物和商品的方式消费她。

2005 年秋，北京朝阳区，一家新出炉的公司赫然亮一招牌——“大中华区月球大使馆”。据称，该公司已在工商局正式注册，乃美国“月球大使馆”在中国的总代理，全权负责月球地皮在中国区的销售，范围为：月球北纬 20 度至 24 度，西经 30 度至 34 度。这究竟是怎样一笔买卖呢？公司称，买主可得到一册装帧精美的月球土地所有权证书，上载月球宪章、外层空间条约等条文，买主拥有该土地的所有权、使用权、地表及地下三公里内的矿产权。价格呢？不贵：每英亩 298 元人民币。

此招一出，舆论哗然。若非朱红大印的工商执照，人们还以为是哪个行为艺术家在搞笑。可查阅了“月球大使馆”的境外身世后，我却笑不出来了，因为，它近乎“合法”——

“月亮大使馆”的创始人叫丹尼斯·霍普，早年一偶然机会，他发现联合国 1967 年制定的《外层空间条约》有一处疏漏，即在此约中，所有成员国都承认太空的天体主权不为任一国家所有，但它并未限定私人拥有的权利。这位聪明人大喜过望，立马向当地法院、美国、前苏联和联合国递交了一份所有权声明，宣布自己为太阳系除地球外所有星体的主人，并于 1980 年开始，正式兜售他的财产。“月球大使馆”即他开设的第一家“售楼处”。

按西方法令：凡不被禁止的，即合法。这意味着，要想剥夺丹尼斯自封的领地，必须拟定一部新的太空条例。可由于种种原因，丹尼斯的这个天敌迟迟未降生，于是其生意便也浩浩荡荡了。据称，该大使馆已有 230 万之众的客户群，售出近四亿英亩的月土，顾客中更不乏名流显士，比如好莱坞明星，比如美国前总统罗纳德·里根和吉米·卡特等。

虽说在西方，“月球大使馆”的泡泡糖早已满天飞，可它降落在中国这样一个刻板务实的地方，还着实惊人不小。据报道，北京的职能部门一上来有点手足无措，觉得它有欺诈之嫌，可又说不出它究竟在哪里犯规，据说正调集各路方家商量招数呢……若它真无人问津、自生自灭也就罢了，可如此蜃景般的“楼花”，还真有人青睐，短短几日，已有数百人预定。这下，连饱学之士们都沉不住气了："天文学和社会学界的专家纷纷表示，月球及其他星球皆属全人类共有的公共资源，是不属于某个人的。开采月球资源应属国家行为，个人根本不具备主体资格……"

上述摘自一家报纸。到目前为止，该声音代表了反对者的主流立场，也似乎代表着"理性"、"客观"、"公允"的最高水平。其核心论据可浓缩为一句话：月球是全人类的！言外之意：你凭啥抢大伙的东西？

月球是谁的？是"全人类"的吗？这个疑问突然从脑子里飞出时，我不禁也怔住了。是啊，较之"个人——公共"的博弈，这难道不是一个更大更惊险的问号？

这是个有价值的问号，但显然，也是个有花无果的问号。因为它越出了"人本"伦理的边界，几乎逼近了一个人的宇宙信仰。而信仰即愿意信仰，这注定是一件无法讨论——只供选择的事。

我的选择是：月球只属于上帝，或者说，只属于她自己！有趣的是，这观点得到了一个幽默的声援。互联网上，看到一位无名氏的帖子："如果月球或者其他星球上有生物呢，人家愿意么？比如，外星人来到地球，然后说地球是他们的，我们愿意么？这不是疯狂，是无耻啊！"

是啊，若人类自恃有权把月球当可支配资源，那无疑也埋下了另一种风险：另一星球的生命，把地球注册为私产怎么办？"己所不欲，勿施于人"，此既是人伦，亦为天道罢。

无论是"月球大使馆"，还是急于回收主权的法律方或理性派，其再有分歧，也有一共识：月球是人类的财产！在这点上，双方是利益共同体。买卖的前提和制止的依据，都基于"人类中心论"。若有人宣称月球不属于"人"，那双方恐怕都要跳起来同仇敌忾了。这不外乎一场集体和个人的分配之争，一场涉关“业主”名分的归属之争。这对表面的敌人，实乃精神同谋。

我不会充当“月权证”的消费者（我只会是“月亮”的消费者），但我也不会是这样一个反对者：以人类的权利剥夺某个人的权利，以集体的名字覆盖某个人的名字。我既不支持一个人的占有，也不支持全人类的占有。在我看来，双方乃一种同质的疯狂。

阿姆斯特朗登月后说了一句话：月球属于全世界。我知道，他是从“物”的配属意义上说的，而我想说的是：月亮属于她自己。

她有着独立的宇宙人格和主体性。

02 +

作为一桩新闻，此事让我重视（我称之为一起“精神事件”），并不在于它的法理是非——这仅仅是个“有限是非”，而非“绝对是非”。让我感慨的是：这场公然对月球的圈地运动，它并非常见的国家行为，而是一场民间欲望的即兴表达；它头一回——把大众对月亮的消费经验，从几千年贯之的精神和文化层面，诱拐到物质消费上来了，并赢得了广泛的青睐和簇拥。

“到月球上置业去！”无疑，这是想象力十足的消费，正像媒体鼓吹，“此乃人类想象力的伟大创举！”先不理睬“伟大”，“创举”我是认同的，且觉得这是一记惊人的想象力撑竿跳。不仅惊人，而且骇世。较之数千年来人们对月亮的眼神，此番消费暗含着一次“革命”，或者说“精神暴动”。

让我们先耐心地看看买主心理吧，他们究竟在消费什么呢——

一位先生漫不经心道：“买月权，就是花几百元买个证玩玩呗，如果女友要天上的月亮，我就拿这个给她，哄她开心。”

一个颇有情调的男人！这恐怕是最典型的消费者了。心知肚明，那三张百元大钞换来的文书，与其说是一份地契，不如说更像一个纪念品。它本身不构成任何实用性消费，只是一种想象力消费，一次心甘情愿的“异想天开”。

有趣的是，我还看到一则宣泄性的网帖，出自一位正为房价暴涨发愁的青年：“三百元能买什么？在北京，连一块鞋掌大的地也拿不下呀！地上的买不起，咱就买天上的，好歹也当回‘业主’不是？”

是啊，纵观寰宇，哪儿不正轰轰隆隆地上演“寸土必争、寸土不留、寸土寸金”的焦土战？哪支看得见的地球资源不被炙热的商锅炒得只剩骨头渣？当不成实际的业主，在虚拟游戏中过把瘾，也算精神胜利法吧。

如果说穷人的“浪漫”——多因为现实消费能力不足，出于对地面生计的沮丧，并试图对“一无所有”身份稍作挣扎和修改的话，那还有一类人，一种恐龙级的野心家，其物质想象力和欲望扩张力已至骇人地步。《世界新闻周刊》称：对世界首富比尔·盖茨来说，地球上已没啥能吸引眼球了，他已将目光放至太空，并有购买火星的打算……在牛皮吹上了天的背后，这是否也显示：地球资源的分配游戏，确实已玩到了山穷水尽的地步了呢？

不管咋说，“月球大使馆”生意不错，在现代市场上，它“诗意栖息”的星空消费，很有人缘。而令我不安的，恰是这人缘。“缘”意味着一种共谋，一种合拍，精神上的一拍即合。这意味着买卖双方已步入一种“同志”关系。

从何时起，我们眼中的月亮变成了“月土”？情欲变成了物欲，精神元素变成了物质资源？“琼楼玉宇”变成了挂牌地皮？即使这交易比“期货”更虚拟，但这虚拟泄露了我们对星空怎样的态度？怎样的生命质地和心灵气象？我们还有迷恋事物的能力吗？仔细盘点一下，我们还剩下多少可供敬畏和仰望的东西？还剩下多少精神家底？

无论是蓄意的卖方、天真的顾客，还是集体主义的“公物管理员”，其消费心理中都暗含着对月亮的大不敬，都泄露了民间精神大盘上的那支物质主义股的强劲。比“瓜分”更可怕的是“瓜分意识”，这印证了一个事实：在现代人视野里，“月亮”——这一被仰望了数千年的文化意象和精神图腾，正被“月土”这一尘埃概念所覆盖，她的天然神性和光芒在褪失。同时，人类的欲念也在缓缓出轨：手脚正试图取代目光！

03 +

把月亮当画饼来叫卖，缺乏想象力的人真干不出，但容我刻薄一点说：这是才子加流氓的想象……不错，它可以叫时尚，但这是浪漫吗？真正的浪漫主义能咽得下地皮包裹的月饼吗？

其实，透过现代人的轻薄裙摆，窥见的恰恰是浪漫的贫困和诗意的溃败。

在我心目中，“月亮”和“月球”永远是两回事。前者为美学名词，是一文化属性的概念，乃审美的结果；后者为物性名词，是一地理属性的概念，乃实用的结果。当民间开始更多地使用“月球”而非“月亮”的时候，这说明了什么？在现代人的精神图谱中，拜物性和功利性正愈发显赫。

几千年来，月亮，以其温美恬静的面容，悬挂于我们的人文视野中。“月桂”、“婵娟”、“天仙”、“望舒”……作为最亲密、最宝贵的一个邻居，她像一位情侣，像一记忠诚而浪漫的誓约，厮守着地球的浩瀚长夜。我不知道，当有人在月亮上掰下一块“产权”后，再注视她的时候，是否就会更深情、更痴迷？或许会，但这样的痴迷必定是卑琐、轻佻、不大气的。那份痴迷里，是绝对萌生不了“起舞弄清影，何似在人间”之诗意的。

我不知道，当月亮被磔成寸寸缕缕的地皮后，那些自称拥有天才想象力的头脑，还将怎样继续想象对她的染指？与其说这是“诗意”，不如说更是“歹意”，犹如好色之徒对美女的垂涎。

“清尊素影，长愿相随”、“但愿人长久，千里共婵娟”……当“婵娟”被打包成千万个纸片的时候，人还剩下多少“长愿”、“长久”可待？这是月亮之悲，还是人之悲？

“月球大使馆”——从伦理上看，乃一桩精神腐败案，它让我看到了现代人的狂妄和虚妄、赌性和贪婪。连月亮都吵嚷着要卖了，人类真是穷到了历史的最低点。从脑力上讲，它确实是现代人最有想象力的一次消费，也是诱杀想象力的一次阴谋。它凭的是灵感，毁灭的却是诗意。与其说这是最有想象力的人干出的最没想象力的事，不如说这是最没想象力的人干出的最有想象力的事！

它会被记住的——以“丑闻”的身份。

04 +

物质力在膨胀，精神力在萎缩。

沧海一粟，云天一埃。人类，不过是个偶然，不过是日光和月光下的一群生命蝌蚪，不过是宇宙恩泽下的一条灵性小溪，背叛了这一本分，才是悲剧的开始。

卑微，乃人类最大的美德。或许也是最后的美德。

“不知天上宫阙，今夕是何年”，尽可能大声地朗诵这古老情怀吧，尽可能多地使用“月亮”这一精神名词吧……唯此，才对得起她的胸怀和慷慨，人才是富有的，人的成长才不以牺牲童真与纯洁为代价。

仰望星空吧，那儿居住着我们唯一的上苍，也寄存着我们最大的未来和精神故乡。再不要去说“征服”、“分配”之类的粗话脏话了……对上苍，唯一能做的，就是注视和请求。

想起了一句危言：这世界结束的方式，不是一声巨响，而是一阵呜咽。

我视之为一个值得感激的忠告。

2005 年

被占领的人

01 +

我们每一天究竟是怎么过的呢？

萨特有过一段意味深长却颇为费解的话：“我们沉浸在其中……如果我说我们对它既是不能忍受的、同时又与它相处得不错，你会理解我的意思吗？”

1940年，战败的巴黎过着一种被占领下的生活：屈辱、苦闷、压抑、惶恐、迷惘、无所适从……对自身的失望超过了一切，“面对客客气气的敌人，更多的不是仇恨而是不自在”。

和恨不起来的敌人斗争简直像吃了只苍蝇——除非连自己一同杀死，否则，那东西是取不出来的。

人格分裂的生存尴尬，说不清的失败情绪，忍受与拒绝忍受都是忍受……使哲学家那颗硕大灵魂沉浸在焦虑的胆汁中。

那么，我们今天又是怎么过的呢？为什么仍快乐不起来？

今天的敌人早已不是人，而是物。是资本时代铺天盖地所向披靡、蝗虫般蜈蚣般蜘蛛般、花花绿绿婀娜妖冶——却又客客气气温情脉脉之商品。物之挤压使心灵感到窒息、感到焦渴，像被绞尽最后一滴水分的糙毛巾，然而肉体却被侵略得快活起来，幸福不迭地呻吟……

是的，我们像水蛭一样吸附在精神反对的东西上，甚至没勇气与对方翻脸。失落的精神如同泻了一地的水银，敛起它谈何容易。

我们紫涨着脸，不吭气。恰似偷情后被窥破的男人，心灵在呕吐，肉体却躲在布片内窃喜——“更多的不是仇恨而是不自在”。

你就是你要揭发的人。我们和萨特同病相怜。

02 +

这是个让心灵屈从于感官的时代。

在体内，那股与艺术血缘相伴的尊严和清洁的精神——被围剿得所剩无几了。肉体经不起物的挑逗，像河马一样欢呼着欲壑的涨潮：烫金名片、官位、职称、薪袋、舒适的居厅、软榻、厕所……我们丝毫不敢懈怠，哪怕比别人慢半拍，即使强打精神码字儿也要频频回望——生怕它们会拔腿溜走。我们原本轻盈的身子被一条毛茸茸的脂肪尾巴给拖住了，患得患失，挣脱不得。

生命就这样被轻易占领。

物对人的诱惑之大，远超出了任何一个古代和近代。英雄彻底缺席了，我们再也贡献不出一个苏格拉底、一个尼采或一个梵高那样清洁而神性之人。

只有手捂金袋的犹大们，在瑟瑟发抖。

03 +

鸟从天空落到树上，从树梢跌至地面，鸟沦为了鸡。

地面占领了鸡（不是鸡占领了地面）。

鸡体验的是胃，翅膀的梦已渐渐被胃酸给溶解掉了。虽然健硕丰满、羽毛油亮，虽然用爪刨食实惠多了，但鸡的悲剧在于：它再也不能飞了，再也回不到天上了。

不会飞的生命已毫无诗意可言。

现代人的遭遇其实和鸡差不多。

04 +

日子一天天膨胀、实用起来。想象力变成了刀叉，心灵变成了厨房，爱情变成了腊肠……精神空间正以惊人的速度萎缩、霉硬。再大再荣华的城市也只是一只盛鸡食的钵盆。

我们挤在群类中，手持年龄、学历、凭证和各种票券，忙着排队、抢购、对号入座……像狼扑向自己的影子。

一切就这样凝固了。

一只看不见的手安排了我们的生活？

我们愤怒不起来，更做不到义正辞严。

我们底气不足。面临的困难如同“提着头发走路”一样沉重无望。当然，这并非谁之责任，或者说是每个人的责任。因为几乎人人都接受了那份看不见的贿赂，人人都到指定的暗处领走了自己的那份，且沾沾自喜……

人人。咱们。黑压压的头颅一望无际。

人群是人的坟墓。

没有人敢对周围说“不”。

05 +

是什么让我们生活得如此相似？

我们可曾真正地生活过？

真正——有力地生活过？

萨特的话变得一天天冷酷起来：

“如果我说它既是不能忍受的，又与它相处得不错……你会理解我的意思吗？”

耳光。我惊愕地望着镜子——

一张和我一模一样的脸。

噢，咱们的耳光。萨特还给萨特们的耳光。

1996 年

周际 摄

03 第三辑

当你老了，头白了……

什么时候我们能责备风，就能责备爱……

——叶芝

当你老了，头白了，睡思昏沉，
炉火旁打盹，请你取下这部诗歌，
慢慢读，回想你过去眼神的柔和，
回想它们昔日浓重的阴影……

多少人爱你青春欢畅的时辰，
爱慕你的美丽，假意或真心，
只有一个人爱你那朝圣者的灵魂，

爱你衰老了的脸上痛苦的皱纹……

垂下头来，在红光闪耀的炉子旁，
凄然地轻轻诉说那爱情的消逝，
在头顶的山上它缓缓踱着步子，
在一群星星中间隐藏着脸庞。

威·勃·叶芝（1865—1939），英国象征主义诗人，剧作家，爱尔兰文艺复兴的领袖之一。

世纪之交，叶芝以饱满的激情为故土事业而忙碌。政治上他拥戴爱尔兰自治，但又是一个保守派和渐进论者。他反对暴力，主张改良，憎恶杀戮与复仇。这位物质与精神的贵族，在性情和生命实践上，堪称一个温美的理想主义者。

1889 年，对诗人来说永生难忘。爱，降临了。

他与美丽的茅特·冈第一次相遇。她不仅仅是个著名女演员，更是位“朝圣者”——其时的爱尔兰民族运动领导人之一。关于那惊鸿一瞥的触电，诗人忆云：“她伫立窗畔，身旁盛开着一大团苹果花。她光彩夺目，仿佛自身就是洒满了阳光的花瓣。”

《当你老了》，即叶芝于 1893 年献给茅特·冈的。不幸的是，诗人的痴情没有换来对等的回报，他得到的是冷遇。这一年，诗人 28 岁。

和那些幽幽的“静物”型美人不同，茅特·冈性格外向，追求动荡和炽烈的人生。除了灵慧的艺术细胞，上帝还在其血液中注入了旺盛的冒险因子。她是一个敏于政治、主张在外向行动中赢取生命意义的女子。

惊人的美貌和桀骜不驯的性情、温柔的躯体和狂热刚韧的意志、艺术才华和披坚执锐的欲望、舞台上的优雅婀娜和狂飙突进的政治爆发力——种种混血特征、种种不可思议的品质，一起融就了神秘的茅特·冈！注定了她在女性花园里的稀有，注定了她在爱尔兰历史上的叱咤，亦注定了她在诗人心目中的唯一与永远。

叶芝是诗卷和云层中的骑士，地面上却不然，他更多的是一个先知、一个歌手、一个社会问题的冥思者和文化旷野上的呼喊者，而非身体行动和广场风暴中的骁将，其天性决定了这点。所以现实中，他的手上不会握有射出子弹并致人于死地的枪管，其鹅毛笔上也不会沾染谁的鲜血。英国诗人奥登，在《怀念叶芝》里即有“把诅咒变成了葡萄园”之说。

敏细、多情、犹豫、矛盾重重……叶芝性格中沉淀着宁静的理性和智者的忧郁，太贵族太书卷气，无论体魄还是气质，都缺乏结实的“肌肉感”和外向扩张力。而诸如起义、暴动等物质方式的斗争，是需要易激易燃的肌肉元素为柴薪的，需要那些以狂野、粗糙、冲动、彪悍和“酒神”精神为生命特征的勇士……

所以他永远都够不上茅特·冈倾心的那种斯巴达克式的雄性标本，虽彼此尊重和敬佩，但“朝圣者”的政治原则和独立主见，使之不会在感情上接受诗人天生的柔软。她一次次拒绝叶芝的痴情，即使在自己最落魄的时候，即使在对方荣誉最盛之时。

1903 年，“朝圣者”最终选择了一位军人作为法律上的丈夫，麦克布莱德少校。她的婚礼也让人瞠目结舌：没有婚庆喜乐，却有军鼓、号角和火炮轰鸣；不见婚纱彩车，却飘扬着各色旌帜和指挥冲锋的三角旗……

这的确是同志的婚礼。也是诗人爱情的第一次葬礼。

从美学上看，俩人的生命气质恰好构成了一种反向的凸凹。作为理性向下深“凹”的他，无法不被对方浑身洋溢着的那种“凸”的饱胀和英勃之姿所诱惑、所俘虏。更要命的是，她美！美得罕见、美得过分！这种“凸”的攻击性竟生在一副妖姬般的肢体上。如果她长得一点不美，或美得不够，事情就简单多了。

他远离茅特·冈的战场，却一步也未走出过她的情场，走出她作为女人的雷区。

在接下来的数十年光景里，从各式各样的角度，茅特·冈不断地撩动诗人的神经。他感伤、失眠、沉思、动容，为她的事业所激越，为她的安危所牵绊，为她的偏执所忧虑……总之，他摆脱不了斯人的影子。其音容笑貌，像雪巅无人区的脚印一样，深深收藏在诗人的脑海里，成为挥之不散的灵魂印章。“每当我面对死神／每当我攀登到睡眠的高峰／每当我喝得醉醺醺／我就会突然看到你的脸”（《一个深沉的誓言》）。其一生中，至少有几十首诗是因茅特·冈而作，就连晚年最重要的诗集《幻像》也概莫能外。在该书献辞中，他说：“你我已三十年没见，不知你的下落，很显然我必须将此书献给你。”

在一首题为《破碎的心》的诗中，他感慨万千：“为你一个人——认识了所有的痛苦！”这痛苦对普通人来说可谓不幸，但于诗人的艺术生涯而言，却属福祉。现实之死，正是艺术的开始。苏格兰诗人绍利·麦克兰在《叶芝墓前》里说：“你得到了机会，威廉……因为勇士和美人在你身旁竖起了旗杆。”

“勇士”，当指爱尔兰自治运动中那些武士般的激进者；“美人”则由茅特·冈领衔主演了，她甚至身兼双职。那“机会”，指的是一个时代所能给一个天才提供的精神资源和能量。

1916 年复活节，爱尔兰共和兄弟会揭竿而起。暴动失败后，包括麦克布莱德在内的众多起义者遭处决。对于起义，叶芝虽理性上无法接受，但在喋血和绞架这些悲壮的符号前，诗人被震撼了。牺牲本身那种天然的纯洁性、所辐射出的信念硬度和恢宏的生命气势——都向诗人传递着一种高尚的悲剧美、一种礁石搏击旋涡的高潮之美……就连麦克布莱德——这个昔日情敌兼“酒鬼”的形象也陡然高大起来：“一切都变了，一种可怕的美已诞生！”“我们知道他们的梦，知道／他们曾梦过，死了，就够了……”(《一九一六年复活节》)

从历史的公正角度说，叶芝那些让茅特·冈不屑，甚至讥为“冷漠”、“软弱”的理性，无疑是充满智慧和远见的。不仅对19世纪和20世纪之交的爱尔兰，就是之于整个世界以及20世纪的无产者运动和民族激进革命，也属犀利的批评和深邃洞见。比如那首《伟大的日子》：“革命万岁！更多更多的炮声！／一个骑马的乞丐鞭打步行的乞丐，／革命万岁！更多更多的炮声！／乞丐们换了位置，但是鞭打依然。”

这种对乌托邦革命的讽喻，这种对“武器的批判”的批判，完全源于一颗赤子之心，源于对民族和同胞的深爱。“长久以来，他追随了那使他自己成为祖国的翻译者的精神——这是一个很久以来就等待着人们赋予一种声音的国家。把这样一生的工作称为伟大，是一点也不过分的。”(诺贝尔文学奖授奖词)

但对历史有用的，对爱情却未必。对人类整体有用的，对一个女人却未必。

爱是风。一场让人害热病害癫痫的风。她能酥化骨头，使之发痒、变软，变得飘然、恍惚、昏沉……到头来，他却浑身发冷、牙齿打战，丧失对事物的抵抗和分辨能力。

1917年，诗人竟转向茅特·冈的养女伊莎贝尔·冈求婚。

这次匪夷所思的示爱，我们毋宁将之看成是一幕时隔半生的、变相甚至变态的——向“朝圣者”的再次跪拜。和三十年前一样，诗人又撞到了墙上。

1919年2月，叶芝的女儿出世（当时他已和一个追求者乔·海·利斯结婚）。此时，诗人54岁。激动之余，他写下了《为我的女儿祈祷》，诗中祈求女儿能够美丽，但一定不要像茅特·冈那样美！他认为那样的美反而得不到幸福和安宁，就像希腊的海伦带来的是特洛伊战争……“愿她成为一棵树，枝影重叠／她所有的思想像一只只红雀，／没有什么使命，只是到处撒播／它们的声音辉煌又柔和，／那只是一种追逐中的欢乐，／那只是一种斗嘴中的欢乐……”

显然，他想让女儿远离像茅特·冈一般的人生模型。但，这毕竟是对女儿的期许，而非对待爱人的标准。同时，是否也更佐证了那位女神对诗人的影响和主宰？

1921 年，爱尔兰获得了自治领地位。叶芝出任参议员。

1923 年，叶芝获诺贝尔文学奖。

1939 年，叶芝病逝。

那些“当你老了”的诗句，那关于“勇士、美人”的故事，将替他继续生活，继续在时间中飞奔、跌宕、飘扬……

茅特·冈，永远住在了他为其亲手搭建的诗歌积木里。

从这个意义上说，他和她永远在一起了。

2001 年

当她十八岁的时候

康·巴乌斯托夫斯基在《一篮枞果》中讲了这样一个故事：

挪威少女达格妮是一位守林员的女儿，美丽的西部森林使她出落得像水仙一样清纯，像花朵一样感人。十八岁那年，她中学毕业了。为了迎接新生活，她告别父母，投亲来到了首都奥斯陆。

六月的挪威，已进入“白夜”季节，阳光格外眷恋这个童话般的海湾，每天都赖着不走。

傍晚，达格妮和姑母一家在公园边散步。当港口边那尊古老的“日落炮”响起时，突然飘来了恢宏的交响乐声。

原来公园在举行盛大的露天音乐会。

她挤在人群中，使劲地朝舞台眺望。此前，她还从未听过交响乐。猛然，她一阵颤动，报幕员在说什么？她揪住姑母的衣服，几乎不敢相信自己的耳朵——

“下面，将演奏我们的大师爱德华·葛里格的新作……这首曲子的献辞是：献给守林人哈格勒普·彼得逊的女儿达格妮·彼得逊——当她年满十八岁的时候。”

达格妮惊呆了。这是给自己的？为什么？

音乐响起，如梦如幻的旋律似遥远的松涛在蔚蓝的月夜中汹涌，渐渐，少女的心被震撼了。她虽从未接触过音乐，但这支曲子所倾诉的感觉、所描述的景象、所传递的语言……她一下子就懂得了它！那里有西部大森林的幽静，清脆的鸟啼，黎明的雾，露珠的颤动，溪水的流唱，松软的草地，牧童和羊群，云雀疾掠树叶的声音，还有一个拾枞果的小女孩颤颤的身影……她被深深感动了，隐约想起了什么。

十年前，她还只是个满头金发的小丫头。

深秋的一天，小女孩挎着一只小篮子，在树林里捡拾枞果。一条幽静的小路上，她突然看见一个穿风衣的陌生人在散步，看样子是从城里来的，他望见她便笑了……他们成了好朋友，陌生人非常喜欢她，帮她摘枞果、采野花、做游戏……最后，陌生人一直把她送回家。就要分手了，她恋恋不舍地望着他：我还能再见到您吗？陌生人也有些惆怅，似乎在想心事，末了，他突然神秘一笑：“谢谢你，美丽的孩子，谢谢你给了我快乐和灵感，我也要送你一件礼物——不，不是现在，大约要十年以后……记住，十年以后！”

小女孩迷惘地用力点点头。

时光飞逝，森林里的枞果熟了一季又一个季，那位陌生人没有再来……她想，或许大人早就把这事给忘了吧。

小女孩也几乎把这事给忘了。

此刻，达格妮什么都明白了。那个曾与自己共度一个美好秋日的人，就是眼前曲子的主人：尊敬的大师爱德华·葛里格先生。

音乐降临时，少女泪流满面，她竭力克制住哽咽，弯下身子，把脸颊埋在双手里。那一刻，她觉得自己成了世上最幸福的人！

演出结束了，达格妮再也抑制不住激动，她像一只羞红的小鸟，朝着海滩拼命跑去，似乎只有大海的胸怀，才能接纳内心的澎湃。

在海边，在六月的白夜，她大声地笑了……

巴乌斯托夫斯基如此评价道："有过这样笑声的人是不会丢失生命的！"

最初读到这个故事，我立即被它的美强烈地震撼了。被大自然的美，童年的美，少女的美，尤其被它通体洋溢的那股幸福感，旋涡一样的幸福……（后来我才知道，大师赋予这首曲子的主题，恰恰就是"女孩子的幸福"）

这样的经历，对一个孩子的灵魂将产生多么高贵的影响啊！少女明亮的笑声中包含了多么巨大的憧憬，多少对生命的信心、感激和热爱……谁也不会怀疑，这个幸运的少女会一生勇敢、善良、诚实……她会努力报答这份礼物，她要对得起它，不辜负它！她绝不会堕落，绝不会庸俗，绝不会随波逐流……她会用一生来追求美，她会在很久以后的某个夜晚，深情地将这个故事讲给子孙听。她会在弥留之际，在同世界告别的时候，要求再听一遍那支曲子……

后代也将像她一样热爱这支曲子。和她一样，他们是不会丢失生命的。

一切美好得不可思议！

这是我所知道的，由音乐送出的最烂漫的花篮，最贵重的成年礼。而达格妮，也是世上最幸福和幸运的少女。

2001 年

永远的邓丽君

人是奇怪的，有些对别人无所谓的事物，于之却珍贵无比且美好得不可思议。大概这和一个人的特殊心路有关，与其天生的敏感体质、生命类型、某个岁季的精神气候有关。

邓丽君。

一个我深深喜爱的名字。我在任何时候都愿意充当她的报幕人："小村之恋"、"在水一方"、"独上西楼"、"再见，我的爱人"、"你在我梦里"……丝毫不会为公然赞美她而羞愧，更不惮被阳春白雪的音乐士大夫所嘲笑。

为爱而生，为爱而死。她的使命是在一个普遍淡漠爱的年代里出演爱情。她的事业是让一抹青衣红粉从男人的眼前姗姗飘过……

在单身的夜晚，在寂寥雨天，在合书小憩的午后，她的歌声从遥远的海岛踏波而来，像颤颤丝绸，像袅袅朦月，像天涯吹来的一叶扁舟……

不错，太甜了。但并非所有的甜都堪称“饴”，并非任一种姿色都闪耀着泪光，含着颤抖之蕊。她是甘草和白露的甜，苦难之夜的甜，不加糖的甜，荡气回肠的甜。不错，她太烂漫，甚至称得上婀娜与摇曳，但在一个绝少红粉的枯槁年代，在一场裙裾被割掉的正襟岁月，这摇曳曾给人带来多大的惊喜和神怡。

其实，任何一个懂她的人，都会从甜中品出那缕深藏的艾苦，从清冷和幽怨里读出那份善良与洁白，这正是最感动我的东西。一个妩媚的女人，一个易受伤的女人，一个欢颜示人的女人，却纤尘不染，一点不浑浊、不憔悴、不萎靡……

她适于离情、伤逝与怀旧，适于游子的望乡，适于无眠灯下的昏黄，适于雨滴石阶、人伫窗畔的孤独……她是疾病时代里的健康，僵硬岁月里的柔曼，女人中的女人，你我中的你我。

“邓丽君”，她使这名字听起来仿佛一记词牌。凭歌声，凭那如诉如泣的颤音，那深涧流瀑的心律，我断定她如星光般美丽。

她纯洁得永远像春天、像蝴蝶。躲进她的歌，就像躲进姐妹的长发，躲进母亲的旗袍里。不必羞愧。不必。

有那么几年，逢深夜，我的功课即戴着耳塞，躲在被窝里捕捉各式电波——那些夜空中成群流浪的精灵（它们是我一年四季的萤火虫）。一个频率，或许是台湾吧，每逢子夜的某个时分，总会赠送她的歌。很多时候，她是用粤语唱的，不甚懂，但不重要，对我来说，她已成了一道和月光、缠绵、大海、思念有关的女性背景。她是我的夜晚——不，是我的世界里最重要的女客。

我想，或许有一天，她会到海的这边来，带着她的长发和旗袍。

可，就在那轮深夜，公元 1995 年 5 月 9 日，大约凌晨 1 点钟，一磅礴雳蓦然炸响：一代歌后邓丽君猝然辞世，泰国清迈……那晚的电波，全被一股黑天鹅绒般的气息罩住了。她的歌，她的笑，她的柔软，她的耳语，她独特的颤声……

邓丽君邓丽君……

一部嵌进我身体里的柔软。一个我听了多年的女人。

她被上帝接走了。永远地在水一方。永远地泊在了海的那边。

如今，我怀念她，就像怀念逝去的青春和发黄的日记，就像怀念前世生生死死的爱人，毫不羞愧。

我在无数场合听过有人唱邓丽君的歌，亦无数次听见一个声音："俗！"不错，俗。很奇怪，为什么同样的歌词，换了个通道就变了味？仿佛不是从生命而是从胃里发出来的？但我想，若这"俗"是冲着邓丽君，我一定会怒不可遏，或者，我会把"俗"看成一个很高贵很美好的字……

有年冬天，北京，一间酒吧里，朋友在向我淡淡地介绍一对朋友，他指着女子说："就是她，大陆唱邓丽君最好的，曾有人拿她的歌当盗版……"我一惊，很用心地凝视那女子。的确，她很像我记忆中邓丽君的模样——精神模样。自始至终，她几乎不开口，只有气息——风轻云淡的气息、冰薄荷的气息……后来，那女子应邀唱了一首，我深深震颤了，这是我第一次听到邓丽君的歌声由一个现实女子的体内汹涌而出。不，不是模仿，不是遗像的声音，不是磁带的声音。她源自一具鲜活的青春之身，自然地，就像月光从海面上升起。

那个阳光还算灿烂的下午，我却感受到了一股来自当年黑夜的潮涌，一股角落里的苦艾的沁凉。感谢她。我相信友人的话，邓丽君是一个密码，而她天生就理解这个密码，所以很本色地就唱出了她。其实，她只需唱出自己就够了。

她们是生命的同类，精神的姐妹。

走出酒吧的那一刹，我被遽然刺来的阳光吓了一跳。闭上眼，我想起了我的收音机。它已很旧很老，退役多年了。

2000 年

《罗马假日》：对无精打采生活的精彩背叛

男人，女人。

在纪录片《银幕与观众》中，一位西方老妇失声掩口："上帝啊，他们终于接吻了！"狂喜使得她眼泪都流了出来。她正看的这部黑白电影叫《罗马假日》，1953 年由好莱坞派拉蒙公司拍摄。

此时，片子渐趋高潮：汽车里，相伴一日的男女即要分手，离别之怅让他们禁不住紧紧拥抱，女人泪流满面："此地一别，或许永难相见……请你不要立即走开，你要看着——等我从那个拐角消失。"

多么精彩的瞬间，在这位不羞于动情的老人脸上，我看到了作为观众和人的纯真与坦白。感动，和某些英雄行为一样，需要丰饶的精神储备和爆发力，它并非易事。

或许，正是凭借这样的民意，《罗》剧终获当年的奥斯卡奖。面对手持金像的奥黛丽·赫本，评论界叹道："自嘉宝以来还不曾出现这等人物，她拥有一切美的元素，导演见了会忍不住再三为其大拍特写——拍她炽热的眼神，拍她甜蜜的笑靥，拍她浑身的纯洁气息，拍她瘦削而高尚的肩膀……"

影片讲的是短短48小时的事：英国少女安妮公主访问罗马，因厌恶宫廷的繁文缛节偷偷地溜出官邸。在街头，她邂逅了正受命采访她的小报记者乔，彼此互瞒身份，决定为自己的生活"放假"一天。俩人一起游览古城，这是安妮第一次自由地徜徉市井，她深为民间情趣所吸引，并对乔油生爱慕。

坦率说，单就故事逻辑，此片几近平庸，不仅承袭了好莱坞的爱情套数，较之中国传统戏文也显陈俗：书生与名媛的传奇。

是奥黛丽·赫本改变了一切。她与格利高里·派克一道，以绝配的生命组合演绎了最简单的爱情方程。剧中，她天使的面孔和纤尘不染的纯净，散发着一股水果的清香——一种足以消除生命疲劳，给人以莫大恬静的美学能量……既令视觉惊喜，更让灵魂舒适。

巨大的辐射，好莱坞试爆了一颗少女原子弹。奥黛丽·赫本冉冉升起。

难怪《罗》一获奖，媒体即惊呼："这真叫人受不了，若没有赫本，它就只能是个平庸的感伤之作。"是的，是赫本让人受不了，是那罕见的美质叫你沉不住气了——她触摸到了你最敏感和隐秘的精神部位。你无法躲掉对她的崇拜和爱慕，是召唤，也是义务。我想起了诗人荷马惊叹海伦的那个场面："她走了进来，老人们肃然起敬。"

今天，《罗马假日》已成为好莱坞骄傲的典藏。经典意味着最好的手艺，意味着里程碑的一去不返，也意味着让模仿者感到羞愧。今天，观众早已忘了它原本那样一个简陋的构思，欣赏它只是为了亲睹半个世纪前那场明媚的邂逅，看看赫本那带电的目光怎样令心狂跳。

美的才华、美的功劳，赫本成为世人心中永远的公主。1988年，联合国儿童基金会正式授予她“慈善大使”的称号，让那明澈的笑容有机会抚摸全世界的孩子。

那天，我遇到了一件特别兴奋的事。在一篇文章中，我看到以《远山的呼唤》《幸福的黄手帕》而受人尊敬的日本导演山田洋次如是答记者问：“许多电影都令人难忘，要说最爱哪一部真的很难……不，我想起来了，是《罗马假日》，当然要属《罗马假日》喽！”

多么精彩的老人。要知道，这貌似普通的话竟效仿了《罗》剧中最著名的台词。赫本听了一定会流下热泪。

那个场面，每个看过该剧的人都难忘怀——

第二天，公主出现在记者招待会大厅里。突然，人群中，她发现了昨晚含泪吻别的那张面孔，惊呆了。接下来是一组无声的特写镜头，只有目光透露着两颗心的狂跳。

有声音问：公主殿下，在您所有访问过的欧洲城市中，您最喜爱哪一个？

侍从官悄声提示：各有千秋。

脸色苍白的公主像是从梦中惊醒，正色道：可以说，各有千秋……不，最让我难以忘怀的，是罗马，当然是罗马！

这时，少女脸上的忧郁不见了，露出一种明亮而坚定的笑容，像一个突然成熟的幸福女人那样……

招待会结束。

已转身的赫本突然扭过头，最后一次地，将满含泪水的目光投向人群中的他。那苦涩的表情迅速放大，瞬间又被一种奋力做出的微笑所替代。寂静中，你能清晰地觉出她的躯体在克制中颤抖，大厅的柱子也在颤……

“凝——视”，多么好的一个词啊，假如还有谁不懂它，那就到《罗马假日》中去找吧。

“不，罗马，当然是罗马！”这句突然变向的话成了该片最珍贵的台词。从精神角度讲，这个大胆的“别有用心”的——有违王室政治的举动，可以注脚为：对无精打采生活的精彩背叛！

罗马，自由精神的城堡。假日，则是对庸常生活的倒戈。

罗马假日——一场纯洁而诗性的“越轨者”的童话。

这样的童话在不少著名的生涯故事里皆可找到，他们以决然的背叛者姿态向世俗规则挑战，从而痛快淋漓地给生命放假，比如托尔斯泰背叛古老的庄园，温莎公爵背叛到手的王位，戴安娜背叛她的查尔斯……这种“不轨”永远是美性并值得尊敬的。

我一直渴望与人分享自己的收藏，可惜身边这种生命同类太少。这里须提到一位朋友，他有一种语出惊人的解读本领，曾与我有过共享两届“世界杯”的经历。但他只关心电影中的女人而不关心电影。

某深夜，睡前照例将电视频道搜了个遍，谁知，竟搜出了阔别的《罗马假日》，忽想起这老兄，于是抄起电话：“开电视，对，马上。”

片子刚完，电话就响了：“她真叫人幸福！”他在城市的另一头高声嚷道。

我愕然，沉默。他道出了我最强烈却迟迟苦于表达的那种感受。他太厉害了！

不错，是幸福。赫本让整个夜晚，连同电视机都焕发着一种“幸福”。

我曾想，与这等美好的人一道生存、一道呼吸、一道交换本世纪的空气，该是多么醉心的美事。然而，这项福利却被粗暴地中止了——

公元1993年的一天，我的手，拿着半版快要揉烂的《参考消息》的手，突然抖起来，它冷冷地告诉这个正准备用它擦墨渍的人：那一天，1993年1月20日，美利坚发生了两件大事，一是克林顿宣誓就任第四十届总统；另一件是，著名影星奥黛丽·赫本因结肠癌去世。

它说，几个月前她还以联合国大使的身份访问被战火蹂躏的索马里。它还说，在她垂危之际，诺贝尔和平奖得主、世界最善良的女人——特蕾莎嬷嬷曾号召所有修女为“公主”彻夜祷告……

她最后的心愿是：想再看一眼瑞士白雪。

那个阳光喧哗的下午，一张破报纸被那人小心叠好后锁进了抽屉。他的目光渐渐模糊，眼前的事物显得陌生而与之无关。

他感到很多东西正在离自己远去……

一个人的飘逝就像落叶，时间气流将她的手从枝条上吹开，现在，她连亲吻地面的力气都没有了。她就那样静静地、美丽地躺着，在冰凉的青草泥石间。

可世界一点没变，他无力地想。我们活着，一点不比她高尚和美丽，我们能够怀念或憧憬点什么，仅仅因为，我们活着。

可我们一点也不美丽。他想，我们必须对美丽说点什么，起码应说声——

谢谢！

1996 年

周际 摄

女性气质

01 +

战争中，最美丽和宝贵的女性气质是什么？

坚忍、顽毅、决绝、恒力、牺牲的勇气？不，不仅仅。因为男人那儿同样有，且更应该有。看苏联电影《这里的黎明静悄悄》，姑娘们留给我的不仅仅是这些，当下沉的李莎从沼泽中仰起脸最后一次注视阳光，当不愿拖累同伴的丽达把枪口对准受伤的躯体……不，不仅仅是这些，那值得她们用生命去诠释和演绎的，不仅仅是这些。还有别的，更重要的。

尤·邦达列夫的散文集《瞬间》中，有一篇名为《女性气质》的短文，描述了卫国战争期间一次对女性美的感受——

> 我永远忘不了她那低垂在无线电台上的清秀面孔，忘不了那个营参谋长隐蔽部……我在快要入眠时，透过昏昏欲睡的迷惘，怀着一种难忍的愉快，看见她那剪得很短的、孩子式的金黄色头发周围有某种发白的光辉。

在一片由男性躯体构筑的血火工事里，“女战士”，一幅多么神奇的剪影！一盏多么鼓舞夜色的灯！她足以让苦难和牺牲变得可以忍受，让焦土与黑雪难掩生命之春的勃发，让激战前的搂枪少年不再因恐惧和迷惘而大睁着双眼——从此，让他久久不能入睡的，是姑娘的羞涩，是她逼人的体温，是完全不同的异样气息，是白天她有意无意的一瞥或浅笑……

在这座钢筋水泥的掩体里，她，一朵蝴蝶样的柔软，掀起了大片喧哗，像石子落在水中，像一粒芽冲进了泥土。是她，悄悄把一味粉红色的迷幻剂埋进那些厚实的胸膛；是她，让每个喊着“报告”受令或奉命而来的人，眼神里多了一番焰火般的急切搜索……

更是她，让一位受其目光送别的出征者，突然有了一份幸福的豪迈、一种惊人的战斗力、一股暗暗抱定的决心：一定把胜利带回！即使不能亲自，也要托别人捎给她……让她骄傲，或者怀念。

她安静的存在，对粗犷的生命们来说，是一种奇妙的从感官到精神的抚摸，一股麝香般的温暖，一次芬芳与甘泉之饮……既形而上，又形而下。

她是大家的女神。“喀秋莎”女神！

一天黎明，不幸发生了——

当三个德军俘虏被押进隐蔽所时，“我突然看见，她，无线电报务员韦罗奇卡，慢慢地，被吓呆似的，一只手扶着炮弹箱，从电台旁站起……”当其中一个献媚似的冲她笑时，“她的脸猛一哆嗦，接着，她面色苍白，咬着嘴唇走向那个俘虏，仿佛在半昏迷的状态中，她侧身解开了腰间那支‘瓦尔特’手枪的小皮套”。

一声闷响。惨叫。倒下。

> 她全身颤抖……双手掐住喉咙，恨不得把自己掐死，歇斯底里地哭着，抽搐着，喊叫着，在地上打起滚来。

作为侵略者，她清晰地认得他：该死的！一个被毫不犹豫诅咒的人。而作为俘虏，一个无法再构成伤害的人，他却是陌生的。现在，这个陌生人遭到了袭击，即将死掉。

她骤然变了。

纤细变成了粗野，恬静变成了狂暴，小溪发作成了洪水……那枪声无情地洗劫了她的美，惊飞了她身上的某种气质，也吓傻了所有对她的暗恋和憧憬。仿佛瓷瓶褪去了最珍贵的光芒，沦为了黯淡糙坯……

大家痛心地看到：一盏曾多么明澈的灯，正在被体内的浓烟吞噬。像一只昏迷的动物在自我肉搏。这绝非战斗，而是撕咬、是发泄、是报复。

她成了一个病人，让人怜悯的病人。她甚至有了一副敌人的模样——那种凶悍的模样。

> 此时此刻，这位苗条的、蓝眼睛的姑娘在我们面前完全成了另一副样子，这副样子无情地破坏了她以往的一种东西……从此，我们对她共同怀有的少年之恋，被一种嫌厌的怜悯情绪代替了。

愤怒，像一股毒素，会顷刻间冲溃一个女人的仪容，会将光洁的脸孔拧出皱纹，让安然的额头失去端庄。

她不再是一个完美的女人，不再是一名战士。战士是不会向一个手无寸铁者开枪的，她破坏了子弹的纪律，背叛了武器的纯洁性。现在，她只剩下了一道身份：复仇者。

无论再深刻的缘由，已无济于事。

谁都不知道，1942年在哈尔科夫附近被敌人包围的时候，她曾被俘，四个德国兵强奸了她，粗暴地凌辱了她——然后侮辱性地给予自由。

她出于仇恨和复仇之心确信自己的行为是正义的，可是我们，在那场神圣的战争中问心无愧地拼杀过来的人，却不能原谅她。因为她向那个德国人开的一枪，击毙了自己的天真柔弱、温情和纯洁，而我们当时所需要的，正是这种理想的女人气质。

02 +

理想的女人气质？

细腻、温润、母性、单纯、宁静、无辜、柔软……这是士兵邦达列夫的全部答案？

我想，不仅仅。它们仅是一种天然性征，一种哺乳气质，一种由生理焕发出的美德。这是日常和通俗意义上的气质，而非战争环境中最佳的理想气质。

1999年，当我翻开诗人叶夫图什科的一本书：《提前撰写的自传》，里面关于妇女的一件事突然唤醒了我——

1944年，母亲和我回到莫斯科。在那里，我才第一次有机会看到敌人。如果没记错的话，那是两万五千名德国俘虏，排成一长列，通过首都的街道。

俄罗斯妇女做着繁重的劳作，手都变了样，嘴唇上没有血色，瘦削的肩膀承担了战争的主要负担。这些德国人，很可能对她们每一个人都作下了孽，夺走了她们的父亲、丈夫、兄弟、儿子。妇女朝俘虏队走来的方向，怒目而视……走来的德国兵，又瘦又脏，满脸胡子，头上缠着沾血的绷带，有的拄着拐杖，有的靠在同伴肩上，都低垂着头。街上，死一般静。只听到鞋子和拐杖缓缓擦过路面的声音。

我看到一个穿俄式长靴的女人，拿手拍一下民兵的肩头：

“让我过去。”

这女人声音里含有点什么似的，民兵当命令一般让她过去了。她走进行列，从上衣口袋里拿出一块用手帕仔细包好的黑面包，递给一个疲惫不堪的俘虏……这一下，其他女人都学她的样子，把面包、香烟掷给德国兵。

这些人不再是敌人了。已经是人了。

人——诞生了。

她似乎在对那个满脸胡楂的男子说：活下去，永远不要再杀人！

我突然明白了那些俄罗斯妇女心底的理由：比胜利更宝贵的，是和平！把一个敌人变成“人”，比打败一万个敌人更重要！

我猛然醒悟：和平，“和平气质”——不正是最美丽的女人气质吗？

其实，无论宁静、柔软、母性、善良、慷慨，还是“无辜气质”、“哺乳气质”……它们都有一个更饱满更贴切的名字：和平。

比拼杀更耀眼的，是温存。比血腥更有力的，是芬芳。

显然，士兵邦达列夫所幻想的，正是这个。战争中最优雅的女人气息、最宝贵的雌性气质，正是那种避开炮火磨损和仇恨侵蚀、不受血气浸泡——而完好保留下来的人性芬芳：天然的“和平气质”！……无数男人的英勇杀敌和血流成河，要换取的正是她。

保卫女人，更要保卫她们的和平气质。没有比看到女性身上的“和平”芳香不被涂改，更令战士为之鼓舞和欣慰的了。

这比杀死一百个敌人更像战士的成就。

而对女人自己来说，保卫身上的“和平”气质，比亲手扣动扳机更伟大。

2001 年

有毒的情人

——怀念玛格丽特·杜拉斯

她属于任何要她的人。

——《印度之歌》

你抚摸了我

1996 年 3 月 3 日，玛格丽特·杜拉斯去世。

她登上梦中无数次出现的白客轮，她起航了。

杜拉斯说过："有时，我重新读自己的书，不禁落泪。我问自己这究竟怎么回事，我是怎么写出来的，怎么能这样美呢？"她并未夸大其词，这样说话的她，比任何时候都要诚实。

上世纪80年代末，我第一次读《情人》和《蓝眼睛，黑头发》，那种激动得说不出话的感觉！那种急得大汗淋漓却找不到表达的感觉！甚至想迁怒杜拉斯——她表达得那么好，简直过分！我从未读过如此散漫又这般周严、极度紊乱且一丝不苟的小说，感觉自个正遭受一种美的折磨，幸福的阅读莫非也是一种受伤？

某天，与一初识的书友聊天，无意中扯起“最喜欢的作家”，当对方冒出“杜拉斯和茨威格”时，我眼前突然跃出一道光，突然被照亮！后来成了极好的朋友。杜拉斯就像文学收藏者之间的一个密码，一记接头暗号，它让交流省去了很多客套和试探性的麻烦，使问题突然变得简单，让两个陌生者一下子就能从人群中认出对方……那时，杜拉斯远未流行，甚至很偏远，很角落。

从此，我几乎真爱上了她。少女杜拉斯！中国情人杜拉斯！甚至把她想象得和电影女主角一样楚楚动人。不，比她们更美！

写作就是我。因此，我就是书。

她表示没有自身之外的写作，不存在虚构，或者说生活即最大虚构。

我只读过她七十多部书的十分之一。我想够了。对一个分不清写作和现实、靠文字呼吸、沉溺于思绪幻象中的人来讲，她作品的每个部位都称得上全部了，就像一截毛发足以鉴定一个人的基因。

她一切都开始得很早，爱或写。其风格几乎一生从未更变，但这并不意味着她在重复，相反，正如她所说：“真正的做爱并不重复，而是唯一的恋人、唯一的欲望中发现那陌生的、无法替代的新鲜东西。”她拥有最忠实和稳定的追随者，从不用担心他们会掉队。就像爱上一个人，意味着将领受其全部，她赤裸裸的全身特征：温情和粗野，优雅和邋遢，沉静与疯狂……

她的书有一种特质：你根本无须打量标题，随便翻开某一页，或任风吹起哪一页，都会津津有味地看下去……

我们又来到单身公寓。我们是情人，我们不能停止相爱。

她先前闭口不谈的事现在说了：我遇见过一个人，他的眼睛就是这种蓝，你无法抓住他目光的中心点，不知那目光从何而来，仿佛他在用整个蓝色看东西。

其故事就这样，任何地方都是开始，亦会随时结束。每一段，每一句，都有完整的全局性含义，都有告别的意味在里面。其语句有一种巨大的浓缩性和放射性，像铀。词就是矿。每个词都辐射。

她用很低的、含糊不清的声音呼唤着一个人，仿佛那人就在这里。她似乎在呼唤一个死去的生命，就在大海的另一头……她用所有的名字呼唤同一个男人，回声中带有东方国度呜咽般的元音。

跟随她的词，你被一种温软而尖锐的东西小心包裹着，侵略着。你与她，像两具亲密身体间的胶合与缠绕。而有时你会觉出疼，某种悲怆、惘然和屈辱的泪水，从文字中汩汩而出，像橡树汁。

你或许想不到，她最多的情绪竟是：哭。

她在哭泣。这是由于她处在一种极其愁苦和沮丧的状态中，这不会折磨他人。她在悲伤，但这悲伤会和某种幸福携手同行。他明白，在这种情形下，他永远无法同她叙谈。

他走向露台。天色很暗。他在那儿，他在看。他在哭。

加缪说：你必须生存到那想要哭泣的地步。

写，写，总是写

什么都要读出来，空白也是这样，我的意思是：什么都要重新找到。

您可以看到，我在阅读文本时，丝毫不想去加深它的含义，不，一点也不想，我要的是文本的原貌……含义在过后就会出现，它不需要我的帮助。

她在大声地教，教别人如何读她，爱她。如何做才令她更满意。

她谈论最多的是爱、性、暧昧、欲望、死亡、疲惫。她只写熟悉的东西，甚至只写自己。但那些东西之于读者，会觉得正是自己，她说出了每个浑然不觉的我们。正如有评论说：“她会把最内行的读者带到失去平静的地步。”

我对他说：我愿意他有许多女人，我是她们中的一员，和她们混在一起。我们互相望着，他忽然明白了我在说什么。他目光变了，变得虚伪，伴着邪恶和死亡。

像一位灯光师：她懂得何时让该物清晰，怎样去照亮，以防误解；何时让该物变暗，变得模糊、隐匿，从而更生机勃勃。

尽量给表达留下空白，尽量再现“不可表达和不敢表达之物”。

她说，“我知道，一本书里必须有更多东西，必须知道人们心甘情愿地不知道什么东西。”

她有时让人狂喜（那是因为刚得到了某种佐证和声援），有时让人恼羞（因为她露骨地说出了大家不愿公开承认的秘密）。更多时候，一个读者会对她既想亲近又想疏远，而少有人能做到对她不理不睬。

夫妻间最真实的一点，是背叛，任何夫妻，哪怕成绩最好的夫妻，也不能促进爱情。

假如人未曾被迫屈服于肉体的欲望，也就是说，假如人没有经历过激情，他将一事无成。

其闺中密友米歇尔·芒索说：“她敏锐得让人吃惊，使人看见本来能独自看见却偏偏没看见的东西。我们由于懒惰或习惯不能达到的那一步，她却自然而顽强地一下子就抵达了。”

假如你只愿意同一个人做爱，那是因为你不喜欢做爱。

诡秘的逼视与穿透力，像一抹意味深长的灵猫的微笑，令人陌生、不安和感到危险。她小说中有句话：“她觉得他陌生得像是尚未来到这世上一般。”

我钦佩她吐舌的勇气、自如与滑翔之美。然后是精湛和深邃。

"写作必须很强大，须比作品更强大。"她答道。

"她竭力把灵感的第一时刻及'难以忍受的强度'和'无法表达的乐趣'同别人的以及首先是她的阅读时间联在一起。她的作品硬是要理解无法理解的东西……并再现一种时刻。在这种时刻，写作成为偶然的叙述，作为一种'无意识的完美'的本能走向远处的'有意识的不完美'。"(拉巴雷尔《杜拉斯传》)

她把她刚才对他叙述的一切都给了他，为了让他夜晚孤独一人时用这一切来做他想做的事。

他们睡着，背对背。一般都是她先入梦乡。他看着她渐渐离去。忘掉房间，忘掉她，忘掉故事。忘掉一切故事。

任何细节都是最微小的整体——杜拉斯要的就是这。这随心所欲的难度：让每个句子都变成别有用心的东西。

我喜欢你。真好。我喜欢你。突然又那么缓慢。那么温柔。你不会明白。

不期而至的短句子，恰如其分的断裂，水银一样的节奏、语感、步履，随心所欲的急停、顿挫、陡转……奇怪的是，这一点也不削弱语意的丰满，甚至更完整。果敢、决绝，少有人敢于并能够这样做。最奇妙的是：她明明做得那么好，却浑然不觉，完全不是故意。

"我写作时处于精力特别分散的状态，我无法控制自己，我的脑袋就像漏勺一样。"是啊，瞧瞧这些随手拈来的标题吧:《右翼，死亡》《走开！》《我母亲有……》《明天，人类》《她写了我》《就像一场婚礼弥撒》《我不怕》《还是褒曼，总是褒曼、褒曼》……

“写作中，她使用两种类型的地点。一种是开放的，海滩、河畔、花园，另一种是封闭的，酒吧、客轮、卧室。第二种地点表示‘秘密性，是一种特别的劝诱’，而写作本身就是一件秘密的事。”(《杜拉斯传》)

> 昏暗的花园中出现这位孤独的男子，景色顿时为之黯然，大厅里女人们的声音也减弱了，直至完全消失。继这黄昏之后的黑夜，美丽的白昼便如大难临头，顿然消殒。这时候他俩相遇了。

> 她停住了，看了看他，然后告诉他，在刚刚见面的时候，她就知道她开始爱上他了，正如人们知道自己开始死去那样。

陌生、邂逅、身体、对视、害怕、房间、迷乱、性爱、睡眠、永诀……是杜拉斯的主元素。她的文字永远飘散着一种特殊的“感官”气息，一种可触摸的柔滑，仿佛水晶充满了体温，血液弥漫着酒，空气荡漾着花瓣……有黑色静物的特征，有扑朔迷离的动感。仿佛一种叫夜来香或昙花的神秘伤口，幽幽地、安详地，在只有俩人的夜晚绽放……身体也在练习绽放，哆嗦着，勇敢地。唯有空气在一旁，绽放是不需要帮助的。

> 房间里，那两个身躯重新倒在白色的床单上。眼睛紧闭着。
> 后来，它们睁开了。随后，它们又闭上了。
> 一切均告完成。房间里，他俩周围凌乱不堪。

作为读者，你会觉得生活中突然多了些东西，又似乎少了些东西。

这情景既美好，又充满不祥的告别气息。

她太熟悉词了。像熟悉肚子里的蛔虫。清楚它们暗地里喜欢做什么，谁渴望与谁在一起。她摆弄语言的方式像小孩子吸吮自己的手指，又像是她在和语言做爱，又像是教唆词和词之间做爱。

> 他走近她时，我们发现，他和她的重逢充满了欣喜之情，但又为将再次失去她而感到绝望。他脸色很白，与所有的情人相仿。一头黑发。他哭了。

她的语言天生有一种“巫”和预言的味道，一列黑天鹅绒的楼梯气息，它使你情不自禁地踩上去，有种危险，有种刺激，有种腥红的类似唇膏和脚踝的亢奋。你会感觉自己正配合她分泌一种东西，一股不知不觉流出来黏稠和湿热……这是她在邀你分享。你感激她。

> 他占有她就像占有他的孩子……他和孩子的身体玩耍，他把它翻过来，又重新盖上她的脸……只要一下，她请求着……他叫着他不要她了，不和她玩这个了。他们又被恐怖攫住了，然后这恐怖消失，他们向它让步，在泪水、绝望和快乐中，让步。

她对每句话的使命都非常敏感。她总能让一句话把该负担的含义全部担起来，而不会被压弯。即使偶有闪失，后面的句子也总能及时补上。所以她的每句话往往不是一句话，而是一个“库”，就像一块石头不是一块石头，而是一块“矿”，一座“资源”。

杜拉斯的“写”究竟算怎么一回事？

我最快的说法是：杜拉斯乃一种“口型”。在寻找“口型”上，我认为有两个人最出色：马尔克斯和杜拉斯。而他们对时间的理解又有着惊人的共鸣感，比如《百年孤独》和《情人》那两个纪念碑式的开头。

杜拉斯曾问：造成一部书区别于另一部书的东西到底是什么？

我想，应该是口型。说话的口型（语言的神情、节奏和散发的气味）。我认为正是这口型，决定了你接下来究竟想、会、能——做些什么出来。

爱，爱，永不退休

玛格丽特，您在生活中最喜欢什么？

她说：“这很容易回答，爱。”

爱是故事的唯一真相。在她眼里，没有爱的时间是无权被记住的。

小说始终重复一幅画：一个男人朝一个女人走去，一点一滴靠近，贴紧，稍稍挣扎，再靠近，贴得更紧……消逝。

“即使到了80岁，我也还能爱。”所以她在《情人》开头就说——

> 当我年华已逝的时候，一天，某个大厅里，一位陌生男子朝我走来。他微笑着说：“我认识你，永远记得你。那时你还很年轻，人人都说你美。我来是特地告诉你，我觉得你比从前的时候更美……

这是缠绕其一生的图景。爱和被爱。永不退休。

爱就是旋涡，投身爱就是要把时速、狂风和浪尖造出来。

杜拉斯作品中每次发生的爱都是为了冲上浪尖——从读第一行起，你就能嗅出那股令人屏息的酝酿爱的气味，像一桩公开的阴谋。有人说：她的文字让人的身心会产生一种轻微的“不适”。不错，这是爱的紧张，爱的前兆，因兴奋和过度绷紧而起的冒汗或痉挛……她邀你跟随她的身体和灵魂一起去冲浪，一程程颠簸，一程程焦虑、思念和害怕。一次次攻占和沦陷，一次次胜利和投降。

大海，无边的海，汇集，消散，重新汇聚……我一次又一次要他做下去，要他做。他做了。真是快乐得要死。这样做真是快乐得要死……一种更大更汹涌的气息埋葬了白天发生的事。沙滩上将什么都留不下。

她问他这是不是最后一夜。他说是的，这可能是最后一夜，他不清楚。他提醒她，他对任何事物向来就是一无所知的。

爱即创口，这创口唯“离别”才能关闭，仿佛花要借凋零方能合上。所有的爱都是分手。相遇就是别离。

他醒了。他像是请求原谅似的说：我累了，我好像正在死去。

情欲孵化着新生，也启动着它的死亡。爱之原理是：像球，靠“离去”实现每一次滚动。

作家的身体也参与写作。

欲望撞开了所有的门，包括……创作的门。

她鄙夷对身体显出漫不经心的那类人。“当人们听到身体发出的声音，听见身体怎样撞击或让周围的一切沉默……我说那是欲望，说穿了那是人身上最专横的东西。”

谈到《情人》她说：“对我而言，那个到城里上学的小姑娘，走在电车道的马路上，走在市场上……其目标就是要走向那个男人，她有责任委身于情人。”其实，她的每一部故事都是对这个“目标”和“责任”的最新描述和诠释。

男人与女人之间，是最具想象力的地方。

她从不神话爱和性，她只求能找到它们，只求听到那震荡身体山谷的美妙的撞击和回音。她熟悉感官，重视所有部位，比如一截头发、颈窝和肋骨，经她注视后总有一种动荡不安、摄人心魄的威力。在她眼里，每个不经意的动作都放射一股静电，窝藏最忐忑的真相和意义。

皮肤光滑细腻，身体瘦弱，没有肌肉。他可能得过病，正在恢复期。他太弱了。他好像受了侮辱一样……她抚摸他、感受他肌肤的温馨，抚摸着黄皮肤，抚摸这未知的新奇。他呻吟了，啜泣了。他在不可救药地爱着。

他的身体将重新盖住她的身体……他将缓缓陷入中心地带那温暖的淤泥深处。他在那儿一动不动。他将等待他的命运……

语无伦次的梦呓，像一种奇特的叶子在夜里的簌簌声……男女躯干在桑叶般宽大的床或沙滩上蠕卷或翻滚，笨拙而灵活……不，是蛇和树，鼠和洞，汗水和眼泪，厮杀和抵抗，骄傲和屈辱，野蛮和温柔，毒和毒…… 灵魂，像一缕香气袅袅升起，弥漫成月光，到处是氤氲，到处是幽幽的闪烁……

崇高而无耻，妖冶而纯真。她就要这个。

大海，没有形状，无与伦比。

亚洲最大的情人

女人们不在欲望的地点写作，就不会写作，只会抄袭。

杜拉斯的情欲地点常选择在海上、沙滩、轮船、密林…… 但有一点，她最喜欢亚洲。亚洲是最令她欲望高涨的地方。那种潮湿、杂芜、溽热、黄皮肤…… 总能使她焕发少女的激动。

让我再告诉你，那时候我 15 岁半。一条渡船在横渡湄公河。

她生于越南南部，18 岁迁居法国。“一个人不会因搬家而同自己的童年时代脱离关系…… 我的出生地点已被粉碎。即使这样，它也不会离我而去。”

茂密的叶子、三角洲、窝棚、雾、青春期、害怕、自卑、早恋、贫困、母亲和哥哥、死亡、海水、暴雨、破产…… 童年的景象决定了杜拉斯小说的氛围、元素和构件，塑造了她诡秘的词语气质。那种少女式的犹豫、怯惧和怀疑态度，呈现在叙述上就是词的闪烁和飘移，是意义的不确定……

有一件事我是会做的，那就是凝视大海。

水的威严、诱惑和后果，充斥着少女的情怀。既害怕，又幻想投身；既想逃，又试探着贴近。“我的那些噩梦，总是同海潮和海水的涌入有关。”她一生都被迫面对汪洋，她的身体终生都浸泡在海的气氛中。还有深不可测、埋葬光线的丛林，“我害怕森林时，就害怕我自己。”“我一生从未独自在森林里走出五百米而不感到害怕。”

她一生的小说似乎都在补充和繁殖自己的少女经历。

还有日本。

爱情、死亡、历史、遗忘……是杜拉斯生命印象中最牢固的东西。为此，她专门写了剧本《广岛之恋》，并亲自为电影设计了片头——

两具贴在一起的裸体，两性欢爱的汗水，不断与原子弹侵蚀人体后弥漫的灰尘、露珠重叠……

故事大意：1957年，广岛，日本男人和法国女人相遇。女人是演员。她从法国小城讷韦尔来，拍一部关于广岛的和平宣传片。第二次世界大战期间，她曾爱上一名纳粹士兵，战争结束，恋人被处死，她也被剃了光头，躲进了地窖。在广岛，她想通过日本男人重新体验与敌对者的恋情，但最终明白一切都是徒劳，自己的爱早已死在了法国……结尾是没有名字的男女互相以对方的地名作为称呼：“你的名字叫广岛！”“你的名字叫讷韦尔！”

在死亡的背景和瓦砾场上演绎有毒的爱——典型的杜拉斯性格。

还有印度。

她只能生活在那里，她靠那个地方生活，她靠印度、加尔各答每天分泌出来的绝望生活。同样，她也因此而死，她的死就像被印度毒死。

有意思的是，杜拉斯虽一生只在印度呆过两个小时——那时她才18岁、站在驶向英国的船头上，却写出了“印度系列”四部小说：《副领事》《爱情》《印度之歌》《洛尔·V.斯泰因的迷狂》。并成就了其创作生涯的“印度高原”。

还有中国。

她的第一个情人（即《情人》中的青年）来自中国。而她最喜欢的小哥哥，抗战期间也死在中国。某种意义上说，杜拉斯更是中国的情人。

越南、日本、印度、中国……如此喜欢把东方纳入爱情领地的女作家，欧洲似乎只有杜拉斯。另一位是个美国人：赛珍珠。

老迈的少女

“她的每一本书都像一条私人信息，使我可以找到她。”“在她的书中可以找到一切……正如生活中的她一样：掩盖或揭示空虚，同样都滔滔不绝。”(《闺中女友》)

15岁时我就有了一副享乐的面孔，那时我却不知享乐为何物。这副面孔很容易看得出来。母亲也该看得出来……我的一切就是以这种方式开始的：光彩照人、疲惫不堪的面孔，与年龄、经历不符的黑眼圈。

法国作家克·鲁瓦说："她总是过着只增不减的生活……她从来不会不爱，即使爱得断断续续。"杜拉斯一生爱过的人（尤其精神上的）确难统计：某中国青年，罗·昂泰尔姆，某德国军官，狄·马斯科罗，扬·安德烈亚，法国总统密特朗……

1980年，她70岁时，27岁的扬·安德烈亚成了她最后一届情人。据这位年轻人说："她比我更年轻。她猛冲猛杀，什么都不在乎……我，扬，我不再是我，但她以强大的威力使我存在。"

临去世前，玛格丽特羡慕地嘱咐他："你什么都不用做了，写我吧。"

"她更多地与乔治·桑相像，富于行动，能一本接一本地写书，不放弃对男人、植物、艺术、食物、迟归的晚会的热情。""她的自信使她变得专横，但同时也变得才华横溢。""她到我家来吃饭，总两手空空。她有一次这样说：'我把我自己带来了。'……人们说她吝啬，其实她以别的方式献出。"（《闺中女友》）

C.鲁瓦在《我们》中曾给杜拉斯画像："她的狂怒和食欲都漫无止境，像山羊那样粗暴，却像鲜花那样纯洁……像猫一样温柔，又会像猫那样疯得毛发竖起……贪婪、快活，又稳重，脚踏实地。"

创作上敏捷、锐利、节省、绝对、整洁、不间歇、永不疲倦，生活中却邋遢、健忘、含混、喋喋不休、偏执、孤芳自赏、暴风雨似的焦灼、自相矛盾……一会儿像闪闪发光的小女孩，一会儿像又丑又凶的老太婆。一会儿像叫花子，一会儿像富翁遗孀……小妇人的刻薄、多疑、骄情、吝啬、虚荣心、表现欲、神经质，她一样不缺。

"她不放过任何东西，尤其能使她发笑的东西。"在罗马，法国大使馆邀请她去喝茶，她出来的第一句话是："你们见到大使夫人的毛衣了吗？她把毛衣穿在衬衫里面！”尽管她说：“很奇怪，人们考虑年龄，我从来不想它。”但仅仅因为米·芒索在书中提到了其真实年龄，她竟不顾那随自己一次次搬家、伴她喜怒哀乐三十年的友情，至死不谅解对方。

或许这更能说明她强大而脆弱的内心，作为普通女人和优秀作家的立体与全景。她说：“作品不是叙述故事，而是叙述一切。”是啊，一切的杜拉斯才是真实的杜拉斯。

“她没有主张，她只有幻觉。”“在她作出过激行动时，我总发现其中有一道微光，她没有证据，没有准则，但她有直觉。”（《闺中女友》）

我敢打赌，杜拉斯绝对算得上说话最多的女人之一。她一生说过无数让人瞠目结舌且佩服之至的话，混乱却不失精辟，句句珠玑又自相矛盾。比如她说：“不可获得的爱情是唯一可获得的东西。”“我觉得世界上任何爱情都不能代替这种爱情，即爱情本身。”“写作，也是对鲜肉、屠杀、消耗力量的渴望。”“不消灭已存在的东西，人们将一事无成。”

她写信给朋友、法国总统密特朗：“打倒哀愁。让金钱流通，因为它最活跃。是的，当然，无产阶级，但金钱也是……”

缺损而完整，荒诞而正确，怪僻而生动。

一切那么神奇，一切合理得不可思议。

杜拉斯——富饶的女人！大仓库般的女人！海边废弃的大仓库！永远有新的物资，吐纳不完的货，抖不完的发现和秘密……仓库般的身体和仓库般的大脑：堆满无数真实和虚拟的男人，堆满横七竖八的奇特玩意，垃圾和宝石一样多。“仓库”也可用来形容她的小说：语句扑朔迷离、杂乱无章，情绪扔得到处都是，令人亲切的混乱，猝不及防的露骨……任读者挑拣，各取所需。

正像她在《印度之歌》里说：“她属于任何想要她的人。”

杜拉斯把自己献给了任何想要她的读者。为他们生活、抽烟、酗酒、取乐、调情、恶作剧、大笑和死去。她有一种罕见的才华：让文字发出一种“邀宠”的暗示，一种“求欢”和“调情”的气味（如法国香水），很容易使人把她当成暗恋目标，激起非分之想……当然，这也是所有女作家都追求的境界。

> 作品穿过一切。
>
> 我死了，还可以继续写。

她的话被证实了。无数关于她的故事在她死后出版。无数她的作品被拍成电影。无数文学青年在她的感染下练习说话。

> 当一个作家死的时候，只有肉体去了。因为他已在每本书里慢慢献出了自己的生命。

直到她去世，我才从某期《世界文学》（1996 年第 5 期）封面上目睹她的芳容。第一眼看她，我大吃一惊，害羞得想逃走。我一直觉得她的模样应像电影《情人》或《广岛之恋》中的女主角……这说明了我的浅薄和势利。

我知道，这是真实的杜拉斯。酒精里的杜拉斯。被香烟和毒品毁容的杜拉斯。被文学消耗过度的杜拉斯。

后来，读了她的大量传记和生活照片，对她的精神感受才慢慢超过了物质印象，她也一天天美丽起来……

“玛格丽特认为自己长得很普通。这个几乎对一切都透过现象看本质的人，对自己却犯了个错误。她绝非普通，她很美，有时甚至很漂亮，像一道光。但当酒精充满她的身体时，她变得很可怕，像癞蛤蟆。”（《闺中女友》）

粗鲁的杜拉斯！光荣的杜拉斯！

瑟瑟发抖的杜拉斯！

光彩照人的杜拉斯！

她睡得像青春年少的人一样，又沉又长。

她变成那种不知道有船驶过的人了。

他想：就像我的孩子。

（注：除注明外，本篇中所有引文部分皆出自杜拉斯作品。）

2000 年

周际　摄

俄罗斯课本

有好几个冬天，深夜，陪我失眠的竟是俄罗斯电台的音乐。那个积雪上的民族仍无睡意，她在播放几个世纪以来最经典的曲子，像一位落落寡合的祖母，深情地怀念逝去的岁月。那曲子具有标志性：辽阔、忧伤、沙哑、苍远，帷幕般的厚重……我总有被击中的感觉，脑子里会出现嘀嗒的电波和徐徐流动的油画：呜咽的伏尔加河，孤独的烧焦的橡树，被风雪遗弃的木屋，缓缓匍匐的黑棺和送葬队伍，疾风扬起的妇女披肩以及她脸上的骄傲与担心……

这不是天籁，而是冻土上的招魂。是风、砂石、山脉、篝火、冰凿、纤索、雪橇……激荡的声音；是硫黄、枪刺、广场、绞架、烈酒、风琴、教堂唱诗……混合的交响。

眼前不由得浮出叶赛宁的诗：“茫茫雪原，苍白的月亮／殓衣盖住了这块大地／穿孝的白桦哭遍了树林／这儿谁死了？莫不是我们自己？”

我低低地抚摸这音乐。她来自生命深处的清冷和哀恸，整夜感动着一个不懂音乐的青年。隔着厚厚的寒帐，隔着刺不透的阴霾，我默默地向着北方——向那股伟大的气息致敬，向她苦难的历史和英勇的人民致敬。

夜聆俄罗斯，不仅成了一个习惯，也成了一道仪式、一门功课。

俄罗斯的烈士和她的风雪一样，是出了名的。

没有哪块土地上的黑夜像她那般漫长、动荡而凶舛；没有哪一民族的知识分子被编成如此浩荡的流放队伍；没有哪国的青年一代出于良心、理想或浪漫而遭受那么重的苦役与刑期……单是彼得堡罗要塞、西伯利亚矿井、“古拉格群岛”这些传说中的魔窟，就收押过多少悲壮的名册。一队队郁郁葱葱的生命曾被囚禁、锁铐在那儿，他们纯洁的热量在空旷中等待熬干、蒸发……然而，一代代的精神路标也正从那儿矗起、辐射，叩响了整座俄罗斯冻土。

海涅说：“文学史是一个硕大停尸场，每个人都在那儿寻找自己亲爱的死者，或亡故的兄弟。”我要找的，正是这样一批最纯真最英俊的精神面孔。他们一边写诗，一边流血，迅速地生活，又迅速地死去。普希金、莱蒙托夫，这对同样选择了决斗的兄弟，其岁月总和还不抵一位长者的寿龄，俩人忧郁的神情，看上去那么相似——绝无庸人那种散漫、悠闲和凑合过日子的迷茫。他们的母亲仿佛是同一位。

翻开俄国文学史，“十二月党人文学”是最英年、最让人揪心的一群：格利包耶夫（1795—1829）、雷列耶夫（1795—1826）、别斯士舍夫（1798—1837）、奥陀耶夫斯基（1802—1835）……哦，20岁、30岁，像深夜划过的流星，他们飞得太快、飞得太疾，让人来不及看清。他们太急于用生命、用青春去赌一件事了。为此，1825 年 12 月的那个清晨，他们告别了彼得堡，告别了诗歌，告别了昔日欢聚的舞场、花园、那些尚在睡梦中的恋人和被暗恋的人……

在其眼里，最急于喊出的不是情诗，而是社会正义，是俄罗斯的未来，是激情和身体的行动。“要做一个诗人，但更要做一个公民！”为了迎娶一片适于居住的国土，为了自由地生活，先要准备不自由地死去……在这样的精神星空下赶路，其行色匆匆早已注定，亦注定了其生涯故事要比其诗集流传得更久、更远。

整个 19 世纪，俄国的青年已过惯了判决和牺牲的日子。陀思妥耶夫斯基被判死罪时仅 28 岁。他说：“我只担心一件事，我怕我配不上自己所受的苦难。”他配得上，他的狱友和精神兄弟们全配得上！于是更多的俄罗斯青年就有幸听到了那个时代最激动人心的声音：“谁之罪”、“怎么办”、“谁在俄罗斯能过上好日子”、“被侮辱的与被损害的”……单凭这俯拾皆是的标题就足以证明：俄罗斯文学在艺术之外竟挑担了如此繁重和危险的职责。他们用头颅来为信仰服务，以牺牲来灌溉理想——绝无现代艺术家那种“先舒服了肉体再说”的痞性，这正是俄罗斯文学最值得骄傲和令后世怀念的地方。

知识者是最不能喑哑的。假如连这些民族的头脑都沉默了，那么这个国家的精神夜晚立即会黯淡无光。

下面，我急于提到“贵族”和女人。

在俄国农奴制时代，贵族就是那类“最先富起来”并有机会接触书本的人，可这些人中也最易滋生叛徒和异端。他们所干的事不仅令沙皇寒心，更让阶级身世论者大跌眼镜——

众所周知，1825 年的“十二月党人起义”乃一次货真价实的贵族造反。他们血统高贵、气宇轩昂，是俄国拥有最多财产和藏书的人，亦是凭艺术和高谈阔论而成为“精神贵族”的青年才俊。他们从对书籍和时代的打量中获得了生命冲动，却把沉重的财物晾在一边。尽管其童年、少年皆在豪华宫廷、玫瑰庄园中度过，但他们长大后的第一件事竟是发誓再也不当贵族了。在沙龙舞会上，除了诗歌和爱情，议论最激烈的即数“民主、权利、自由、尊严”这些新鲜字词了。他们把目光投向饥饿的乡村和像骡马一样佝偻的农奴，并为自己华丽的衣服而自责，终于，他们知道该怎么干了。

史料表明：1827—1846 年，贵族在俄国政治犯中占 76%。甚至到了 1884—1890 年平民知识分子运动后期，政治犯名单中仍有 30.6% 出身于世袭贵族。

连欧洲的政客们都愤愤不平了：穷光蛋造反是想当财主，财主造反难道要为了做穷光蛋？是啊，作为既得利益者，按常理，他们该誓死维护旧体制才是，有什么牢骚可发？有什么可折腾的呢？

这正是俄罗斯奇观，也是俄罗斯知识品格和人文精神的最大骄傲。同时我更笃信培根的名言，“知识就是力量”。知识给人苏醒的力量，受过良好教育的读书人更应成为启蒙一代，更有机会率先从混沌与蒙昧中睁开眼。况且，贵族起义与农奴造反有别，前者通常从理想主义和“精神遭遇”出发——从而可能献身一个比个人大得多的目标——它服务于整体和长远；而后者往往出于现实利益及“物质遭遇”的考虑，只迷恋于一己和眼前处境的改善——且这种集团式的暂时改善用不了多久，即会迂回到原先的保守与专制套路中去。通俗点讲，一个申请理想，一个谋取生计；一个设计所有人的未来，一个只拨自家的算盘。

令人惊叹和尊敬的，还有俄罗斯女性。在长长的流放队伍中，我投以最深情凝望的，是那群纤弱的肩膀。

“十二月党人”的领袖们被诛杀，剩下的百余名青年戴着镣铐即要到“野兽比人多”的西伯利亚去了。他们像赶粪蝇一样赶跑了“贵族”称号，从现在起，他们是囚徒——“如果不能做一个公民，那就做一个囚徒吧！”奇怪的是，连他们的妻子、恋人和姐妹们也打起了做囚徒的主意。不仅那么想，且真那么干了。这些生来就柔弱就美貌的女性向沙皇提案：舍弃庄园财产封号爵位等一切一切，甚至新出生的孩子也可不要“公民权”……条件只有一个，请政府允许自己到囚徒身边去！

特鲁别茨卡娅公爵夫人、沃尔康斯卡娅公爵夫人、格利戈里耶芙娜·穆拉维约娃、伊万诺芙娜·达夫多娃……还有法国姑娘尤米拉·列丹久、加米拉·唐狄。

西伯利亚历史将永远牢记并感谢她们。

不渝的爱情和友谊，向来是俄罗斯女性对文学和理想事业最宝贵的馈赠。

同样出身贵族的涅克拉索夫，被称为“复仇和悲歌的诗人”，在反抗专制和控诉农奴制的道路上走完了一生。在俄罗斯史册里，他的光荣总不可回避地与一位女性联系在一起——阿芙多季娅·巴纳耶娃。后人评价她时如是说：“这位善良女性能够认识涅克拉索夫的真正价值，而且对他报以缠绵的爱情，它构成了诗人愁苦生活中最明朗的一页。”“不知为什么，你待在她身边，总感到自己接近了赫尔岑、车尔尼雪夫斯基、涅克拉索夫、杜勃罗留波夫……这在不知不觉中就增添了对她的敬意。”这敬意绝非偶然，巴纳耶娃不仅以女子的柔情、美德和才华影响着爱人，与其兄弟们也结下了深厚的友谊，这使得杜勃罗留波夫临终时将两个年幼的弟弟托付给她；车尔尼雪夫斯基被捕后，她也是前往探监的身影之一……

在俄罗斯，当一个英勇的男人濒临危境时，距其不远，你总能找到一位值得尊敬的女性……仿佛最优秀的男人和最优秀的女人总能走到一起，而任何粗暴、恐吓和威胁的力量都无法将之拆散。他们就那么梦牵魂萦地缠绕着，其生命动作看上去是那么合拍而富有美感。这种来自女性的温情与精神滋养大大削减了灾难对天才们的损害……“为什么我国作家们的妻子都那么像她们的丈夫呢？”列夫·托尔斯泰首次看见陀思妥耶夫斯基的遗孀时，激动地叹道。

俄罗斯文学确实招人羡慕。才华和爱情，你们都是最优秀的。我似乎也突然领悟了俄罗斯民主运动为何始终有如此宗教般的狂热和不死的精神——必和这些优雅的女性之在场有关，和她们送出的目光有关。

她们温婉的身姿、绰约的美德，构成了俄罗斯精神夜晚最动人的剪影。

她们不仅忠诚地支撑着自己的爱情，有时，那些柔肩也直接承担起某项崇高而危险的事业——

在1877—1878年的民粹案和“50人审判案”、“193人审判案”的被告中，女性分别有16名和38名。苏菲亚——这个被鲁迅激赏过的名字便是和“青春、美貌、牺牲”联系在一起的。她和恋人一起用炸弹为沙皇亚历山大二世送了终，上绞架时仅27岁。同样的还有巴尔津娜，她拒绝了特权庇护而在牢房和流放地过早地走完了一生，紧张的生活使其无暇寻章觅句，可她偶尔留下的几首诗，却让对女性文学向来冷淡的托尔斯泰潸然泪下。

上帝向俄罗斯派驻的圣女委实太多了。

自然，俄国文学也从未忽略过这些美丽的身躯和灵魂。普希金的《致西伯利亚囚徒》、涅克拉索夫的长诗《俄罗斯妇女》……皆大胆讴歌了那些“叛徒”们的妻子。她们是文学最亲密的“女友”，也是人类共同的“夫人”。

和丈夫们的灵魂酷似，这些姐妹们的精神面孔和生命气质也太像了。

帕斯捷尔纳克曾出色地表达过这种“像”。小说《日瓦戈医生》中有一情景：冬夜，围着炉火，两个男人进行着一场真诚的对话，诉说他们对共同深爱着的那位女子的看法。奇怪的是，彼此非但没有丝毫的嫉妒、敌视，反而充满了感激和敬意——

> “啊，中学时代的拉娜是多么美好。您无法想象，那时她还是个小姑娘，可从她脸上、眼睛里已看得出时代的忧思和焦虑。时代的一切问题，时代的全部泪水和屈辱，时代的一切追求、积忿和骄傲，都流露在她的脸上和体态中……可以以她的名义，由她喊出对时代的控诉。”
>
> “您讲得太好了。正如您描绘的那样，她既是个中学生，同时又是内心藏有不是孩子该有之隐痛的时代主人公。她的身影在墙上移动，那是紧张地准备自卫的动作……”

的确，文学需要这样的“女友”，文学也会因“拉娜”们的加入而愈发迷人和璀璨。

多年前，一位深爱俄罗斯文学的朋友对我说：“假如在墙上挂一幅帕斯捷尔纳克的肖像，我宁可把窗户取消！”

这话感动着我。明知无法说得比他更好了，但我说——

“假若屋子里走进来拉娜，我宁可将全部的书籍都取消。望着她……就可以生活和写作了。”

1998 年

林 美　摄

爬满心墙的蔷薇

——读康·巴乌斯托夫斯基《金蔷薇》

他有一种使他触及的一切变得高尚的才能。

——歌德

巴氏在形容对契诃夫的爱时，用了一个特殊的词——“契诃夫感”。许多年来，在我一遍遍阅读巴氏的过程中，也反复涌上一股感受——“巴乌斯托夫斯基感”。

《金蔷薇》，一册薄薄的散文体小书。一打开，扑面而来的森林、溪水和冰雪气息立即让我安静下来，童话般的语境让我仿佛置身于缪斯的圣诞夜，而巴乌斯托夫斯基，便是那个挨门逐户送祝福的白胡子老人，他的礼物是诗、是激动人心的月光、是欢悦生命的美……

书的开篇叫《珍贵的尘土》：善良的退伍老兵夏米，相貌丑陋，以清理作坊为生。一天，他遇见了早年照料过的一位姑娘，并再次伸出援手，后来，他突然被一股“依依不舍”的情感所折磨，自卑、怯懦、羞愧……他暗暗祈愿姑娘能遇到真正的爱情，并冒出一个念头——送一朵传说中能带来幸福的金蔷薇给她。从此，每天夜里，夏米都背着一个大垃圾袋回家，里面装着从银匠作坊里扫来的尘土，他用筛子不停地扬着……终于有一天，他捧着一小块金锭去找银匠。当“金蔷薇”终于诞生时，姑娘已去了异国。不久，夏米去世了。

> 每一分钟，每一个无意中说出来的字眼，心脏每一次不易觉察的搏动，犹如杨树的飞絮或深夜映在水洼中的星光——无不是一粒粒金粉……而作家，以数十年光阴筛取这微尘，将其聚拢在一起，熔成合金，然后铸出我们的“金蔷薇”——小说、散文、长诗。

这是对文学劳动最深刻的诠释和忠告了。从读到它的那刻起，我知道自己踏上了一条多么艰辛、费力且没有保障的路：一辈子像夏米那样背驮麻袋、汗流浃背地扬尘，无数个不眠夜后，或许还不如夏米幸运——我筛得的“粉末”尚不足铸一朵幼小的金蔷薇，有的只是他的不幸，心爱的女人已擦肩而过……最后又像他一样寂寞地死去。

但我宁愿，为了那朵皎洁的蔷薇梦。

试想一下，有谁像安徒生那样痴爱童话和森林以至迷狂的境地？我想，巴乌斯托夫斯基是最具竞争力的一位。他们的心性、气质和天赋都那么像，仿佛灵魂的孪生兄弟。在巴氏的文学客厅里，你几乎可瞅见那个时代所有的俄国文豪，但倘若里面只有一位客人的话，那人一定叫汉斯·安徒生！巴氏笔下，这个丹麦人是被描述最多，也最动情的——

这个腼腆的鞋匠在炉边蟋蟀的歌声中溘然长逝，他是一个极普通的人，然而却把自己的儿子——一个童话作家和诗人献给了世界。

安徒生喜欢在树林里构思……每根长满青苔的树桩，每一只褐色的蚂蚁强盗（它拽着一只长有透明绿翅的昆虫，就像拽着掳掠来的一个美丽公主），都能变成童话。

他是穷人的诗人，尽管国王们都把握一握他那枯瘦的手视为荣幸……任何地方都没有像丹麦那样宽阔而绚丽的彩虹。

对这位早生一个世纪的外国人，巴氏有一种特殊的亲情，他 7 岁时遇到了对方的童话，这是其生命旅途邂逅的第一朵金蔷薇：“这一点我很久之后才懂得：在伟大而艰辛的 20 世纪的前夜，我能结识安徒生这位亲切的怪人和诗人，简直走了运。”安徒生童话之于他，有着生命磁场的意义：“人类的善良品质，犹如一种奇妙的花香，从这本镶金边的书里飘了出来。”

和安徒生一样，巴氏的才华受孕于善良的性情和对美的深沉凝望——一种月光般的能量——由对世界的悲悯、对苍生的关爱、对草木的体恤所喷涌出的激情和美德。

善良有多深，才情和关怀力就有多大。

酷爱自然，几乎是俄国作家的共同品质，而像《金蔷薇》这样执着地寻访文学与地理、精神与自然的关系，却不多了。

> 假如雨后把脸埋在一大堆湿润的树叶中，你会觉出那种沁人心脾的凉意和芳香……只有把自然当人一样看，当我们的精神状态、喜怒哀乐与自然完全一致，我们所爱的那双明眸中的亮光与早晨清新的空气浑然一体，我们对往事的沉思与森林有节奏的喧声浑然一体时，大自然才会以其全部力量作用于我们！

这多少让人想起了中国的一句诗：为什么我的眼里常含泪水？因为我对这土地爱得深沉……

在《洞察世界的艺术》中，他转述了一位画家的话："每年冬天，我都要到列宁格勒那边的芬兰湾去，您知道吗，那里有全俄国最好看的霜……"直到今天，我还能忆起撞上这句话时的激动和羞愧，因为我从未留意霜的差别，更毋论"最好看"了——自己的感受原是多么粗糙！

他告诉我："真正的散文饱含着诗意，犹如苹果饱含汁液一样……散文是布匹，诗歌是经纬。有的散文毫无诗的因素，它所描绘的是一种粗糙的、没有翅膀的生活。"这些话对我的写作影响极大，让我对随意写下的句子抱有一种警惕：是不是偷懒了？能否再准确和精密些？对文字作修改时，我也习惯用他的一句话提醒自己："我们是否时刻按照这种语言理应得到的地位来对待它呢？"

和同胞作家相比，巴氏似乎是个特例。在作品气质和主题上，他都没有鲜明的俄罗斯式烙印，母邦文化的苦难基因和悲剧资源并未将其心灵格式化，他也没有被卷入到时代的政治伦理斗争中。像果戈理、陀思妥耶夫斯基、托尔斯泰、爱伦堡、帕斯捷尔纳克、索尔仁尼琴等，都是在一种巨大的精神压力和灵魂纠结下，以反抗、挣扎、悲愤的姿态实施突围的，而巴氏不，他既没背负民族传统，也未被时代的罪恶拦住去路。唯美、温情和诗意，乃其与生俱来的打算，他从未因某种现实而在这些方面打折扣。在《似乎无足轻重》一文里，他提到写作时的精神氛围："不管别人怎么样，反正对我来说，感觉到有一座孤独的果园，感觉到村外有绵亘数十公里的寒林，林中有一个个湖泊（这样的夜里，湖边绝不会有一个人影，只有星光跟百年前一样，跟千年前一样，倒映在水中），是有助于我写作的。可以说，那样的秋夜，我是真正幸福的人。"

或许，正因其写作是由这种美好意境和明亮情绪来启动的，所以，他的文字无形中铺了一层干净和温暖的草，并转化为了读者的幸福。这种心灵的舒适与和平，这种不被时代耽误的健康心性和稳定品质，在苏联严酷的政治环境中，是非常罕见的。他这样说："对生活，对我们周围一切的诗意的理解，是童年时代给我们的最伟大的馈赠。如果一个人在悠长而严肃的岁月里，没失去这个馈赠，那他就是诗人或者作家。"

我认为，这是个极重要的提示，尤其是对工业时代的人和现代教育，尤其是对21世纪的我们——沉溺于物理和实用，荒疏了自然、哲学和诗歌——从而远离生命真相和本体意义的人。

阅读巴氏，是一种美和心智的享受，你不会有压抑感，连故事里的哀痛，也是美的，让人感激。正像他解释安徒生时所说："是的，我们需要幻想家，是停止对这三个字进行讥笑的时候了。""童话不仅为孩子，也是为成人所需要的。""对生活的宽容态度往往是一个人丰富内心的可靠标志。像安徒生这样的人是不愿把时间和精力浪费在世俗纷争上的，因为周围闪耀着鲜明的诗意，不要放过春天亲吻树木的那一瞬间……"

虽然有大量现实作品，但骨子里，他不是现实感和斗争感很强的作家，他更像灵魂方面的美学大师——大自然最亲近、最信赖之人，理想主义的冥想者和歌颂者，那种干净得能聆听到花鸟物语、拿到童话钥匙的人。对现实，他的反抗工具是“美”，是对丑和恶“背过脸去”的姿势，是以回答“人应怎样生活”、“何以不辜负这个世界”的方式来进行的。他消化矛盾、超越苦难的愿望和能力都太强了，他不能忍受被阴暗挡住光线、降低视力的生活。而且，这毫不妨碍他对那些英勇的同胞报以爱和尊敬，这在他对茨维塔耶娃、巴别尔、爱伦堡等人的评述中清晰可见。他熟悉对方的价值，清楚对方的意义，拥戴对方的劳动。比如他这样说爱伦堡——

> 我们每个人都想象一个永久的幸福和平的时代，一个自由、理性的劳动的时代。在这个时代，饱经风霜的生命应享受安宁和幸福……一旦这个时代到来，一旦太阳在摆脱了恐惧和暴力的大地上升起，人们就会怀着深深的感激之情怀念所有为它的到来而贡献了劳动、才华和生命的人。在这些人当中，伊里亚·爱伦堡必将名列前茅。

诗性、浪漫、理想人格、美学的纯粹、对永恒价值的守护、对细微之物的深情、对教育和艺术的关注、突破时代纠缠的行走……这一切，奠定了巴氏风格，一种知识和精神上的“百科全书”风格。

正是基于这种高尚的巴氏风格，这种完美的人道主义风范，1965年，他被提名为诺贝尔文学奖候选人。

多年来，我已惯于将《金蔷薇》搁在枕边，就像小孩子让最爱的糖果触手可及。睡前翻开某页，无论内心多么浮躁，这时都会安静下来，连空气都变得像书中的森林里那样：清澈、湿润、流畅，有股沁人心脾的薄荷的静、绿的香……

它滋养你的精神、你的呼吸、你的肺……在有益于身心健康方面，我认为巴乌斯托夫斯基是最令人难忘的一位。

2000 年

为什么不让她们活下去

革命肉体的洁癖

电影中，不止一次看过这样的情景：美丽的女战士不幸被俘，虽拼死反抗，仍遭敌人侮辱……接下来，无论她怎样英勇、如何坚定，多么渴望自由和继续战斗，都不能甩开一个结局：殉身。比如在敌群中拉响手雷，比如跳下悬崖或滚滚怒江……

小时候，面对这样的情节，在山摇地撼、火光裂空的瞬间，在悲愤与雄阔的配乐声中，我感到的是壮美，是激越，是紧挨着悲痛的力量，是对女战士的由衷怀念和对法西斯的咬牙切齿。

成年后，当类似的新版画面继续冲来时，心理却渐渐起变。除了对千篇一律的命运生厌，我更觉出了一丝痛苦、一缕压抑和疑问……

那象征“永生”的轰鸣似乎炸在了我胸中央，我感到了一股毁灭之疼和死亡的惊恐。

为何不设置一种让其逃脱魔窟、重新归队的结局？为何不让那些美丽的躯体重返生活和时间？难道必须去死？她们就没有活下去的理由和愿望？难道她们的“过失”必须以死相抵吗？

这是一种什么样的创作心态？

终于，我懂了：是完美主义的要求。是革命肉体的洁癖所致。

不错，她有“过失”，她唯一的过失就是让敌人得了手。在革命者眼里，这是永远的痛惜，是永远挥不去、擦不掉的内伤。在这样的大损失面前，任何解释都不顶事。对女人来说，最大的生命污点莫过于失身——无论在何种情势下。而革命荣誉，似乎更强调这点，不仅精神纯洁，更要肉体清白，一个女战士的躯体只能献给自己的同志，决不能被敌人染指。试想，假如她真的有机会归队，那会是怎样一种尴尬？怎样一种不和谐？同志们怎么与之相认？革命完美主义者的面子怎么受得了？

唯一的出路只有一个，即所有编剧都想到的那种办法。在一声轰响中，所有耻辱都化作了一缕猩红的硝烟，所有人都如释重负，长舒一口气。硝烟散尽，只剩下蓝天白云的纯净，只剩下美好的往事，只剩下复仇的决心和升级了的战斗力……

这是所有人都不愿看到的。却是所有人都暗暗希望的。

她升华了，干净了，永生了。她再也不为难同志们了，再也不令自己人尴尬了。她成全了所有的人生观众。

这算不算一种赐死？

我不得不佩服编剧的才华和苦心。他们都那么聪明，那么为革命荣誉着想。以死雪耻、自行了断，既维护了革命的贞节牌坊，又不让活着的人背上心灵包袱，谁都不欠谁的……说到底，这是编剧在揣摩革命逻辑和原则行事，尽管正是他，暗中一次次驳回了她继续活下去的请求，但他代表的却是自己的阵营，是整个集团的形象工程。他是称职的。

失身意味着毁灭，这层因果，不仅革命故事中存在，好莱坞电影里也有。

《魂断蓝桥》我喜欢，但不愿多看，因为压抑，因为“劳拉”的死。我更期待一个活下来的妓女，一个有勇气活下来的妓女，一个被我们“允许”活下来的妓女……若此，我会深深感激那位编剧。

让一个曾经“失足”的人有颜面地活着，难道给谁丢脸？

是什么让艺术变得这样苛刻和脆弱？这样吝啬和不宽容？

其实是一种隐蔽的男权，一种近乎巫术的大众心理学，一种“法老”级的对女性伦理和生命角色的认定（即使在以“解放妇女”为目标之一的革命运动中也不例外）。为此，我认定那个暗示“劳拉”去死的编剧乃一俗物，我喜欢它也仅仅因为前半部，因为费雯·丽那泪光汹涌的眸子。

看过两部热播的公安题材电视剧：《一场风花雪月的事》和《永不瞑目》，作者海岩。不知为何，当剧情刚展开至一半，比如那位女警察欲罢不能爱上了香港黑社会老大的弟弟，比如那位卧底的大学生被迫与毒贩女儿有了肌肤之亲，我脑子里忽然闪过一丝不祥之兆，似乎已预感到其必须死了……不仅因为其犯了规，违反了职业纪律，关键在于其身子出现了“不洁”——这是为革命伦理所难以谅解的“罪”啊。开始我还盼着自己错了，希望我的经验过时了……但很遗憾，那经验仍很“先进”。

或许作者就是那样的道德家吧，有着难以启齿的洁癖。也或许是自我审查所为，不这么写，即无法从革命伦理的标尺下通过。

贞操、完美、亵渎、玷污、耻辱、谢罪、洗刷、清白……

世人竟臆造了那么多凌驾于生命之上——乃至可随意取代它的东西——甚至铸造出了命运的公式！

这让我想起了自然界的一种哺乳现象：据说一些敏感的动物，若幼崽染上了陌生的气味，比如与人或其他动物接触过，生母往往会将之咬死。原因很简单：它被染指过了，它不再“纯洁”。

对女性身体的“领土”想象

印度女学者布塔利亚·乌瓦什在《沉默的另一面》中，记述了1947年，随着印度和巴基斯坦宣布分治和独立建国，在被拦腰截断的旁遮普省发生的一场大规模流亡和冲突：以宗教隶属为界，印度教、锡克教人逃向印度，伊斯兰教人涌向巴基斯坦。短短数月内，一千两百万人逃难，一百万人死亡，十万妇女遭掳掠。作者以大量实录记述了这场人类灾难，其中尤以女性遭遇最为惨烈：为防止妻女被玷污，大批妇女被男性亲属亲手杀死，或自行殉身。

被采访者中有位叫辛格的老人，当年他和兄弟把家族中的17名女人和儿童全部杀死。他说：“有什么可害怕的呢？可怕的是蒙受耻辱。如果她们被穆斯林抓去，我们的荣誉，她们的荣誉就都完了……如果你觉得自豪，就不会害怕了。”屠杀的方法有服毒、焚烧、刀砍、绳勒等。在锡克族的一个村子，90名女人集体投井，仅3人幸存。一位叫考尔的幸存者回忆：“我们大家都跳进了井里，我也跳了进去，带着我的孩子……井太满，我们没法淹死。”读到这儿，我惊出一身冷汗，世上竟有一种叫“谋杀”的爱？死，反倒成了一种救赎、一种恩惠？

据说，那口井太惨烈太著名，连印度总理尼赫鲁都曾去探视。

对于那些亲手杀戮亲人的男子来说，即使事情过去了半个多世纪，他们也不为当年的事有一丝愧疚，反而备感自豪，对妻子姐妹毅然领死充满赞美之情。

几十年后，许多被掳的妇女大难不死返回故里，迎接她们的第一句话竟是："为什么回来？你死了会更好点儿。"

作者分析说："不论印度教、回教还是锡克教，都把女性的母亲角色和生殖功能联系于民族国家大业的开展，联系于传统的维护。女人身体成为民族神圣不可侵犯的领土、男人集体的财产、反殖民抗争的工具。"

其实，女体成为男性决斗的战场，成为民族拱卫的领土，这种情况在人类历史上已成普遍事实。只不过愈是宗教形态强硬的地区，愈发变本加厉而已，为浇固教旨的尊严和民族性的纯粹，往往竞相在对妇女的约束上下功夫，对女性形象和操守的约定与禁忌，总远大于对男人的要求。比如在阿富汗塔利班的统治下，女性被剥夺了受教育和参与公共活动的权利，身体终日被裹在水泄不通的长袍里，只许露一双眼睛——这种对女体的超强重视，这种监狱般的严密"保护"与封锁，其实昭示了一种对宗教母本的捍守决心，一种对外来文化窥视的严格防范，一种充满敌意的警告与断然呵斥。

你甚至很难说清楚，这究竟算是一种护爱，还是一种刻意的虐待？

由于女性天然的生理构造、原始的生殖色彩、性行为中的被压迫性和受侵略性，女体艰难地担负起宗族的繁衍、荣辱、盈亏、尊严、纯洁、忠诚等符号学意义，女体成了一种特殊的文化隐喻，人们在其身上灌注了超重的价值想象和历史记忆：政治的、伦理的、民俗的、宗族的，甚至经济学的……于是就产生了一种奇怪现象：古老的民俗特点似乎总能在妇女身上得以顽强的保留和延伸。乃至在现代社会学和旅游业中，妇女无形中竟成了最大的文化看点之一。

于女人而言，这些超常重视带来的往往是"不堪承受之重"，平常的日子里，意味着身心禁锢，而特殊时期则意味着灾难。尤其当宗教火拼和异族战事发生时，女性身体更是首当其冲，沦为双方的战场和争夺的战利品——因为自己的重视，也势必会引起对方的重视。“当两阵敌对冲突时，争相糟蹋和强奸对方的女人，成为征服、凌辱对方（男人）社群的主要象征和关于社群的想象”（布塔利亚），这在近年的波黑战争和科索沃动乱中都表现得极为充分。

所以，战乱中的女人最不幸。文明与历史的牺牲，很大程度上沉淀为女性的牺牲。动乱最大的代价，最凶猛、最决绝和最阴暗的部分，往往以落实到女性身上为终结。胜利往往只是男人的胜利，而不会给女人带来多大轻松。日本侵略战争过去了那么多年，但“慰安妇”问题直到今天，仍是笼罩着受害国的一块浓得化不开的阴霾：毁损的国土、被掠的资源、阵亡的生命，皆可不要赔偿，但被侮辱的女性身体，却必须讨一个说法……或许在我们眼里，战争最大的毁坏，即对女性身体的占领；最难愈合的创伤，即女性体内的隐痛。

这种对女体过度的利益想象和价值负荷，即使在理性文明发达的西欧，也很难例外。第二次世界大战后，在法国或意大利，人们竟自发组织起来，对那些与纳粹军人或德国侨民通婚的女子施以惩罚，将之剃光头，令其抱着“孽子”上街游行，随意羞辱甚至杀戮……即使对德军俘虏，也没这般态度。可假如“占领”异国女子的事发生在男人身上，男人们非但不受谴责，反会被捧为英雄……为什么？难道是女性在生理构造上的隐秘性和凹陷性，较之男性肉体，更易使人产生“不洁”的联想？

不管怎样，我对所谓“女性解放”时代的到来并不乐观。只要对男女肉体的审视态度仍存在双重标准，只要不能平等地看待男女“失身”，只要继续对女性肉体附加超常的非生理意义和“领土”属性——“洁癖”就会继续充当女性最大的杀手。

2002年

我们能发出那个声音吗

01 +

> 点灯的人也是黑暗路上的匆匆过客，他们把小火炬举在头上，在自己的小路上点燃灯光，活着时无人知晓，工作不被重视，随即便像影子一样消失。（普鲁斯《影子》）

哪一位天才领受过他那个时代的荫护和惠泽？哪一块金子逃得脱灰尘的嘲讽与淹没？孤独而凄凉，不记名的遗产……这类道路从来就是这样。

许多年以后，碰到较公正或记性好的时代，或许子嗣们能从尘埃中救出他的著作。“我们整个社会都是在十年之后蓦然回首，惊讶于顾

准之先知，顾准之预见，而这个社会最需要思想家的时候，它产生的思想家即已早早地被扼杀了。”（朱学勤语）

今天，当豪华本的顾准“日记”、“文集”火爆书肆，当继承者们喜气洋洋活像哪家的接收大员——而不是些手捧骨灰盒的泪人时，我感到恍惚、茫然。长歌当哭，如此隆重的“隔世对话”何独体味不出悲剧的庄严与沉痛？

难道这就叫幸运——顾准的幸运还是后人的幸运？不公正之后的“公正”能有多大诚意偿还前代的债务？其中包含着多少灵魂拷问和理性自觉？未挖净的烂根是否仍在泥里恣肆疯长？

再比如，面对一场大火，若非为了将火除去，仅想从火里抢出点值钱东西，此英勇值得称道吗？典型的物质而非精神的做法！

不要做只盯住遗产而不讲痛感的遗孀！否则，那罪一百年后仍是罪，假寐的灰烬伺机还要复燃。

萧伯纳在《伤心之家》的序里说：“我们从历史中学到的仅仅是：我们从未由历史中学到任何东西。”话虽残酷，但于很多时代和国家都是适用的。多少耻痣在岁月淘洗中流失了它的“质”；多少悲剧被作践变卖，然后重新包装上市。

多像一个频频堕胎的妇人，由于年轻时的放纵，当她真诚地想做一名母亲时，却落下个习惯性流产的病根。

对于后世，对那些无辜被消灭的孩子，这个母亲，不——这个自私的妇人该作何忏悔呢？

02 +

写下该题目的冲动，缘由是一幕画面。

晚上看电视，见一部旧时西语片，我视力不佳，不关心字幕。只是，只是有一会儿，我被那个白人男子的凛然神情给紧紧抓住了——

法庭。黑人被告。法官和陪审团全是白人。冷漠华丽的白种人。

当一纸判决被傲慢地宣毕，那个人——那个像桦树一样有着坚挺额头的青年，猛地站起，接着镜头完全摇向他，那张脸因激动、愤怒和某种绝望而骤然放扩，占据了整个画面。

他挥着手，疾速的语句像冰雹重重地撞击着什么，我听不懂，却看得懂。他内心的爆发全倾注在脸上——那是一张人类的脸，一张每个人见了都会信任的脸。它的特征，使其在任何时代的人群中都有身份证的意义。

阳光斜洒上去，它那么生动，颧骨闪着光辉。它那么美，美得孤单，美得叫人骄傲和担心。它强烈地扑击着我的视觉，我知道它在为谁辩护和战斗。那股烈性、那份精神硬度，只有被巨大誓言和正义感驱使的人才会喷涌得出。我想起了林肯在葛底斯堡及斯巴达克斯在角斗场的情景……不，现在它比它们更生动。

那一刻，有几个单词被他反复吼出，我忍不住贴近屏幕去看，它们是："不能——这不公正！"

我隐隐动容。这不公正！不公正……我突然觉得这是人类发出的最高贵、壮美和惊心动魄的声音。

我感激它。所有正义事业和无助的心都会感激它。

情势愈紧张和凶险，围剿它的力量愈强大与凶悍，愈衬出这句话的分量……正因如此，它常意味着彻底的孤独和接踵而来的牺牲。

关上电视，如漆的黑暗中，我久久抚摸、体味着它，让那束仿佛来自天外的声音穿透我，如肖像般钉在墙上。

这不公正！不公正……

不禁问：我能发出这个声音吗？

03 +

点灯的人，你从哪里来？在何处栖身？有没有妻儿母亲等着你回家？有没有向其倾诉苦闷和欢乐的朋友……你是否亦有和我们一样的要求与感情？难道你只是一个在黄昏出现、默默点燃路灯，随即又像影子一样消失的人吗？（普鲁斯《影子》）

20世纪50年代即为华东军政委员会财政部副部长的顾准，若心无旁骛，顺仕路走下去，似乎该有一个不错的前程。但那样一来，中国当代思想史和经济学史的天空就会失去一盏巨大光源。若没有那篇《试论社会主义制度下商品生产和价值规律》，若没有《希腊城邦制度》和《从理想主义到经验主义》，半世纪以降的知识分子大脑会变得多么萎缩、黯淡与贫困。

本该由一代知识集体共同挑担的义务，却要让一个人独自奔赴，其处境会多难啊——

今天，当人们以烈士的名义，把革命的理想主义转变为保守的反动的专制主义的时候，我坚决走上彻底的经验主义、多元主义的立场，要为反对这种专制主义而奋斗到底！

市场经济论、革命怀疑论，如此异端的声音何愁不被“重视”：三次冤案；两轮右派帽子；批斗审查撤消一切职务；与家庭断绝关系；妻子自杀，儿女遗弃；和老母同处一城却至死不能相见——当顾准的人生只剩17天的时候，白发苍苍的母亲挣扎着要去医院看儿子：“已经十年不见，本想在我病倒时，让‘老五’来跟前服侍，想不到他竟要先我而去了。”就连老人这小小的乞求，也被命运粗暴地拒绝了。

我握笔的手禁不住颤晃，泪水滚滚而下，顾准、顾准……

这不公正！

有谁发出过这个声音——哪怕一句？天才未毁灭前，被谁真正关心过？谁拦截过悲剧的车辇，哪怕仅减缓一下其汹汹来势——哪怕仅是螳臂当车？后世将多么感激这只伟大而无用的螳螂啊！

顾准终于没有这等幸运。

所有人都像面对暗礁一样避开他。没有同情、理解、体恤，没人知道他是先知，是为大伙做事儿的圣徒，即使最善良的同胞也不对其来历和价值感兴趣……缺少生命中真正的同类，缺少精神声援，缺少来自亲情和友谊的响应，哪怕暗中的关注……缺少了这些，如一棵树的周围被扒光了水和土，它还能挺立多久？

这个暗夜里的点灯人，吃的是草一样的冷馒头，吐的却是犹如血和奶的“对中国未来前途之探索”。旷日持久的煎熬中，孤独者的头发一天天疯长，体重一夜夜减轻……

为何优秀的生命总难以被容纳？

为何深受愚弄和蹂躏的同胞之间竟无相互理解、取得共识的可能？为何连善良的普通人也对自己的赤子施以冷漠和感情的虐待？何止没有同志，甚至还要提防来自身后营垒的污水，盯梢、告密、陷害、幸灾乐祸、落井下石……

多年以后，某个阳光灿烂的时刻，人们失声痛哭，像怀念亲人那样祭奠死去的先知——遗憾的是，历史从不给缺席者以补席的机会，用不着了，用不着祈谅和道歉了。“活着时无人知晓，工作不被重视，随即像影子一样消失”，这类道路从来如此。

作为上世纪 60 年代末出生的人，我似乎做不到用更多的宽容与平和来默认父辈的历史。是的，我无法不让自己激动地去想、去讨问，比如，我又在痴痴地想：中国传统士子的血性、风骨、大义哪里去了？猛士的“不让”和患难扶助精神哪里去了？天才困厄之际，那庞大的一代文化集体暗地里在做着什么？

十年后，顾准的女儿痛楚地说：“人生只有一个父亲，可对于这样的父亲，我们做了些什么呢？”

可倘若这位父亲仍活着，是否一切都会改变呢？我不把她的话简单地划入一种自责，它是一团由泪水蜷缩成的胎盘，浸含着更隐晦和复杂的真相。正如她进一步质疑的——

“为什么我们和父亲都有强烈的爱国心，都愿意献身一个比个人家庭大得多的目标却长期视为殊途？”

这才是最可怕的诚实：同代人之间在相互理解方面的无能！

顾准真是太超前、太不了解“国情”了。

即便如此，以中国之泱泱，以遍地之事实和教训，断言无人能在思想和经验上与顾准暗合共鸣、无人能洞悉顾准意见之价值——岂非大不敬吗？但何独没有一个声音站出来：“这不公正！”

于是又回到道德勇气和人格力量上了。

04 +

近来，我常有意打量文化史上那些“著名友谊”和“营救者”的故事。

清康熙年间，成百上千的人因“文字狱”被放逐东北。顾贞观为救老友吴兆骞，费尽周折攀识了当朝太傅的儿子、著名词人纳兰性德。时机一到，顾将自己思念旧人的两阕《金缕曲》呈上，纳兰没读完即声泪俱下，说：“给我十年时间，我当自己的大事来办，此后你不用再叮嘱我了。”顾急哭了：“人寿几何？请以五载为期。”纳兰点点头。后此事终遂。

顾准没有这样的幸运，其时的政治体制和规则比古代严酷得多，没有情理之隙可乘。

可以借比的倒是现代俄罗斯。

20 世纪二三十年代，俄国知识分子的命运比友邦的后来还要惨烈。在专制统治和威权肆虐之时，大批的作家、诗人、思想者和政治家被作为革命之假想敌施以清洗，但由于高尔基等人的在场，正义与良知并未彻底缺席。

马克西姆·高尔基，苏联“无产阶级文学之父”，列宁誉之为“道德最完美的人”。十月革命后，由于他坚持“知识分子是民族的头脑，要倍加爱护”，从而与布尔什维克领袖的矛盾日趋尖锐。他一面在自己主持的《新生活报》上疾呼：“这不公正！”一面奋力抢救那些危境中的人。他联系五位作家上书彼得格勒契卡，要求释放古米廖夫，强调其对俄国诗歌的贡献，但诗人还是以反革命阴谋罪被处决了。他为救关押在彼得堡要塞的两位亲王急往莫斯科找列宁，指出其一是著名历史学家，当他拿着释放证兴冲冲赶回时，看到了俩人被枪毙的告示……他还同卢那察尔斯基一起请求批准诗人勃洛克出国治病，遭拒后跑到政治局“大闹一场”。当作家巴别尔即遭不测时，他公开声称对方是“诚实的作家和人”……

高尔基利用自己的声望不停地“管闲事”，终于激怒了当局。莫斯科苏维埃主席加米涅夫的妻子对人说：“高尔基是骗子，如果没有伊里奇（列宁），我们早把他关起来了。”连列宁本人也不得不向其坦言：“您最好到欧洲的一个疗养院去，在这里，您既没条件养好身体，又干不了工作……只是一味地奔忙，徒劳无益地奔忙。”

即便如此，高尔基也没放弃徒劳的努力。一次次败下阵，又一次次冲上去，这位伟大的“父亲”在官方和牢狱之间疲惫地穿梭，承受着难以想象的夹力和痛苦。基洛夫遇害后，政坛又掀起了新的肃反浪潮，高尔基愤怒地对秘密警察头子雅戈达说:“我不仅要谴责个人恐怖，更要谴责国家恐怖！”难怪雅戈达背地里大骂:“狼毕竟是狼，喂得再好也总想往森林里跑。”这样的话由真正的狼嘴里发出来，足见高尔基对他们妨碍之大。

若有人坚称高尔基的胆气源于他同列宁“牢不可破的友谊”，那么，值得一提的还有平民作家帕斯捷尔纳克们。

1934 年，“天才诗人”曼德尔施塔姆被内务部下令逮捕，消息传出后，他的朋友非但没有躲避，反而一个个挺身而出。帕斯捷尔纳克跑到《消息报》找布哈林，甚至直接在电话中对斯大林讲:“我想同您谈谈生与死的事，关于一个人的生与死……”而女诗人阿赫玛托娃竟只身闯入克里姆林宫求援，这样做的后果是险些送命。他们几乎忘了抱团只会挑起对方更大的仇视和警觉，于事无补。但血性和良知历来如此，勇敢者永远不聪明，永远做不好审时度势、识时务这些活儿。

试想，在国家政治最黑暗的时期，如果少了高尔基这样的“良心”和“父亲”式的责任，如果没有那一声声“这不公正”及一幕幕惊心动魄的营救故事，如果每个人都争着用文学艺术抱政治的大腿……俄罗斯，这个伟大的苦难民族，她的文化名声和精神品格将受到怎样的质疑？将被烙上怎样的耻辱标记？若没有那些良知的在场和清醒见证，又怎会在剧痛中分娩出《日瓦戈医生》这等激动人心的作品？

卓越者的道德勇气和人格魅力，在历史最龌龊的暗夜里总能闪耀出清洁的光辉。正如爱因斯坦所言:“第一流人物对于时代和历史进程的意义，在其道德方面，也许比在单纯的才智成就方面还要大。”第二次世界大战时被称作“世界公民”的罗曼·罗兰和茨威格也属此列，他们在全球范围内承担起了“医生和护士”的人道职责。

“这不公正！”—— 一切正义的生命行为都发轫于这记冲动，一切崇高的事业都从维护这个记号开始。在一个民族的文化声音中，这句话俨然成为一个标识，它发生的次数、频率、强度和普及面，直接验明了该民族的素质、底蕴、品格、悟性及命运前途。

它永远那么孤独、悲壮而神性，闪烁着青铜的尊严和不朽的意味。

05 +

我们的年代终究没贡献出像高尔基、帕斯捷尔纳克般“舍我其谁”的人物，顾准亦没有曼德尔施塔姆式的友谊……然而，顾准绝望了吗？在屡遭那么多的不公之后，他是否也收到过一份小小的公正？

1974 年 11 月 15 日，在顾准口授的遗嘱中，有一段耐人寻味的话：“请六弟选择一些纪念物品代我送给张纯音同志和她的女儿咪咪……祝福我的孩子们！”

咪咪是谁？一个女孩的名字竟如此牵动弥留者的神经？

与此同时，一位 19 岁的姑娘正噙着眼泪趴在桌上写信，这也是顾准最后一次收到人间的问候——

> 我不能失掉你，你是我的启萌（蒙）老师，是你教给我怎样做一个高尚的人，纯洁的人，一个对人类有所供（贡）献的人……我知道泪水救不了你，只有用我今后的努力和实际行动来实现你在我身上寄托的希望……咪咪。

顾准读完信后，在病榻上抽泣不止。

徐方，小名咪咪，中科院经济所张纯音之女。1969 年 11 月，经济所南迁，15 岁的咪咪随母同往。在干校生活期间，这个未成年的孩子给予顾准难得的关心和照料，她常把自己的奶粉省下来偷偷送给这位罪人……渐渐的，顾准和她成了忘年的莫逆之交。

这是两代人的幸运。

历史将永远记住那些简易的奶粉——没有它，那个年代对先知欠下的债务将更难赎清。

感谢咪咪，感谢那叠泪湿的信笺。她给落日前无比凄凉的苍穹涂上了一缕人性的温暖。像寻踪而来的萤火，她使顾准这盏巨大光源在将熄之际，奋力地抬起头来，绝望中瞥见了希望。

这是思想家在遭历那么多冷落、歧视和不公之后，得到的最大补偿——比起后世那些在警报彻底解除后姗姗来迟的“理解”，不知珍贵多少倍！

美丽的咪咪，你几乎替一个时代挽回了颜面，怎么感谢你都不过分。

（写至此，脑子里突然冒出一句：这封信是代表全体同胞的。但几乎一瞬间，我意识到这想法的可耻，我为自己的鲁莽而羞愧。这不是抢劫是什么？这不是掠夺是什么？亲爱的咪咪，收好你的东西，别让垂涎它的人骗了去。）

其实，早在动笔之前，我就决定一定要把“咪咪事件”留作结尾。我看重它，不仅因为它曾那样深地感动过我，更由于它是“青年的”，它来自青年又必回到青年。我需要它来拯救，拯救我在断断续续的行文中积下的乌暗情绪。

这有故作美好之嫌，但我愿保护这个缺陷。或者说，这个梦想。

为了顾准之“祝福我的孩子们”，为了鲁迅曾经的《希望》——

> 然而现在没有星和月光，没有僵坠的蝴蝶以至笑的渺茫，爱的翔舞。然而青年们很平安。

然而，青年意味着什么呢？

1997 年

04 第四辑

请想一想华盛顿

每一种制度都可以被看作是一些伟人影子的延伸。

——爱默生

美国历史上，华盛顿及其伙伴们属于为自己的母邦开创了诸多伟大先例和精神路标的人。在那块荒蛮的北美处女地上，他们不仅垦辟了宪政共和的绿洲，还神奇地缔结出一脉清澈的政见传统和榜样力量，犹如一团团“冠军”般的浓翳树伞，为后世撑起盛大的荫凉——二百多年来，靠着这份殷实基业和先人目光的注视，这个移民国家的子嗣一直安稳地享受着新大陆的丰饶、自由与辽阔……

每一个国家都有她群星璀璨、精英齐瑰的魅人夜晚，尤其是在发生大的社会振荡和思想激变之时。北美独立战争前后正是这样一个经典性的辉煌时段：乔治·华盛顿、托马斯·杰斐逊、本杰明·富兰克林、托马斯·潘恩、帕特里克·亨利、约翰·亚当斯，亚历山大·汉密尔顿、詹姆斯·麦迪逊……《常识》《独立宣言》《论自由与必然》《不自由，毋宁死》《弗吉尼亚州宗教自由宣言》《联邦党人文集》……这些纪念碑式的天才与著作，其密度之高、才华之盛、能量之巨、品德之优，皆可谓空前绝后。短短几十年，他们为这个没有历史的国家所积蓄的精神资源、所创下的光荣与骄傲，比后续几代人垒起来的还要多，还要令人惊叹和钦慕。他们不遗余力、倾尽全部的心血和“脑黄金”——以最干净和节约的手法，一下子为母邦解决了那么多难题，替未来者省去了那么多麻烦和隐患，更实现了那么多令欧洲难以企及的梦想——关于军队、国家和元首的关系，政教分离，军政独立；关于联邦与共和、普选代议、三权制衡的宪政原理；关于言论出版自由、宗教自由政策和现代大学教育……其制定的1789年宪法和1791年《权利法案》，披沥二百多年风雨被原封不动地延伸至今。其建国水平所表现出的才智、胆魄、美德——远远超越了造物主所赋予那个时代的国家素质的“平均值”。

世界经验已反复证明，最初创业者的一举一动于该国的体制定位及命脉走向是影响至深的。就像锯齿在圆木上咬开的第一道裂隙、手术刀在体肤上划出的第一丝刃口，它关涉整场事业的功败垂成。

在这点上，北美人是幸运的。他们等来的是华盛顿而非拿破仑，是富兰克林而非俾斯麦，是杰斐逊而非罗伯斯庇尔或戈培尔……仿佛一夜间抓到了一副世界上最漂亮最璀璨的人物扑克牌，这批不知从哪儿突然冒出来的优秀中年人，其额头和眸子都闪烁着同样的光色和寓意——同样的精神豪迈、心理健正，同样的英勇与纯洁，无论在军中还是议会，无论危急时刻还是成就之日，你都难觅小人踪迹。他们是焦灼的战士，而非暴虐的武夫；乃平民出身的领袖，而非歇斯底里的野心家。他们像晶莹的蝌蚪，来自四面八方，又不约而同地朝着同一光点挺进：独立、平等、自由……

这群清高而儒雅的北美人真是太自尊太富有诗意了。那种不费周折就迅速叠成的共识，那种群而不党、党而不私的理想友谊，那种面对胜利后的权力果实坐怀不乱的从容与定力——真是一点不像后来的欧亚同行们：你看不出狗苟蝇营的蠢蠢欲动；听不见密谋者的窃窃私语；感受不到妒忌者的血脉贲张和磨刀霍霍；亦没有异邦常见的宫闱政变与鸿门宴式的权力搏杀；更无所谓“狡兔灭，走狗烹”的祭坛血灾……这群高智商的大号儿童，成熟而富于幻想、理性又热情澎湃、勇猛且不失教养，喜欢考试却拒绝作弊，他们要通过构绘一幅叫“美利坚”的地图，以检验自己的能力、智识与品德。

在这场浩大的理想建国工程中，着实发生了几件令人感动且影响深远的事。

一个新生国家的雏形往往最早反映在国父们的信仰执念中。按一般的民族解放惯例，开国元首应由斗争中最具负责精神、表现最英勇、贡献最卓巨的人来担司，唯有最高威望者才天然匹配这种象征“统一”的精神覆盖力和道德凝聚性——也就是说，需寻一位震得住天下的人来坐镇天下。

其时的北美，此人无疑即乔治·华盛顿了。这位叱咤马背的将军，该如何面对唾手可得的最高权力和民众拥戴呢？历史学者有个说法：华盛顿打下了一场美国革命，而杰斐逊则思考了一场美国革命（后者乃《独立宣言》的起草人和一切重大决策的构思者之一）。按通常的游戏规则，将军和他的参谋长很自然地一前一后登上御座即可，甚至干脆玩点野的——像刘邦、赵匡胤们那样：由一个干掉另一个（或一群）算了。谙熟历史的人都清楚，革命得手后最棘手的问题莫过于权力的重组与分配了，常闪现出比革命本身更凶舛更血雨纷飞的险情。从世界历史的范围看，革命残剩的激情此际少有例外地向着阴暗、贪婪、狭私的方向喷泻，共患难又岂能同富贵？你不这样想不等于人家不这样想——不等于不疑心人家这样想。树欲静而风不止，谁都清楚，值此乌云压城之际，谁掌控了军队即等于把国家抄进了自个儿袖筒，克伦威尔、拿破仑、袁世凯、斯大林、苏哈托、波尔布特……无不把军队视为家产。在其眼里，逻辑很简单：个人即政府——政府即军政府——军政府即国家。失掉了枪杆子即失掉了命根子，犹如虎嘴里被掏走了利齿，大象被锯掉了象牙——按丛林法则，那真是一天也活不成。在政客心目中，政坛无异于莽野，让食肉动物放弃牙爪形同自杀。

奇怪的是，在美国独立战争的功勋部落里，你竟找不到一点儿和这想法有染的蛛丝马迹（你为自己的经验羞愧了）。他们似乎天生就不会这么想，压根就没有这厚黑基因，既没人策划所谓斩草，亦无人酝酿什么除根。胜利的喜悦坦裸在每张脸上，一起传递、一起分享，谁也不想比别人据有更多。在这里，欧亚的许多惯术，千百年来岿然不动的那些黄历仿佛失灵了。

此时的华盛顿心里想什么呢？

他在思考眼下这支军队和政府的关系。

1776年，《独立宣言》一诞生，大陆会议就把军权正式授予了华盛顿。可当时这个纸上的国家并无一兵一卒，华盛顿临危受命，历尽艰辛，从无到有缔造了一支属于“美国”的子弟兵，八年浴血，终将殖民者赶下了大海，使“美国”真正成为一个名副其实的地理概念。现在，建国者遇到了最棘手的难题：这些战功赫赫、九死一生的将士该怎样安置？何去何从？……正义的召唤使他们将身上的布衣竞相换成了军服，可胜利后的美国当务之急是家园建设而非斗争搏杀，无须维持如此庞大的武备……怎么办？如何使军队转化为一支有益于和平与稳定——而不沾带内政色彩的安全力量？欧亚的例子早已证明：由残酷斗争启动并急速旋转起来的澎湃激情，若战后得不到合理的终止，得不到妥善的转移与稀释，那将极为可怕——随时都有被野心家、独裁者或宗派集团挟持之险。如何定义军队性质和其在国家体系中的职能，这是能否避免恶性政治与专制悲剧的最大环节。

于其时的美国而言，真正实施这个理念并不轻松，仍有很长的崎岖之路。在此问题上，有一个人的态度举足轻重——尊敬的乔治·华盛顿。这位披坚执锐的美利坚军队之父，与军方的关系最胶固最瓷实，彼此的感情和信任也最深。按一般理解，双方的利益维系无疑也最紧，算得上是“唇齿”、“皮毛”的共栖关系。国家静静地期待着他的抉择，代表们焦灼的目光也一齐投向将军……

华盛顿显得异常平静，他说：他们该回家了。

这样说的时候，将军一点也没犹豫，但其内心却涨满了刀割般的痛苦和愧疚。要知道，这支刚刚挽救了国家的队伍，尚未得到应有的荣誉和犒劳。此时的美国财政一片空白，连军饷都发不出，更不用说安置费、退役金了，即使是伤残病员，亦得不到任何抚恤……

如今，却要让他们回家——多么残酷和难以启齿的命令啊。

华盛顿做到了。他能做的，就是以个人在八年浴血中积攒起来的全部威望和信誉，去申请部下的一份谅解。那一天，他步履沉重地迈下礼台，走向排列整齐的方阵，他要为自己的国家去实现最后一个军事目标：解散军队！他的目光仔细地掠过一排排熟悉的脸，掠过那些随己冲锋陷阵的伤残躯体。他替之整整衣领、掸掸尘土，终于艰难地说：“国家希望你们能回家去……国家没有恶意，但国家没有钱……你们曾是英勇的战士，从今开始，你们要学做一名好公民……你们将永远是国家的榜样……”将军哽咽了，他不再以命令，而是以目光的方式在恳求什么。寂静中，士兵们垂下头，默默流泪。当他们最后一次，以军人的姿势齐刷刷地向后转的时候，将军再也忍不住了。他热泪盈眶，赶上去紧紧拥抱部下……没有这些人，就没有“美国”，但为了“美国”，他们必须无言地离去。

一个理念就这样安静地兑现了。从构思到决定，从颁布到履行，自始至终没有吵闹，没有牢骚，更没有什么动乱和内讧。正直的第一代美国大兵们，就这样循着他们尊敬的统帅指定的行军路线，两手空空，一瘸一拐地回家去了。唯一带走的，是将军的祝福。

不愧为世界裁军史上的奇迹。只有华盛顿们才做得到，才想得出，才行得通。

华盛顿也要离开了。他要和部下们一样，开始“学做一名好公民”。

他先把军中行装打成包裹，托人送回故乡费侬山庄，然后去找好友杰斐逊，他们要商量一件大事：战事既已结束，将军理应将战时授予自己的权力归还国家。在华盛顿们看来，此乃再正常不过的道理了，且刻不容缓，应尽快履行。

这种主动弃权的事自古有之，摊在华盛顿身上就更不足为怪了，连亲兵都可遣散，拱让军权又算得了什么呢？奇怪的是，在这紧要关头竟无人赶来挡驾，竟无臣子们的联名奏本——苦苦哀求明主“以天下社稷为重，万不可弃民而去”云云（不少屡屡心软的大人物不就这样被“民意”劝回去了吗）。美国毕竟辽阔，林子大了什么鸟都有，欲成人美事的忠臣自然也有过，只惜华盛顿耳根子硬，死活听不进去。

近来翻阅一套书，《世界散文随笔精品文库》，美国卷的题目是《我有一个梦想》。蓦然发现“梦想”中竟藏有华盛顿本人的书简一封，“致尼古拉上校书——1782 年 5 月 22 日寄自新堡”。此信源于一位保守的老绅士尼古拉上校。独立战争激酣之际，他曾暗地里上书华盛顿，对之从头到脚大大捧颂一番后，再小心翼翼地献上一记金点子：望取消共和恢复帝制，由将军本人担任新君……

这是个于“国家安全”业已构成威胁的信号，一个腐朽透顶的馊主意——堪称精神犯罪。但此劣迹却在人类史上屡见不鲜，在热衷威权的主子们眼里，倒也不失大功一件：狭义来讲，反映了提案人的忠诚；广义上看，亦可谓一项“民意调查”的收获，让主人触到了一份妙不可言的前景，不妨“心中有数”……

谁知，这盘蜜饯竟使华盛顿心情沉重、羞愧不已。如同一位突然被学生贿赂的老师，他感到自责、痛苦，陷入揪心的扪问：我何以使人恶生这样的念头？我究竟曾做错了什么，以至给人落下如此印象？

在这封“尼古拉上校大鉴”的信中，他忧心忡忡地疾问道——

> 您所说的军队里有的那种思想，使我痛苦异常，自作战以来，没有一件事令我这样受创。我不得不表示深恶痛绝，视为大逆不道。目前我尚能暂守秘密，若再有妄论，定予揭发。我过去所为，究竟何事使人误解至此，以为我会做出对国家祸害最烈之事，诚百思不得其解，如我尚有自知之明，对于您之建议，谁也没我这样感到厌恶……若您仍以国家为念，为自己、为后代，或仍尊敬我，则务请排除这一谬念，勿再任其流传。

显然，华盛顿把这位从后门爬进来的尼古拉当成了一顶屎盆子，厌其臭、恨其秽，怒其不争、捂鼻踹脚，又从后门给踢了出去。有这样一段插曲在先，我们即不难理解将军后来的种种表现了。这同时也极大地震慑了其他欲效颦的尼古拉们。

此时距独立战争结束尚有两年。

在今天的美利坚国会大厦里，有一幅巨制油画，讲述的是二百多年前华盛顿正式向国会归还军权的情景——

在一间临时租借的礼堂里（当时国会尚无正式办公场所），历史功臣和会议代表们济济一堂，屏息以待那个重要历史时刻的到来。会场气氛肃穆庄严，大家已提前被那将要发生的一幕感动了：他们知道，再过几分钟，在这场卸职仪式上，自己竟要接受国父的鞠躬礼——而作为受众的他们，只需让手指轻触一下帽檐即可以了。这真有点让人受不了，但必须如此，因为此非日常生活的普通礼节，而是作为一个理念象征，它从此将规定一种崭新的国家意志和政体秩序：将军只是武装力量的代表，而议员却是最高权力的代表，无论如何，军队都只能向"国家"表示尊敬和服从。

华盛顿出场了。寂静中，其身躯徐徐降落之幅度超出了想象，代表们无不隐隐动容。谁都明白，这是将军正竭尽全力——用身体语言——对这个新诞生的政体作最彻底和最清晰的阐释。感怀之余，有人竟忘了去触帽。

将军发言极简："现在，我已完成了战争所赋予的使命，我将退出这个伟大的舞台，并且向尊严的国会告别。在它的命令之下，我奋战已久……谨在此交出委任并辞去所有的公职。"

他从前的下属，现任议长答道："您在这块土地上捍卫了自由的理念，为受伤害和被压迫的人们树立了典范。您将带着全体同胞的祝福退出这个伟大的舞台，但是，您的道德力量并没随您的军职一起消失，它将永远激励子孙后代！"

据史记载，当时所有的眼眶都流下了热泪。

个人、权力、军队、政府、国家……政治金字塔周围这些萦绕不清的魍魉蛛网，就这样被华盛顿们以一系列大胆而优美的新思维杠杆给予了澄清和定位。它们的性质与职能，被一一定格在严厉的法律位置上，不得混淆或僭越。将军朝向议员们的鞠躬是为了让后人永远牢记一条常识：一切权力来自上帝和人民，武器的纯洁性在于它只能用来保卫国家和公民幸福；军队从来就不是个人或集团财产，作为公民社会的一部分，它只能献身国防而不可施于内政；领袖本人须首先是合格公民，须随时听从国家召唤，其权力亦将随着阶段任务的完成而及时终止……

这是第一代美国人为后世贡献的最杰出的理念之一。犹如慈爱的父母在孩子胳膊上提早种下的一粒“痘”，正是凭借这份深情的疫苗，此后的美国政治才在肌体上灵巧地避开了军事独裁的凶险，最大限度地保证了社会的稳定、自由与和平。

华盛顿鞠躬的油画悬挂了二百多年，“国家绝不允许用武力来管理”的这个朴素理念，也在美国公众心里扎根了二百多年。两个世纪以来，美国社会的政治秩序一直温和稳定，未有大的集团动乱和恶性斗争——和该理念的始终在场有关，和华盛顿们最初对军队的定位有关。1974 年 6 月，颇有作为的尼克松总统因“水门事件”倒了霉，当最高法院的传票下达时，白宫幕僚长黑格曾冒失地提议：能否调第 82 空降师保卫白宫？国务卿基辛格轻轻一句话即令这位武夫羞愧难当，他说：“坐在刺刀团团围住的白宫里，是做不成美利坚总统的。”

那幅画不是白挂的，它绝非装饰，而是一节历史公开课，一盏红灯闪烁的警示屏。它镌铭着第一代建国者以严厉目光刻下的纪律。尼克松难道会自以为比华盛顿更伟大、更享有军中威望吗？谁敢把乔治当年交出的权力再劫回来？

保卫白宫和保卫每座民宅的都只能是警察，而永远轮不到军队。美国宪法明示：任何政党、集团不得对军队发号施令，动用军事力量干预国内事务是非法的。军队只能是“国防军”，而不会沦为所谓的“党卫军”、“御林军”、“冲锋队”或“锦衣卫”。尼克松最终向这一理念耷拉下高傲的头颅，他宣布辞职的一刹那，脑海里会不会蓦地闪出华盛顿那意味深长的微笑？

绝对的权力绝对腐蚀人。僵滞的权力也绝对僵滞一个社会的前行。权力者爱护这个国家最好的方式便是在适当之时交出权力。凭着这种清洁的信仰和人文美德，华盛顿和伙伴们终于合力将“美利坚”——这艘刚下水的世纪旗舰推出了殖民港湾，并小心地绕过浅滩和暗礁，引向燃烧着飓风与海啸的深水，引向自由、干净与辽阔……

仪式一完，华盛顿真的就回家了。像一个凯旋的大兵，两手空空，轻松地吹着口哨，沿着波托玛克河，回到阔别多年的农庄。那儿有一幢简楼、家人和几条可爱的狗等着他。五年后，当美利坚急需一位总统的吁求正式下达，他的休养计划被中止。但连任两届后，他坚决辞去了公职，理由很简单：我老了，不能再耽搁下去了。他当然明白，假如自己乐意，即使再耽搁几年，是不会有人喊“下课”的。但那样一来，即等于背叛了自己的信仰，等于不尊重国家和选民对自己的尊重……离职后不久，他在故乡平静地去世。

布衣——将军——布衣——总统——布衣。此即华盛顿平凡而伟大的生涯故事。八年军旅，置生死于度外；八年总统，值国家最艰困之时，实无福禄可享……每一次都是临危受命，挽狂澜于即倾；每一次都是听从国家召唤，履践一个公民的纯洁义务。

那提议用“华盛顿”来为首都命名的人真是太智慧了。

史上大人物的名字比比皆是，可真正经得住光阴测试和道义检验的人却寥寥。有的凭权势或时运，固可煊赫一朝，但验明正身后很快即暗淡无光，甚至被弃汰如粪，沦为恶名。而华盛顿不，作为生命个体，他的清白、诚实及所有伟岸特征皆完整地保持到了生命终点。作为一个响亮的精神名词，其理想内涵不会因光阴的淘洗而褪色变质，相反，却历久弥新。来自后世的敬重与感激——随着历史经验的积累和世界坐标的参照——而愈发强烈、深挚……

2000年

林 美 摄

战俘的荣誉

01 +

近读军事史书，竟读出了两种截然相反的战俘命运。

如果说战争是一个政治受精卵的话，那么在她所有的分娩物里，有一种最令其羞恼：战俘。显然，战俘是战争的胎儿之一，哪里有厮杀，哪里即有战俘，这是胜负双方都无法避免的尴尬。

“杀身成仁”，似乎永远是英雄的标准贞操，也成了考核一个人对信仰、团队或领袖之效忠度的最重砝码。作为一枚有“验身”意味的朱红大印，它已牢牢加盖在人们的日常心理中，更被古往今来的太史公们一遍遍地漆描着。

苏德战争爆发后，由于苏联当局缺乏应变准备和决策错误（另一原因还在于长期的“肃反”政策，据《西蒙诺夫回忆录》披露，早在战前五六年，红军中的中高级将领几乎已被消灭殆尽，战场上竟频频上演尉级军官代理师旅长的事），致使苏军惨遭重创，仅1941年夏季被俘人员就达二百多万。而据俄罗斯联邦武装力量总参谋部统计，整个战争期间，红军被俘总人数高达459万。但即便如此，并不能否定苏军官兵的顽强与勇敢，就连德军战况日志都充分证实：绝大部分苏军官兵是在受伤、患病、弹尽粮绝的情势下被俘的。应该说，他们是为国家尽了力的，即使在战俘营，也没有令红军的荣誉和国家尊严蒙受污损。

但他们后来的遭遇却极为悲惨，最令之不堪的并非是法西斯的虐待和绞杀，而是来自祖国“除奸部”的审判。苏联前宣传部长雅科夫列夫在《一杯苦酒》中回忆道——

> 卫国战争一开始，苏联当局甚至把那些在战线另一边仅逗留很短的人也当成叛徒，军队的特别处不经审判就处决形迹可疑的突围出来或掉队的官兵……苏联国防委员会还在战时就通过决议成立特种集中营，以审查从俘虏营释放的和在解放区发现的“原红军军人”……1945年8月18日，国家安全委员会通过《关于派送从德国俘虏营中释放的红军军人和兵役适龄的被遣返者到工业部门工作的决议》，根据这一决议，他们悉数被编入“国防人民委员部工人营”，其性质和内务部的劳改营没甚区别。

> 苏联领导对被俘红军人员的态度，早在1940年就已确定：苏芬战争一结束，芬兰将5.5万名战俘转交苏联当局。他们被悉数解送到依万诺沃州尤扎镇的特种集中营，四周上了铁丝网……大部分被判处了期限不等的监禁，剩下的于1941年春被押送到

极北地带，后来的命运即无从知晓了。（《一杯苦酒》，新华出版社，1999年8月版）

显然，在当局眼里，军人的使命和职能即等于出让生命，每一项军事目标都必须以性命去抵押，当战事失利、任务未竟时，“活着”就成了罪状！不管何种理由、何等情势，被俘都是一种耻辱，都是对职责的辜负与背叛，都是怯懦保守、没有将力量耗尽的证明！第二次世界大战结束后，每个苏联公民都要接受一份特殊表格的过滤：“您和您的亲属有没有被俘过、被拘留或在敌占区待过？”其实，这和我们过去熟悉的“家庭出身”性质一样，皆属一种决定人命运的政审试纸。

任何一个军人的命运都不外乎三种情形：凯旋者、烈士或战俘。对于投身卫国战争的一名苏联士兵来说，能迎来最后凯旋，当然是最幸运的，而一旦沦为战俘，则等于被打入地狱……即使被释放，余生亦将陷入黑暗与困顿之中，他们非但得不到抚恤与呵护，反而会一生背负着象征耻辱的“红字”，备遭歧视和人格伤害。

哈姆雷特的著名抉择：生，还是死？的确是让苏联军人痛苦不已的题目。

或许，正是出于对当局有着清醒的估计和预判（“苏芬战争”中那五万战俘的遭遇早已对未来者的命运进行了残酷的预演），第二次世界大战结束时，拒绝回国的苏联公民竟高达45万，其中17.2万人是军籍。可以说，他们是怀着对国家政治的恐惧远离母邦和亲人的。

02 +

应承认，无论过去、现在或未来，奢望一个政权或民族，对战俘抱以像对英雄那样的态度，都是困难的。这从人性心理和文化价值观的角度都可找到答案，亦完全可理解。但是，像苏联那样视战俘为叛徒的极端例子，则不是单靠文化成因就可辩解的了，它远远偏离了“本能”，远远超出了人性的正常逻辑和文化行为路线……说到底，乃悖人道、违理性的极权所酿，乃畸形政治心理和粗野意识形态所致。

可慰的是，同样是接纳集中营里出来的战友，在温煦的太平洋西岸，我看到了一幕相反的风景——

1945 年 9 月 2 日，日本投降仪式正式在美军战列舰“密苏里”号上举行。

上午 9 时，占领军最高统帅道格拉斯 · 麦克阿瑟出现在甲板上，这是一个举世瞩目的伟大时刻。面对数百名新闻记者和摄影师，将军突然做出了一个让人吃惊的举动，有记者这样回忆：“陆军五星上将麦克阿瑟代表盟军在纳降书上签字时，突然招呼陆军少将乔纳森 · 温赖特和英国陆军中校亚瑟 · 帕西瓦尔，请他们过来站在自己的身后。1942 年，温赖特在菲律宾、帕西瓦尔在新加坡向日军投降，俩人皆是刚从满洲的战俘营里获释，搭飞机匆匆赶来的。”

可以说，该举动几乎让所有在场者都惊讶、都羡慕、都感动。因为俩人现在占据着的，是历史镜头前最耀眼的位置，按说该赠予那些战功赫赫的常胜将军才是，现在这巨大的荣誉却分配给了两个在战争初期就当了俘虏的人。

麦帅何以如此？其中大有深意：二人都是在率部苦战之后，因寡不敌众、没有援兵，且接受上级旨意的情势下，为避免更多青年的无谓牺牲才放弃抵抗的。我看过记录当时情景的一幅照片：两位“战俘”面容憔悴、神情恍惚，和魁梧的司令官相比，身子薄得像两根生病的竹竿，可见在战俘营里没少遭罪吃苦。

然而，在这位将军眼里，似乎仅让他俩站在那儿还不够，于是更惊人的一幕出现了——

> 将军共用了五支笔签署英、日两种文本的纳降书。第一支笔写完前几个字母后送给了温赖特，第二支笔的获得者是帕西瓦尔，其他的笔完成所有签署后，将分赠给美国政府档案馆、西点军校（其母校）及其夫人……

麦克阿瑟可谓用心良苦，他用特殊的方式向这两位忍辱负重的落魄者表示安慰，向其为保全同胞的生命而付出个人名望的牺牲和落难致以答谢……

与其说这是将军本人的温情表现，倒不如说乃价值信仰的选择，它受驱于一种健康的生命态度和宽容的战争理念。它并非个人情感的一时冲动，亦绝非私谊所为，而是代表一种国家意志热烈拥抱这些为战争作出特殊贡献的人。超常的礼遇乃对其巨大自卑和精神损失的一种弥补——在将军眼里，只有加倍弥补才是真正的弥补！那支笔大声告诉对方：别忘了，你们也是英雄！你们无愧于这个伟大的时刻！

是啊，难道只有“死”才是军人最高的荣誉和贞操标准吗？才是对祖国和同胞最好的报答吗？若此，提出这等要求的祖国和同胞岂非太自私、太狭隘、太蛮横了呢？爱惜每一个社会成员的生命，尊重别人存在的价值，难道不正是人道社会的诉求吗？

03 +

平时，我们在战争题材的小说或影视中，常见类似的诅咒性台词：“除非……就别活着回来！”“别人死了，你怎么还活着？”

当然，这样不雅的话多由反方嘴里说出来。而对正方的描写，虽在话语方面巧妙地避开了此类尴尬，但价值观上掩饰不住相同的逻辑，无论是作者、编剧，还是读者、观众，在对我军失败人员的命运期待上，都表现出一种非此即彼的价值取向：烈士，或者叛徒。我们心目中的英雄是绝不能做“合格俘虏”的。情感上受不了，一旦被俘，要么设计他虎口脱险，要么安排他拉响“光荣弹”（随着那声“同归于尽”的轰响，我们的灵魂也骤然获释，轻松了许多——肉体的毁灭换来的是政治贞操的高潮）。

在我们的眼里，安排一个人去死，难道恰恰是对其荣誉的保卫和价值的维护？“赐死”成了一种隐隐约约的“爱”？

不错，放弃毁灭而选择被俘，确实是对生命的一种贪恋——说白了即“怕死”，可怕死有错吗？何以连这种不投敌、不出卖同志的求生——也被我们视为了一种背叛呢？乃至让一向器重他、爱戴他的人感到遗憾、难堪，感到被欺骗与受伤害？暗地里我们对“英雄”预支的那份鬼鬼祟祟的期待是公平的吗？抛除政治因素，是否也暴露出了一种生命文化的畸形？

我们常在新闻中看到解救人质的报道，在大家眼里，人质显然是被当作受害的弱方来看的，我们也很少犯如是偏执：为何你宁肯老老实实做人质——却不去反抗，不去和歹徒誓死一拼？

其实，战俘又何尝不是另一种意义上的人质和受害者呢？不仅是，而且是为国家作出了贡献——正在忍受委屈、肉体和精神正在服刑的受害者。被俘固然是一种失败，但充其量只是一种物质较量（肌肉或钢铁）和场次意义上的失败，是一种按战争算术得出来的“负数”结果，它远非对一个人最终的人格价值和生命力量的评价。准确和公正地说，“被俘”本身亦是一种有力的存在，它并未丧失掉精神上的硬度和韧性，它有尊严，有值得敬重和感谢的地方。任何一位被俘的士兵都有权说：“是的，我失败了，但我战斗过！”

我始终认为，一个人对集体和社会的贡献是有限的，责任也是有限的——它不是无条件、无节制的牺牲——不应以绝对方式随意地勒索个体，动辄以性命去赌注、去换取什么……

04 +

苏美战俘的不同境遇，折射出两宗不同的战场伦理和生命价值观：一个激励牺牲、鼓吹舍命、颂扬忘我，一个鼓励生存、呵护个体、体恤自由；一个让军事充分政治化和宗教化，以严厉的律令和窒息化的逼视谋取集团利益的最大值，一个则把战场游戏推向职业化和人性化，尽可能给战场输送氧气和弹性。

在形象和气质上，前者虽威武与壮烈，但飘散着声色俱厉的冷血味儿；后者虽懂得“害怕”，有松软和保守之嫌，却洋溢着人道与人性的温情。

“不怕死”，真符合战场的理性之美和军人的光荣原则吗？

希特勒的纳粹党徒、日本的“神风突击队”不也是被这样的动员令和颁奖词所召唤着、鼓舞着，疯狂地杀人、自杀或被杀吗？在太平洋战争即将结束、胜负已定的尾期，驻守科雷吉多尔岛的五千名日军几乎全部战死，只有伤残的26个人做了美军俘虏。类似的情况也发生在硫磺岛之战上……这样庞大的亡魂阵容，这样“视死如归”的炮灰，足以让历史上所有的长官意志都满意，也足以让任何一个野心勃勃的政治家妒羡不已。但从和平与良知意义上看，其实际罪孽——对人类安全的威胁、对生命的伤害，反而是最残酷、最恐怖的。

“生”（生命、生存、生活）是最宝贵的，它高于一切，也远胜于一切。生命就是生命本身，而不是别的什么。一切政治盔甲的包装和贞操面具都是对它的篡改，一切“特殊材料”的命名和炼钢企图都是对它的异化。

人，是社会文明的唯一和全部目的。

人，有害怕和惜命的权利。

生命比政治更神圣，人性比主义更可贵。

2000 年

是“国家”错了

在民法的慈母般的眼里，每一个人就是整个国家。

——孟德斯鸠

01 +

一百多年前的法兰西。正义的一天——

1898年1月13日，著名作家左拉在《震旦报》上发表致共和国总统的公开信，题为《我控诉》，将一宗为当局所讳的冤案公曝天下，愤然以公民的名义指控“国家犯罪”，替一位素昧平生的小人物鸣不平……

该举震撼了法兰西，也惊动了整个欧洲。许多年后，史家甚至视之为现代舆论和现代知识分子诞生的标志。

事件源于法兰西第三共和国时期。1894 年，35 岁的陆军上尉、犹太人德雷福斯受诬向德国人出卖情报，被军事法庭判终身监禁。一年后，与此案有关的间谍被擒，证实德雷福斯清白。然而，荒谬登场了，受自大心理和排犹意识的怂恿，军方无意纠错，理由是：国家尊严和军队荣誉高于一切，国家不能向一个“个人”低头。这个坚持得到了民族主义情绪的响应，结果，间谍获释，而德雷福斯“为了国家利益”——继续当替罪羊。

面对如此不义，左拉怒不可遏，连续发表《告青年书》《告法国书》，披露军方的弥天大谎，痛斥司法机器滥用权力，称之为“最黑暗的国家犯罪”，称法兰西的共和荣誉与人权精神正经历噩梦。尤其是《我控诉》一文，如重磅炸弹令朝野震动，所有法国报刊都卷入了争论，左拉更被裹至旋涡中心：一面是良知人士的声援；一面是军方、民族主义者的谩骂，甚至暗杀恐吓。

左拉没退缩，他坚信自己的立场：这绝非德雷福斯的一己遭遇，而是法兰西公民的安全受到了国家权力的伤害；拯救一个普通人的命运就是拯救法兰西的未来，就是维护整个社会的道德荣誉和正义精神。在左拉眼里，他这样做，完全是履践一个公民对祖国和同胞的义务，再正常再应该不过了。

然而，令人悲愤的一幕又出现了：一个真正的爱国者总是为他的国家所误解。同年 7 月，军方以“诬陷罪”起诉左拉。作家在友人的陪伴下出庭，他说：“上下两院、文武两制、无数报刊都可能反对我。帮助我的，只有思想，只有真实和正义的理想……然而将来，法国将会因为我挽救了她的名誉而感谢我！”

结果，左拉被判罪名成立，流亡海外。

左拉远去了，但这个英勇的“叛国者”形象，却像一粒尖锐的沙子折磨着法国人的神经，这毕竟是有着反强权传统、签署过《人权宣言》的民族……终于，敏感的法兰西被沙粒硌疼了，渐渐从"国家至上"的恍惚中醒来：是啊，不正是"个人正义"守护着"国家正义"吗？不正是"个体尊严"组建了"国家尊严"吗？国家唯一让国人感到骄傲和安全的，不正是它对每个公民作出的承诺与保障吗？假如连这点都达不到，国家还有什么权威与荣誉可言？还有什么拥戴它的理由？

愈来愈多的民意开始倒戈，向曾背弃的一方聚集。在舆论压力下，1906年7月，即左拉去世后第四年，法国最高法院重新宣判：德雷福斯无罪。

军方败诉。法院和政府承认了自己的过失。

法兰西历史上，这是国家首次向一个"个人"低下了它高傲的头颅。

德雷福斯案画上了公正的句号。正像九泉之下的左拉曾高高预言的那样：法兰西将因自己的荣誉被拯救而感激那个人——那个率先控诉母邦的人。

作为一桩精神事件，德雷福斯案之所以影响至深，且像爱国课本一样被传颂，并不因为它"蚍蜉撼大树"的奇迹，而在于它紧咬不舍的人权理念，在于它揭呈了现代文明的一个要义：生命正义高于国家利益；人的价值胜过一切权威；任何蔑视、践踏个体尊严和利益的行为都是犯罪，都是对法之精神的背叛、对生命的背叛。

可以说，这是世界人权史上的一次重要战役，在对"人"的理解和维护上，它矗起了一座里程碑。

02 +

国家是有尊严的，但尊严不是趾高气扬的"面子"，它要建立在维护个体尊严和保障个体权益的承诺上，要通过为公众服务的决心、能力和付诸来兑现，它不能预支，更不能摊派。在价值观上，国家权威与公民权益不存在大小之分，个体永远不能沦为集体羽翼下的雏鸟或孵卵，否则，就会给权力滥用国家名义谋集团之私或迫害异己提供依据。孟德斯鸠早就说过："在民法的慈母般的眼里，每一个人就是整个国家。"法国的《人权宣言》、美国的《权利法案》及联合国的《公民权利与政治权利公约》，都开宗明义地宣扬了该常识。

如果为了国家利益可任意贬低个体尊严，如果牺牲个体自由与权利的做法得到了宣传机器的大肆鼓吹，那么，不管该国家利益被冠以怎样的"崇高"或"伟大"，其本质都是可疑的。任何政府和部门之"权威"，唯有在代表公意时才具合法性，才配得上民间的服从。在一个靠常识维护的国家里，每一个"个人"都是唯一性资源，都拥有平等的社会席位，每个人的福祉都是国家重要的责任目标……正是基于这些同构、互动和彼此确认的关系，个人才可能成为国家的支持者，才会滋生真正的爱国者和"人民"概念。

权力会出错，领袖会出错，政府会出错，躲闪抵赖本来就可耻，而将错就错、封杀质疑就更为人不齿了，也丢尽了权力的颜面。

有无忏悔的勇气，最能检验一个团体、政府或民族的素养与质量。

1992年11月，教皇约翰·保罗二世为17世纪被教廷审判的伽利略正式平反，不久又致函教皇科学院，为达尔文摘掉了"异端"的罪名。连素以"万能"著称的上帝代言人都承认"寡人有疾"，更何况凡夫俗子？同时也说明，这不失为一位胸襟开阔、值得信赖的"上帝"。

1997年，美国总统克林顿正式为士兵艾迪·卡特平反，并向其遗属颁发了一枚迟到的勋章。艾迪是一位非洲裔美军士兵，曾在反法西斯战争中立下战功，后被误控有变节行为，停止服役。1963年，艾迪抑郁而终，年仅47岁。事隔半个世纪，美国政府终于良知醒来，并向亡魂道歉。

曾炒得沸沸扬扬的《抓间谍者》禁书案，经过三年审理，于1988年10月，由英国最高法院作出终审判决：驳回政府起诉。这部被视为泄露国家机密的书，拥有自由印刷、发行和报刊转载的权利。

不得不承认，当今世上，让政府向个体认错，大人物向小人物认错，大国向小国认错……确属不易，关键能否有一种良好的理性制度、一套健正的社会价值观和文化心理——既要有周严的法律保障，又要有公正的民心资源和舆论环境。要坚信：错了的人只有说“我错了”时——才不会在精神上惨败，才不会在道德和尊严上输光。今天，在美国前总统尼克松的私人图书馆里，最常听到的便是他的录音资料：“犯下错误不可怕，可怕的是掩盖错误……”谁也没过多地责备这位自责的老人，在他去世一周年之际，美国仍发行了印有其头像的纪念邮票。

03 +

德雷福斯案，至少有两点让一百年后的我尤为感慨，也是让我吃惊和敬羡的地方。

首先，舆论的“讨论空间”如此之大。

它包含“此类政事竟允许舆论参与”（即民众的知情范围和讨论范围）和“舆情的规模、幅度、持续性竟如此强劲”（民众参与公共事件的积极性）两层意思。一个世纪前，一个冒犯国家威严、对政府不恭的声音竟能顺利出笼，竟有报刊敢“别有用心”地发表——且不受指控，确乎不可思议。而在一场对手是国家机器的较量中，竟有那么多的民间力量汹涌而入，不仅不避嫌、不为尊者讳，反而敢于大声对政府说“不”，就更令人惊叹了。试想，在另一些国度，即使有左拉般的斗士站出来，谁又保证会有《震旦报》那样不惧烧身的媒体呢？《我控诉》能公开问世并迅速传播，至少说明一点：在当时的法国，此类政治问题的讨论空间是存在的，或者说，言论自由有较可靠的社会根基和法律依据，连政府都没想要去背叛它——这确实令人鼓舞。否则，若话题一开始就被封杀，“德雷福斯”连成为街谈巷议的机会都没了。而在别的地方和时代，让这类事胎死腹中、秘密流产后偷偷埋掉，是最容易想到和做到的。

其次，事件的理性结局。

表面上，它迎合了一个再朴素不过的公式：邪不压正！真理必胜！但实际生活中，要维持此公式的有效却极难。“正义”、“真理”，从主观的精神优势到客观的力量优势，中间有很长的崎岖和险势。个人挑战权威的例子不罕见，但能迅速赢得社会同情并升至一场全民性精神运动最终获胜，却不简单了。其中，既有先驱者的孤独付出和后援力量的锲而不舍，又有来自权力的某种程度的精神合作与妥协，否则，法兰西又徒添几条为真理殉葬的嗓子或烈士而已。该案的结局是令人欣慰的，它不仅实现了左拉的控诉企望，且让“真理”用短短八年就显示了它神圣的逻辑力量。

政府最终选择了真相，选择了理性，即使它是被迫的“不得不”，这个让步也值得嘉许和为后世所纪念。它需要勇气，需要文化和理性的支持，或许还受到了某种古老榜样的注视与鼓励……这与法兰西深入人心的自由传统和民主渊源有关，与制度自身的空间和弹性有关。左拉的胜利，乃欧洲现代民主精神的胜利。在无数人组成的“个人”面前，任何国家和政府都是渺小的；知耻近乎勇，承认过失乃维护荣誉的唯一方法……想到并做到这些，对一个诞生过狄德罗、伏尔泰、卢梭的民族来说，固然在信仰资源和精神背景上不是难事，但它所费的周折和成本也令人反思，比如曾将左拉逼入绝境的“国家主义”和

“民族主义”。

德雷福斯案距法国大革命已有一个世纪，在由拉斐德起草的号称“旧制度死亡书”的《人权宣言》里，早就宣告了社会对“人”的种种义务——

“在权利方面，人们生来是而且始终是自由平等的”，“任何政治结合的目的都在于保存人之自然的和不可动摇的权利。这些权利就是自由、财产、安全和反抗压迫”，“凡权利无保障和分权未确立的社会，就没有宪法可言”，“自由传达思想和意见是人类最宝贵的权利之一，因此，各个公民都有言论、著述和出版的自由”。

可最初的德雷福斯和左拉，不仅没享受到以上保护，反而遭及同部宣言中其他条款的迫害——“意见的发表不得扰乱法律所规定的公共秩序”，“法律有权禁止有害社会的行为”……可见，再伟大的法律和政治文书，都难免给权力留出“利己性司法解释”和“选择性依法”的机会，而这类舞弊，在今天的很多国家仍司空见惯。

英国学者戴雪说过一句寓意深远的话：“不是宪法赋予个人权利与自由，而是个人权利产生宪法。”是啊，真正的法不是刻在大理石或纪念碑上，而是栖息于人的日常生活和社会细节中。唯一让制度和政党具有“合法”性的，是每个社会成员的权利和福祉，是来自个体的信任和满意。

2000 年

“我比你们中任何一个更爱自己的国家”

——兼读海因里希·伯尔《伯尔文论》之二

几天前，我从一位女诗人的口中听到这样一段话：“容忍是时代的军装，心灵上高悬的希望之星是勋章。它应当颁给临阵脱逃的勇士……还有那些泄露卑鄙秘密的叛徒和无视任何命令的逆党，也都是嘉许的对象。”

——伯尔《命令与责任》

在一处国土上，当受害者和潜在的受害者越来越多，当那种惨痛脸孔和被病毒折磨的样子逐渐膨胀成一种“国家表情”，甚至连他们之间也开始厌恶地皱眉、嘲谑、幸灾乐祸——进行恶劣的心理折磨和欺压（就像乞丐之间、精神病人之间、狱犯之间发生的那样）时，这只

能说明，最可怖的事发生了："对善与恶可耻的漠不关心！"（莱蒙托夫）

这才是民心最大的腐败。它显示，一个民族赖以生存的理性和道义资源已被蛀蚀一空。纳粹德国、专制时期的苏俄就是这样腐坏掉的。

在20世纪40年代的德国，战争已把这个以意志和哲学著称的剽悍民族逼到了自缢的边缘：饥饿、伤病、抓丁、宵禁、灯火管制、空袭警报、阵亡通知书、盯梢告密揭发、习惯死亡的麻木……一切正常的生活都废除了，一切美好的情感和愿望都散失在瓦砾废墟中，每个人都成了被霉病折磨的叶子，神情灰暗、垂头丧气。但几乎所有人都咬定这仅仅是战争失利，是勾结起来的敌人过于凶悍所致。

偏偏这时，若不知从哪儿突然爆出一句："我们是害虫！"接下来的事会怎样呢？众人莫不大惊失色（怀疑耳朵听错了），但镇静后的第一个反应是："他叛变了！他叛变了！"随即人堆里便炸开了锅（俨然羊群里钻进了狼），人们纷纷做愤怒状，做势不两立和挥拳状。

于是，德国就有了一批被称作"叛徒"的人。以我们今天的眼光看来，他们不过是一些表达了个人观点——且没有被自己的诚实吓破胆的青年。但在一个极不正常的年代，"个人"是多么稀缺，他的处境立马变得多么凶险——因为"他们有那么多，而我只是一个"（陀思妥耶夫斯基《地下室手记》）。

有一组军人的名字应被其同胞记住。今天，他们已不在人间，但半世纪前，他们都曾宣称：我们，日耳曼人自己，是国家的害虫！他们皆认为，该是由德国人自己来结束这场灾难的时候了，于是便有了属于"个人"的行动……这种事发生在"圣战"最酣的当口，发生在每个人都把自己的命运、价值、荣辱与"元首的梦想"、"德国的最后胜利"绑在一起的关头，无疑被视作对民族主义和国家主义的恶毒挑衅。

"叛徒"们的名字是：国防军上校施陶芬贝格伯爵，他从前线潜回柏林，因拒绝执行元首命令而执行了自己的命令——刺杀希特勒（他差点就成功了）——而遭枪决。20岁的列兵沃尔夫冈·博歇尔特，因写了几封“危害国家安全”的私信被判死刑（后改赦，但因战争摧残于战后翌年死去），他把“必须要说的话”匆匆写进一本叫《拒之门外及其他短篇小说》的小书里。还有一位即后来的诺贝尔文学奖得主、当时的德国军人海因里希·伯尔，在《给我儿子的信或四辆自行车》中，他追述了自己是怎样借“开小差”、“造假证”、“偷自行车”等一系列不光彩行径——来逃离战场和躲避杀人任务的。

身着制服，却拒绝执行一个军人被规定的职责，从职业属性上看，他们全是混账小丑，按战场纪律该枪毙。想必今日，亦没有哪家队伍敢接纳这些不安分的家伙。但他们却是合格的人，比一名军人做得更多，是赤子，是保持冷静的个人头脑的合格的生命！在一个拒绝执行命令为高尚的年代，他们分别以个人方式捍卫了生命尊严和自由意志，而没被“国家主义”所挟持。他们清醒的血肉之躯——显得与那套褐色制服多么不协调！正因这些不协调，正因很多命令没被执行，许多人才死里逃生，许多村庄、楼房、街道才免遭毁灭……按伯尔的说法：“违抗命令不愧为光荣的过失！”有时候，过失就是良知，渎职就是正义。

爱祖国，但不应闭着眼睛爱祖国。爱人民，但不该随随便便就爱上人民的某个样子，尤其是他“昏迷或粗野时那种不雅的样子”。

在纳粹德国，最振聋发聩的就是“爱国主义”、“人民主义”这类词语，其深入人心的程度犹如犁刀对国土的耕占，结实而深阔。

影片里，常见纳粹党卫军和冲锋队的施虐场面，但以为战争中参与杀人的仅仅是这些贴着职业标签的人，那就大错特错了。战时德国，所有的人力资源都被政治征用了，前线在厮杀，后方活跃着一支支庞大的志愿警察队伍：维持秩序、监视告密、缉拿叛徒、搜捕犹太人和盟军间谍……一边是母亲们“并不怎么心疼地、甚至怀着激动的心情让她们14岁、16岁的儿子朝着死亡跑去”，把生命献给元首；一边是她们争气的孩子将立功和英勇杀敌的捷报传回家乡。美国新出版的《自愿的刽子手——普通人与大屠杀》中，展示了一幅泛黄的旧照：一名德国士兵站在离一位犹太妇女不到三公尺的地方，按步兵操典的规范，举枪瞄准，而女人怀里紧紧抱着一个婴儿……作者提出的问题是：为什么一个士兵会把杀害一位母亲的照片寄给另一位母亲？怎么会这样？怎么会若无其事？至少有一点无疑：这个德国青年深爱自己的母亲并想使之骄傲。那么，能否说，他正是在按照或猜度着另一个母亲的愿望来杀害眼前这个母亲的？

伯尔清楚地记得，党卫军头子希姆莱在战争的最后几周颁布了一纸命令：“一个德国士兵如果在听不见枪炮声的地方碰到另一个士兵，可就地处决他。”这意味着“每个德国人都成了另一个德国人潜在的法庭”。于是，数以万计的军人在光天化日下被自己的乡亲、邻居、朋友、陌生人以叛逃罪消灭了。要知道，履行这项义务的仅仅是些普通人，一些看上去老实巴交、一辈子都不会做出格事的人。他可以是你在大街或乡村小道上碰到的任何一个人，他昨天还只是一个司机、一个矿工、一个厨师、一个鞋匠或售票员，甚至是个以正直著称的教师，可今天，他却“光荣”地扮演了一个“国家监护人”的角色。伯尔回忆说：“有一个我认识的下级军官叫凯勒尔，他从前线溜回来探望父母，某个合法的德国谋杀者抓住了他，在这‘远离枪炮声的地方’……当时‘事情’（指处决凯勒尔）进行得很快，连一只公鸡也没有为他打鸣。”

一个国家究竟需要什么样的爱国主义？仅仅是历史习惯的“爱政府主义”吗？真正的爱国使命应当由什么样的人民以什么样的方式来承担？

那么，“人民”又是一个怎样的概念？仅仅是一个模糊的数值集合——所谓“大多数”组成的人丁概念吗？在政治舆论家那里，它常常被封授一种至高的俯视一切、审判一切的权力，被谄媚的语言描绘成一副完美的无可指摘的“万岁”幻身，其权威和意志被说成是先验的、神性的，无须设问和讨论。谁一不留神得罪了它，即会被冠以“人民公敌”，死无葬身之地。

说到底，这是一种阴险的精神贿赂。一旦“人民”心安理得地享受起了这种甜蜜，就会不惜辱没自己的主人身份——怀着感激和报答之情听从政客的吩咐，仰领袖鼻息，充当英勇的打手……对此，高尔基痛苦地叹道：“这些人非常可怕，他们能成就自我牺牲和毫不利己的功绩，也同时能犯无耻的罪行和卑鄙的强盗勾当。你会仇恨他们，也会全心全意地怜悯他们。你会觉得你无力理解你的人民阴暗心灵的腐烂和闪光。”（《不合时宜的思想》）

一旦“人民”、“祖国”当起政治权力的令箭而不再作为理性和文化语汇来使用，独裁和斗争的霍乱即接踵而至，“人民”、“祖国”这些硕大的词即沦为嗜血的刀俎和砧板。大革命时期的法兰西，现代专制下的德意志、俄罗斯，都流行过这种不分青红皂白的“唯人民论”、“唯国家论”、“唯领袖论”。

一个真正爱国、爱人民的人，该如何与自己的祖国和人民相爱？这种“相爱”的可能性有多大？

恰达耶夫在《疯人的辩护》中表达过一种“否定方式”的爱，他说：“对祖国的爱，是一种美好的感情，但是，还有一种比这更美好的感情，就是对真理的爱。”唯理性意义上的爱，才是一种纯洁和深沉的爱，精神与灵魂的爱。他又说：“请相信，我比你们中任何一个更爱自己的国家，我希望它获得光荣……但是，我没有学会蒙着眼、低着头、闭着嘴爱自己的祖国。我发现一个人只有清晰地认识了自己的祖国，才能成为一个对祖国有益之人。”

做一个词语和表情上的爱国者是很方便的，也极易赢得公众的喝彩和权力的犒赏，而要做一个不受干扰的本质上的爱国者就难了。在“相爱”不可能的情势下，“单相思”要以误解、诽谤、报复甚至流血为代价。“具有歇斯底里情绪的人给我来了一些信：威胁要杀死我！我明白，在一个长期以来所有人都习惯于收买和叛卖的国家里，一个捍卫无望事业的人应该被视作叛卖之人。”高尔基说道。

苏格拉底的死刑很说明问题。他死于大爱和先知，死于对文明最处心积虑的担忧，死于对母邦雅典最深情的关怀与怜悯，死于心碎之爱。天才的前瞻与时代的低能——彼此之间的错位和落差，导致了这场人民杀死赤子的悲剧。作为历史成本，这悲剧又是必须的，社会前行和人民觉醒的车轮，正是一次次由这种交替不绝的“错位”为拉杆来驱动……

茨威格哀泣尼采时说：“一个伟大之人将会被他的时代驱赶、压制、逼迫到最彻底的孤独中去！”是啊，命运总要将真正的思想者送至无援的绝境，风声鹤唳、四面楚歌……时代对之的搜寻与怀念总是姗姗来迟，有时晚上几个世纪，有时永远。

丹东，这位颇具诗人气质的斗士也是这样罹难的。他对法国大革命的恐怖表达了己见，与同志兼上司的罗伯斯庇尔发生了冲突。领袖坚信只有“正义的恐怖”才能换回“人民自由”，而丹东怀疑该自由跟妓女一样，是“世上最无情无义的东西，跟什么人都胡搞”。这种触众犯上的危言将丹东送上了“人民法庭”的断头台，斩牌上写着：人民公敌！

当德国青年们激情难挨地效忠元首、眼馋“铁十字”勋章时，大学生汉斯和肖尔兄妹却因散发反战传单被处死；当海德格尔们每天小心翼翼地系上“爱国主义”领带时，慕尼黑的哲学教授胡伯却因“异端”学说锒铛入狱……和伯尔们一道，这些德意志民族的“逆数”，不仅没给自己的时代丢脸，反而维护了这个理性民族的传统荣誉。他们不仅是真正的爱国者，还是彻底的救国者。

“人民”，应是一个在成长中不断进行自我反省和完善的主体，而非一座退休的大功告成的纪念碑。她应有一副允许批评、保持谦逊和涵养的知识者面孔，而非骄横无礼、被溜须拍马宠坏了的肥胖官僚模样。人民应和真正爱她的人一道，用理性照见自己的背面与缺陷，相濡以沫，执手同行。

（本文有删节）

1998 年

周际 摄

“然而我认识他，这多么好啊”

——读爱伦堡《人·岁月·生活》

记住一些词，记住一些人和书的名字……会有助于生活。谨以此文，纪念那些“透过眼前的浓雾而看到了远方”的人。

——题记

清晨，在闪着鸟啼的薄雾中散步，当脚底明显地踩着软泥——这大地最鲜嫩的皮肤，她沾着露珠，像受惊的伤口微微发颤——你的心猛然揪紧，你会想起：下面，埋葬着诗人。

说话、欢笑、做梦、哭泣、歌唱、相爱……大地上的一切被赋予了音乐性的元素，一切红蓝闪电般的激情移动，一切高亢而优美的生长，皆和诗的灵魂有关。

只要一想到：我们正梦着他们的梦，主张着他们的主张，忧伤着他们的忧伤……只要一想到：我们正踩在他们曾踩过的地方，在他们尸骨的髓气和光焰之上，在昨天他们用不幸搭起的希望之上……

我就忍不住去俯吻那泥土：你好，寂静的兄弟。

> 1922年，在特罗顿诺大街我的公寓里，来了个陌生人，他用腼腆而高傲的声音说：我叫杜维姆。当时我还没读过他的诗，但内心立刻感到一阵激动：站在我面前的是个诗人。大家知道，世上写诗的人很多，诗人却极少，同诗人的会晤使你震惊……
>
> 他爱树木。我记得他的一首诗：他想在树林里认出将来替他做棺材的那棵……我瞧见树木时，心里便想起尤里安·杜维姆的那棵树。他比我小三岁，却已去世多年。然而我认识他，这多么好啊！

这是读《人·岁月·生活》时最先翻开的部分，待全部读完才发现：自己之所以深深接纳并爱上这部黑皮书，正源于它对“死”最温情、最恻隐和周致的“爱抚”，那种巨大的宁静之恸、笃厚的情谊、哀婉的凝注——就像一位修女对弥留者的送终。这是个完全值得托付后事的人！他的真挚慷慨、他的忠诚宽厚……一点不吝惜赞美、一点不羞于对逝者的崇拜……

对于“死”，这不是一个旁观者，他全身心地投入——仿佛水落在了水中。

那悲凉哽咽的文字，那浩瀚凛冽的哀容，若伏尔加冰河下的旋涡，若西伯利亚旷野惨白的月光——唯俄罗斯诗人的心中才能缔结出如此磐重的冰凌。

伊·埃·巴别尔——我的朋友，我常像怀念自己的老师那样想起他。

我以为，一个人对死的态度往往折射出他对生的全部看法，亦是对其人格最大的检验。我受不了那种对逝者表现出的轻淡和不恭，那种冷漠的从容，那种缺乏恸意的解说，还有无意间泄露的庆幸——我觉得这是卑鄙，是情感犯罪和信仰舞弊。这样的人太多了，连一些才华和业绩堪称大师者，在涉及对同辈人的描述时，也不免染上“文人相轻”、“同辈互薄”的恶习。这一点，苦难沥就的俄罗斯人相反，他们像对待圣物一样珍惜、感激命运所赐的那一点点友情磷火，将之纳藏于心、捧捂于胸，在寒酷长夜和流亡驿途中层层包裹、程程递传……

马尔基什于1949年1月27日被捕，死于1952年8月12日。我同所有见过他的人一样，怀着近于迷信的柔情回忆他……我很难习惯这样的想法：诗人已被杀害。

诗人皆是被杀害的。他们皆死于一场轰轰烈烈的恋爱——与自己时代之间的恋爱，情书上满是“自由、公正、幸福、爱情”等鲜花般的字眼。他们爱得太纯真，全然不顾后果。阿·茨维塔耶娃说：“我爱上了生活中的一切事物，然而是以分别，而不是以相会，以决裂，而不是以结合去爱的。”结果他们全输了，天真输给了阴险，温情输给了粗野，自由输给了牢房……他们被歹徒套上绞绳，蒙上黑布，吊在了祖国蔚蓝的天穹下。

时代躯体上最柔软、最优美的薄翼，被世俗与政治的手术刀锯掉了。犹如最公益的蝴蝶或蜻蜓，被按上肮脏图钉，嵌在祖国那急需装饰的污墙上。

而在上帝那儿，一个杀害诗人的环境是有罪的。

“每当想起叶赛宁，我总忘不了：他是个诗人。”善良的爱伦堡永远不知道，叶赛宁并非自缢身亡，而是被政府密探活活打断了气。安德烈·别雷的话或许可作所有诗人的墓志铭——

他用思想衡量时代
却不善于度过一生

不善于缓解灵魂和外部的紧张关系，不善于克制隐瞒和安分守己，不善于卖笑奉承和插科打诨，不领唱太平亦不加入颂诗班的合唱……不合时宜，是诗人短命的症结。在一个崇尚丛林法则的肉腥年代，漫长的年轮只属于适应笼养和套锁的宠物：蜜嘴的鹦鹉和杂耍的猴子。

降生、受难、露天地战斗，然后不屈不挠地死去——这是诗人的全部。

一些人熟悉草木，一些人熟悉鱼类，而我却熟悉了各种离别……

他仁慈而优美地躺在棺木里……仿佛所有人都将由于这样一个短暂而可怕的念头而心头衰竭：再也看不到纳齐姆了。

当身边的友人——这生命的小树林—— 一棵接一棵地被雷击倒，那兀自立着的一棵该有多么寒冷和孤单。面对旷野上拱起的大片墓群，这个继续生存的“余数”，心中的坟茔又何等凄清。

当我重读茨维塔耶娃的诗时，我会突然忘记诗歌而陷入回忆，想起许多友人的命运，想起我自己的命运——人，岁月，生活……

那些死去的脉影，那些曾多么紧密和相似的灵魂……作为幸存者，你必须担起留守往事和记忆的责任——共同活过的经历，一下子全遗落给了你。死去的灵魂需要活在你身上，它们成了你的构件、你的肺腑和器官。

我想起一位朋友的话：有的人活着，就已成了纪念碑。爱伦堡，即这样一座纪念碑：胸腔嵌满杀害亲人的弹片，血液里收养着遇难者的血液，脊柱的每一毫米，都铭刻着一缕遗嘱。

> 最后一次见面是1958年春在布拉格机场上。我突然看见了奈兹瓦尔——他刚从意大利来。像往常那样，他对我说：意大利太美了！然后他抱住我，指着心脏：我的情况不妙。不久，他去世了。

爱伦堡对这位朋友最深的印象是：“我从未见到一个人像他这样顽强地抵御着刨子和推子的进攻以及岁月的校正。”

我常有这样的体会：个人对生命的整体印象，对自我信息的确认，非得借助他人的存在故事为参照不可；一个人的精神位置，也要通过与他人的灵魂联系才能得以识别。换言之，我们要在别人的眼睛里找见自己，借对方的生命移动体察自己的行走……可有一天，那些坐标系、那些最亲密的镜子突然碎了，接下来会怎样？失去伙伴的生命将陷入怎样的惶恐与混乱？

那一刹，生存仿佛瘫痪了，你会觉得自个儿也碎掉了，灵魂一片空寂，如水银泻了一地……你无法短期内捡回自己。即使重新上路，很多重要的无形的东西也已离去，一些光影已永远失踪，生命之书被删减了许多页码。

平常岁月里，当我们身体犹健时，死显得那样模糊而遥远，唯有那些与自己特别近，甚至最亲密者的猝然离去——比如友人、亲人、恋人，才会极真实地唤醒我们体内沉睡的痛感和惊悚，感觉到死对生构成的严峻威胁，甚至才恍然大悟：人是会死的！无一例外、无力阻挡、无法填补的死！也正是从这些突变和剧痛中，我们才第一次逼真地看清了自己的死。

最亲近者的死，总让活着的人震惊。它可以使孩子瞬间长大，让青年一夜间坠入中年……懂得了死也就懂得了生最深的寓意。对迈入中年门槛的人来说，最大的精神打击莫过于目睹同辈人络绎离去的情形，而这是一种每天都在暗暗添加着的危险。

在书里，爱伦堡忆述了数十位朋辈的死。短短二十年间，疾病、贫困、战争、迫害……无情地洗劫了这些金子般的生命，在作者眼皮底下。

一个人，要为整个时代的头脑送葬。共同的使命、相似的精神——使他们完整得像一个人，像同一乳母的孩子。他曾拥抱并祝福他们——希望对方活得比自己更长久、更精彩，而现在，只剩下了自己……

半个世纪过去了，抚摸这些披着黑纱的文字，我依然能觉出爱伦堡平静叙述的背后——那由于克制而愈发颤抖的情形，那巨大的隐忍，那湍急的水流怎样突然“关闸”，简促得令人惊愕。他实在无法多写。

临走的时候，我说：马琳娜，咱们还要再见面谈谈。不，此后我们没有再见。茨维塔耶娃在撤退到叶拉布加市后便自杀了。

在罗特的长篇小说里，阳光、空气都很充足。然而在他的现实生活中，鲜血、懦怯、背信弃义……实在太多了。德国师团在布拉格街上行进。重病的约瑟夫·罗特被人从咖啡馆送到了医院。他才 45 岁，但他不能再活下去了。手稿和一根旧手杖被分赠给朋友了。

初读这些段落，我为其利落得近乎笔直的句型感到冷，但又迅速看清了：正是这种匕首般的简短、陡转和跳跃——给人以惊心动魄的震撼。血光似的一闪，不见了。没有浓烟，没有呛人的腥。

悲怆，即殷红的心开出的一粒白色纸花。

这是一个坚强而遭遇内伤的人唯一能做的。他懂得死的尊严，懂得诗人之死应是干净、迅速和美的。他不愿看到被挣扎所损害的面孔。

尽管诗人还不想死，还挣扎着想“恋爱”，还准备着各式各样的赴约，但权力已以最粗野和下流的方式掳掠了他的“祖国爱人”，且不允许情敌存在了——

彼得堡啊，我还不想死
你有我的电话号码
……
我但愿，有头脑的躯体
变成街衢和国土
这躯体虽被烧焦，但有脊柱……

此时的曼德尔施塔姆好像已听到了囚车的马达声，这些诗明显地露出诀别之意。时隔不长，他在海参崴牢房里被冻僵了。

考特贝尔附近有一座山，轮廓很像马克思的侧影。沃洛申就葬在那里。1932年秋，马琳娜·茨维塔耶娃写道：

他来到这样的时代："按我们的心愿唱吧
——否则我们就把你消灭！"
他来到五光十色的时代，却只有孤独：
"'我想独自躺下……'
亘古的寂静
十字架是一株孤寂的苦艾……
诗人被葬于最高的地方。"

"否则就把你消灭！"这正是爱伦堡的伙伴——及散落在世界各地的同宗种子们的命运。仅斯大林时期，苏联即有两千多名作家、艺术家遭清洗或流放。《人·岁月·生活》覆盖的仅是极小的一个边角，更庞大的墓葬群只能到索尔仁尼琴的"古拉格"或更冷僻的地方去找了。

歌德75岁那年曾对艾克曼说："我极占便宜的是，我出生在一个世界大事逐日相接的时代。"无疑，对于一个书写者，见证一个深刻而惊险的时代，确属幸事，那将极大地丰富个体经验，扩充其思想体积和精神资源。但坦率地说，我本人厌恶这种"收藏家"心态，因为这种藏富是以世界的混乱、生活的惨变和人的巨大牺牲为代价的，这种独家发言人的资格要靠自身的保存及同辈人的消亡为前提——艺术的嘴巴吸吮死者的血，我受不了这份野心。

没有比人和生更宝贵和神圣的了。同时，我们已看到，并非只有大时代大悲剧才孕育精神业绩，艺术家不仅熟览历史，更要精通良心，精通灵魂密码与人格定律，以巨大的细心潜读生命奥秘和共同遭遇……《荷马史诗》的魅力不在于它托举的事件之显赫、构架之磅礴，而在于悲剧的神性眼光和穿透时间的美，在于元素的细密与浩瀚。

托马斯·曼在《我的时代》中嘲笑了歌德："我们可以看见，矜夸你自己一生所经历的事实在是非常冒险的事。"可敬的是，作为陪伴俄罗斯最负罪也最伟大生涯的爱伦堡，这部《人·岁月·生活》通体是以"痛"和"苍凉"——而非吹嘘和庆幸的姿态完成的。虽然他有的是这便利。

孤独、隐忍、苍凉、长歌当哭……

一个懂得生、体恤死的人。

一个温和而英勇的绅士。

一位把赞美和棉衣披给同伴的人。

1967年，在送走了那么多朋友后，他也为自己举行了一个小小的葬礼。

1999年

对“异想天开”的隆重表彰
——从“搞笑诺贝尔”看西方的智力审美和价值多元

生活的最高成就，是想象力的成就。

——题记

2004年9月30日，在美国哈佛大学会堂，一场狂欢式的颁奖典礼正在举行：口哨迭起，纸箭乱飞，服装怪异的各色人等，语焉不清的乐队伴奏，全场时而寂然，时而满堂哄笑……

此即“伊格诺贝尔”(Ig Nobel，以下简称“伊诺”）的颁奖现场，俗称“搞笑诺贝尔”。它由哈佛大学的《不可能研究年刊》主办，每年评出医学、文学等十类奖项。

《不可能研究年刊》创于1991年，主编亚伯拉罕斯，乃一份幽默科学杂志，戏称《冒泡》，其封面上印有一行字：记录华而不实的研究和人物。如果说“搞笑诺贝尔”是一枚傻呵呵的蛋，《冒泡》即那只整天笑咯咯的母鸡了。这只鸡宣称：该蛋旨在激发人们的想象力，特赠予那些不寻常、有幽默感的“杰出科学成果”。

去年底，笔者给央视一档新闻节目做策划，通过有关渠道，向主办方讨得典礼的影像资料，于是就看到了本篇开头的那一幕：从氛围到规则，从气质到内容，从精神到道具，都饱含着对科学传统奖励模式的巨大挑衅——

2004 年年度和平奖得主——卡拉 OK 的发明者，日本人井上大佑。获奖理由：卡拉 OK 这项伟大发明，向人们提供了互相容忍和宽谅的新工具！年度物理学奖得主——渥太华大学的巴拉苏布拉尼亚姆、康涅狄格大学的图尔维，两人的贡献是：揭示了呼啦圈的力学原理。年度工程学奖则授予了佛罗里达州的史密斯和他的父亲，父子通过精心计算，得出结论：秃顶者把头发蓄到一定长度，将前面一部分向后梳齐，用摩丝定型，再将侧面头发顺势向顶部拢合，效果最佳。而生物学奖被四人摘得，他们集体证明：青鱼的交流方式是放屁……

看得出，对“雕虫小技”的青睐，对“微不足道”的鼓吹，正是“伊诺”的功夫所在。再比如生物学奖：1999 年授予了新墨西哥州的保罗博士，他培育出一种“不辣的墨西哥辣椒”；2003 年授予了荷兰学者莫尔莱克，他分析出野鸭子存在同性恋现象。和平奖：2002 年授予了“人狗自动对译机”；2000 年，荣膺该奖的是英国皇家海军，在一次演习中，长官命令水兵不装弹药，而是对着大海齐声呐喊：砰！

《冒泡》主编亚伯拉罕斯，对“伊诺”有一句自白：“先让人发笑，后让人思考！”那么，思考什么呢？它对我们日常的评价行为、价值系统和表彰模式，会有怎样的启发呢？

在“伊诺”的榜单上，有诸多让我们大跌眼镜的东西，按中国人的心理惯性，有句话早就按捺不住了：这干啥子用？出啥洋相呢？

的确是“洋相”。

中国文化有着非常重实的功用传统和崇尚使用价值的习性，“实”一直被奉为正统高高矗立。以实为本、以物为大、以形为体、以效为能——物用性，尤其是显著和速效的有用，从来都充当着我们对事物进行价值评估的秤砣。无论术、业、技、策，皆有一副实用和物质的面孔……“没用的东西”，作为一句训斥式的中国老话，既是一种物格评价，也是一种人格评价，既可诽物，亦可骂人。

两个多世纪前，当烧开水的壶盖扑哧作响时，谁能想到那个对它心醉神驰的少年，会成为历史上的“瓦特”呢？事实上，那盏小小壶盖早已被沸腾之水鼓舞了几千年，也被忽略了几千年，作为一幅情景，它缥缈无骨，一个眼光实际的人无论如何也不会感兴趣。西方有谚：“如果你盯着一样东西长久地看，意义就会诞生！”这是一句很虚的话，也是一句伟大的话，许多世间的秘密和真相就蕴于此。瓦特的幸运在于，他没漏掉这样一个秘密！是性格帮助了他，是对细节的重视程度、是打量事物的那种“陌生感”、是沉湎幻想的习性——帮助了他！牛顿也如此，爱因斯坦也如此……较之众人，他们注视世界的目光里，都多了一股迷离和朦胧的东西，多了一抹遥远、深阔和缤纷的色彩。

那股迷离、那抹遥远，就叫“虚”吧。“虚”，往往折射出一种理想主义和未来主义的超前眼光；“实”，通常代表一股实用主义和现实主义的近物需求。“虚”未必能转为“实”，但“实”往往诞生于最初的“虚”。

1752年7月的一天，在北美的费城，一个叫富兰克林的男子，正做着一桩惊世举动：他擎着风筝，在雷雨交加的旷野上奔跑，大喊着要捉住天上的闪电，并把它装进自己的瓶子……百姓觉得这是个傻瓜，学者以为这是个疯子，可就是这位不可理喻者，最终被誉为避雷针的创始人。我想，要是那会儿有“伊诺”，他一定全票当选。

有人说了，富兰克林的念头虽一时看来荒诞不经，但最终实现的仍为一种物用价值啊！不错，避雷针是一种“实”，但这“实”却发轫于“虚”—— 一种不合常态的大胆奢想，没了那股“虚”的精神冲动，一切都谈不上。若把“虚”仅仅当作一种潜在或变相的“实”来期待，若把演变和衍生“实”的大小作为评价“虚”的砝码，那“虚”的弱势和险情仍未减弱，“虚”的生存环境并未改善。所以，“虚”——应彻底恢复它的独立和自足角色，并在这个位置上给予尊重与呵护。

人往往犯如是毛病：在经验逻辑上搭建一个一元博弈、你死我活的价值擂台——将“非理性”视为理性之敌。其实，双方并非一元式矛盾，非实用不是反实用，非理性不是反理性，非科学也不是反科学（或伪科学）。在我看来，“伊诺”更多地宣扬了一种非实用和非理性价值，而非把实用和理性打入地狱。

对待想象力，对待奢念和幻想，对待非理性和非经验的自由与浪漫，东方的态度往往比西方要苛责、刻薄得多。比如我们的成语资源中，竟有很大一个板块被用来描述和指摘生活中的非理性：“荒诞不经”、“痴人说梦”、“缘木求鱼”、“华而不实”、“故弄玄虚”、“空中楼阁”、“不识时务”、“不可理喻”、“异想天开”、“匪夷所思”、“玩物丧志”……遗憾的是，如此磐重的务实传统并未分娩出一种严肃的实证品格和缜密的科学理性，反倒在世俗文化上脱胎出一套急功近利的习气来。待人遇事、识物辨机，无不讲实用、取近利、求物值、重量化，贪图速效速成、追求立竿见影……于是，竭泽而渔、杀鸡取卵的短期行为，也就在“务实”的旌旗下浩浩荡荡了。远的不说，放眼当下——资源上的采掘、消耗，建设上的规划、改造，教育上的考评、量化……哪个不短视、短效得惊人？

西方呢？当然有务实传统，幸运的是，它同样有浪漫和务虚的传统。西方对“无用之物”的欣赏可谓源远流长，从古希腊到文艺复兴到近代启蒙运动，从天文、艺术、宗教到对社会制度的憧憬和民主设计，从唯美主义、浪漫主义到形而上和哲学思辨，从柏拉图的《理想国》到康帕内拉的《太阳城》与欧文的“和谐公社”，从《荷马史诗》到安徒生童话和凡尔纳的《海底两万里》……都散发着一股儿童式的缥缈和虚幻，都在从不同角度描画着荷尔德林的那句话：“人，诗意地栖居在大地上。”

相比之下，中国的诸子经典和显学们就功利和世故多了，不外乎是以“中庸”为能的生存策略和攻防心技，老成持重、筹谋积虑，处处讲究天衣无缝、圆熟得体，透着一股吊诡之气和沉暮之霾。也正是从这个意义上讲，马克思称中国文明为“早熟儿童”——希腊文化为“正常儿童”。的确，作为欧洲文明始先的希腊人，不仅长着一副儿童的额头，还有着明亮的神情和轻盈的举止，健康且快乐着；而中国文化从周礼开始，就满脸皱纹和心事重重了，除了“跪”和“叩”，行动上也多了“杖”和“拐”，不仅步履蹒跚，且哭丧着脸。

如果说，中国文化资源有严重缺失项的话，我想它们应该是：神话、童话、形而上、科学理性和非政治“乌托邦”……（中国当然有被后世称为“神话”的东西，但那是“把人神化”，而非希腊那样“把神人化”——如此神话才能与生命进行正常交流与对话）这些缺失恰恰决定了我们“飞”不起来，决定了我们是生存文化而非生命文化，是心计文化而非精神文化，是抑制文化而非激情文化，是“脚文化”而非“头文化”——决定了我们只能围着实用生存的磨盘，原地打转。

还有一种现象：作为一种浪漫的人文传统和理想主义习惯，西方的“虚”非但未妨碍“实”的繁荣——更给后者提供了“乘虚而入”的激励和机遇。西方文化形态是多元、开放、兼容的，在每个时代的生存格局中，总能恰到好处地为梦想者、保守派和实干家预留出相应的空间及比例，且彼此和谐、互为激荡。不难发现，在欧洲历史上，几乎每轮“虚”的文化涨潮之后，都会迎来一场新的社会理性和科学精神的腾跃，也就是说，作为“月光”的理想主义憧憬——总能很快在地面上投下它飞翔的影子，作为夜间能量的“诗意”——总能在实干家那儿成为一种白天的现实，成为他们变革社会、导演历史、成就事实的一种才华。比如欧洲文艺复兴后人文社会的兴起和中世纪的终结，英国启蒙运动催生的“光荣革命”和《权利法案》，古典自由主义和“百科全书派”之后的《人权宣言》，“五月花号公约”之后的美国《独立宣言》和《人权法案》……在东方史上，你很难找到如此人文璀璨和理想激荡的时代。经验化、功利化和实物化的生存格局，注定了社会精神的沉闷、压抑和空耗，借助“实”的巨石，专制体统在它的“超稳定状态”中一趴就是两千年。1215 年，当英国贵族与国王在羊皮纸上签署有“法制”意义的《大宪章》时，中国士大夫还在为南宋小朝廷的安危殚精竭虑。1620 年，当登上北美大陆的百名流亡者浪漫地宣誓将开辟一个以民权为本的新国家时，荒怠颓废的大明朝刚清算完改革大臣张居正的精神遗产。

当然，“伊诺”信徒们反对的并非东方的传统，人家首先警惕的是自己的现实——尤其是 20 世纪来甚嚣尘上的物质主义和技术主义。这群具有童年气质的中年人敏锐地意识到：当实用理性过于膨胀，它所淹没的会比创造的多得多。所以，他们要为自己的时代扶植起更茁壮的在野文化和精神另类来。

或许有人沉不住气了：难道东方传统中缺乏诗意吗？春秋、魏晋、唐宋、晚明……不都飘逸着放浪士子的衣袂吗？不错，在汉语竹林里，在染满青苔的诗词绝句里，的确闪烁着“虚”和“狂”的影子，但仔细打量便发现：它们不仅稀稀拉拉，难以缔结一部真正的时代风景，且这些放浪和疏狂多为文化散户的精神梦游，且散发着一缕酒气和哀怨，大有遁世和流亡之感……这与西方那种群体性、现世性很强的价值栖息和生存面貌上的“虚”——相距甚远。或者说，东方的“虚”多是学问意象和修辞层面的“虚”，缺的是社会属性、公共价值和群体规模的“虚”，缺的是可操作可企及的“虚”——清醒的生命履践意义上的“虚”——理想主义在社会平台上主动和公开演绎的“虚”。

这一点，我们可以拿孔孟弟子和苏格拉底及亚里士多德们比，拿陶渊明、苏东坡、孔尚仁、曹雪芹、王国维与约翰·弥尔顿、卢梭、罗素、雨果、左拉们比，拿董仲舒、王安石、张居正、曾国藩、李鸿章与托马斯·莫尔、马拉、丹东、杰斐逊、傅立叶们比，拿朱熹、方孝孺、李贽、王阳明、顾炎武、王夫之与霍布斯、洛克、孟德斯鸠、伏尔泰、潘恩、托克维尔们比……无论生命气质、人文视界、信仰方式、入世方向和精神重心，皆判然有别。而且，更大的缺失还在于：即使有零星的“虚”出现，我们也很难去鼓吹和表彰它，在现实社会中，我们罕有放大和推演它的可能。

总之，在对“虚实”的理解、消受和履践上，在对事物和行为之“用途”的价值评价上，东西文化传统有着很大的分野和间离。

2005 年

周 际 摄

读书：最美好的生命举止

———与年轻朋友的通信之一

你问到了“读书”对现代人尤其是对年轻人的意义，这正是我想说的。

在我看来，阅读，不仅是一项生活内容，还是一种生活方式。一个人的知识构成、价值判断、审美习惯，多来自于阅读。我是上世纪60年代末生人，我的青春期没有互联网，我是在读书中长大的，它帮我完成了和历史上那些优秀人物的交往，有了书，你就不孤独，即有了全世界的旅行，即可领略全人类的精神地理和心灵风光。

在这个电子媒介时代，我尤其推崇纸质阅读。抚摸一本好书，目光和手指从纸页上滑过，你内心会静下来，这是个仪式，就像品茶，和一个美好的朋友对坐，氤氲袅袅，灵魂游弋，你会沉浸在一个弥漫着定力和静气的场中。而浏览网页，不会有这感觉，你只想着快速地捞取信息，一切在急迫中进行，这就不是饮茶了，是咕嘟嘟吞水。纸质阅读是有附加值的，它会养人。

读书不是查字典，不要老想着"有用"，其价值不是速效的，是缓释的，是一种浸润和渗透的营养。一个人的心性和气质哪儿来？就是这样熏陶出来的。古人说，"三日不读书，则面目可憎"，过去不解，后来我懂了。一方水土养一方人，"阅读"即一方水土，水土的效果取决于你的书籍质量和吸收能力。

你提到我的那本阅读札记《跟随勇敢的心》，不错，正像自序所说，这是我深夜精神私奔、与大师对话的结果，也记载了我青春岁月的心路。当时我客居在一个小城，大运河边，很闭塞，很安静，我的家当是几纸箱书，那是我唯一的人生行李。在那儿，我度过了最重要的读书时光。那时候，感觉白天很小，夜晚很大，因为一亮灯，纸箱一打开，时空即变了，那时候的夜真长啊，星空下，一个青年走出很远很远，然后赶在天亮前回来……那是李白杜甫徐霞客的星空，那是普希金和"十二月党人"的星空，那是苏格拉底和伏尔泰的星空，那是法国大革命和"五月花号"的星空……

你问对我影响大的作家有哪些？我的好作家标准是什么？

我把优秀作家分成三类：一类可读其代表作，一类可读其选集，一类可读其全集。有位大学生去远方支教，一个荒凉空旷之地，来信问带什么书好，我想了想，说：若你只带一部书，那就带罗曼·罗兰的《约翰·克利斯朵夫》吧，它的精神体魄能激励你变得强壮，它能像体能教练一样辅导你，让你美好而自足地面对世界，不再盲目求教或求助于他者。

就精神的端庄和美感而言，我推崇罗曼·罗兰和茨威格，我称之为“人类作家”，亦即前面说的第三类。茨威格，是对我有切身影响的作家（这种影响，某种程度上和“精神体质”有关，或者说，他是我的“过敏源”，我反应大），其文字有一种罕见的高尚的纹理，有一种抒情的诗意和温润感。他对热爱的事物有着毫不吝惜的赞美，尤其对女性，极尽体贴与呵护，很绅士、很君子，他是天然贵族，我欣赏他的心性和教养，我高度信任他的文字，这种感觉在别人身上很少获得。

读他们的时机越早越好，一旦你读了大量流行书和快餐书之后，即很难再领略其美感，因为你的口味被熏得太重了。

一个人，拿什么来为自己奠基，拿什么做“人之初”的精神功课，很重要。

我对年轻朋友说，趁青春多读几部优秀长篇。据我的体会和观察，一个人在30岁后，很可能无缘长篇小说了，不单少了闲暇，更重要的是没了心境，没了与之匹配的动力和好奇心，没了那种全神贯注、身心并赴、如饥似渴的状态。读长篇是大投入，需要一种生活节奏和内心节奏来配合，长篇是一种“慢”、一种“长途”，读它是一场漫长的精神徒步，要求你不功利、不急躁，体力和心力都充沛，需要你支付一份绝对信任……而30岁后，人似乎不愿再把自己交出去了，少了一种对事物的迷恋能力，疑心重，拒召唤，畏惧体积大的东西。

请一定别忘记诗歌！诗是会飞的，会把你带向神秘、自由和解放的语境，带向语言乌托邦。诗，表达着语言的最高理想和生命的最纯粹区域，其追求与音乐很像。和长篇一样，青春应是读诗的旺季，这时候的你，内心清澈、葱茏、轻盈，没有磐重的世故、杂芜的陈积和理性的禁忌，你的精神体质与诗歌的灵魂是吻合的，美能轻易地诱惑你、俘虏你，你会心甘情愿地跟她走。

诗是用来“读”的。和“看”不同，“读”是声音的仪表，是心灵的容颜，是一种爱情式的表白。“读”，把文字变成了情书，变成了光芒，变成了激动和颤栗……读诗者，往往是最热爱生活的那一群人，是灵魂端庄而优雅的人，是幸福感强烈而稳定的人，是血液中藏着酒精和火焰的人。诗歌是一种信仰，是一种向生命致敬和献辞的方式。这是一种古老的方式，也应成为一种年轻的方式。

不知为何，“读”书人似乎越来越少了，人的嘴唇变得懒惰而迟钝，变得嗫嚅不清、语无伦次。留住“读”的习性吧，别丢了，这是热情，是本领，是生命温度。

就文学而言，我觉得不妨多读两类东西：一是古典和经典，比如莎士比亚、安徒生、契诃夫、陀思妥耶夫斯基、托尔斯泰、康帕斯托乌夫斯基、阿赫玛托娃、帕斯捷尔纳克、川端康成、卡夫卡、雨果、海明威、泰戈尔、马尔克斯……比如鲁迅、沈从文、萧红、丰子恺、汪曾祺、孙犁等。再者即当代作家的好作品，尤其本土作家，毕竟为母语写作。而翻译作品，往往有美学和信息上的损失，这个名单太长，不列举了。

另外，我觉得一个人一定要读点儿哲学，精神构成中要有一点务虚和形而上的东西，它们最接近世界真相和生命核心，哲学提供的就是这个。

人世间，思想家很多，“生活家”很少。纯真意义上的生活，聚精会神的生活，超越阴暗和苦难的生活，不被时代之弊干扰的生活。

除了思想榜样，我们还要为自己积攒一些生活榜样，一些朴实而简美的情趣之人，一些“生活的专业户”——做我们的精神邻居。

丰子恺、王世襄，我非常喜爱的两位生活大师，是那种“长大成人却保持一颗童心”的人，是让你对“热爱生活”永远投赞成票的人，我称之为精神上的“和平主义者”和“绿色环保者”。我甚至开玩笑，多读他们，可防抑郁或自杀。

穿越浊世的丰子恺，是顽强地将童心葆养一生的人。他身上，那种对万物的爱，那种对生活的肯定和修复态度，那种对美的义务，是如此稳定，不依赖任何条件。儿童，是他的画材，也是他的宗教；是他的儿女，也是他的偶像；是他的作业，也是他的课本；是他心灵的糖果，也是他思想的字母。儿童的游戏、儿童的逻辑、儿童的爱憎、儿童的简易与自由……都让他深深痴迷。

我欣赏丰子恺和孩子建立起来的那种关系，更理解他对儿童被成人社会俘虏后的那份痛惜。初为人父，有报纸采访我的育儿想法，我说：对童年而言，美学意识的苏醒和启蒙，或许是最重要的，包括人格、情感、自然审美等。我担心的是，社会环境和你帮孩子搭建的心灵环境太不匹配，太厚黑和太唯美，太杂芜和太纯净。但我不后悔，因为孩子有一个合格的童年。童年即童年本身，它是独立的，有尊严的，它不能作为成人的预备期被牺牲掉。当年，自选集《精神明亮的人》出版时，我在封面上题写了这样一句话："让灵魂从婴儿做起，像童年那样，咬着铅笔，对世界报以纯真、好奇和汹涌的爱意……"

枕边，我常放着丰子恺的画册，以酝酿一场美好的睡眠。我常想，这个国家的气质和日常生活，若染有一点"丰子恺味道"，该多好，该多好。

大师已去，却把他的孩子献给了全世界：阿宝、软软、瞻瞻、阿韦……丰子恺的作品，我最喜爱的是上世纪50年代前的，之后的画总感觉少了点什么，又多了点什么。

罗曼·罗兰有言："世上只有一种真正的英雄主义，那就是在认识生活的真相后依然热爱生活。"这是我心目中的好作家标准，好的作品和人生，都实践着这一点。

说了这么多，其实，我并不想把我的价值观强加给你，包括我将要说的，皆非真理，只是选择，一个人的选择，或者说，一个人的真理。

一个人的真理，只有参考意义，没有信奉意义。更何况，对精神和心灵来说，真理并非最高的价值标准，只有在自然科学上，真理才是最高价值。

读书不为别的，是想让书里的那些精神光线或美学营养，照亮我们，提升我们的心灵视力，滋养和愉悦我们的人生。有句话说得好："你喜欢这些东西，说明你本身即属于这些东西。"除了意义，要尊重自己的喜欢或不喜欢。一本书，若既有意义又有意思，那最好了。

2013 年 1 月于北京

“无穷的远方，无数的人们”

——与年轻朋友的通信之二

你问，现在出版物多得让人恐惧，各类推介泛滥，很困惑，怎样算是好书？一个人怎样与一本好书相遇？

其实，适合你的书即好书，能让你心底微笑的书即好书，与你产生“化学反应”并有新物质生成的书即好书。

我提醒身边的年轻人：少接触畅销书和明星书，少亲近浓妆艳抹的招揽和吆喝，别让其占据你的书架和闲暇。因为“畅销”角色决定了其快餐品质，它是为讨好你的惰性和弱点而策划的，不可避免带有粗糙、轻佻、伪饰、狂欢的性能，你会得到迎合却得不到提升。它是产品，不是作品，只能一次性消费。

一册好书，在生产方式上，必有某种“手工”的品质和痕迹，作者必然沉静、诚实、有定力和耐性，且意味着一个较长的工期，内嵌光阴的力量。人生，若能找到一些好书并安置在身边，那就很幸运、很富有，仿佛住在一栋优美的房子里，周围都是好邻居。

积累好书，确需一些渠道，比如你可追踪某个喜欢的作家，从其阅读经历中发现线索。若你欣赏一个人，他欣赏的东西很可能亦适合你，因为你们的精神体质相仿。另外，生活中可寻一些有鉴赏力的书友，将其收藏变成你的收藏。读书是一种生活，需要孤独，也需要分享，有书友是件很幸福的事。

你说在杂志上读到我纪念史铁生的文字，《那个轮椅上的年轻人，起身走了》，你想听我聊聊，关于他。

史铁生是个灵魂诚实的人，是个涤净了浮华和尘埃的人，是个和宇宙、和自己都有着充分对话的人，其人其作，都是珍贵的精神标本，一个文学和心灵哲学的标本。命运给他布置了作业，他完成了。

他和外界保持了一段距离，从而和生命亲密无间。他和我们的区别，这是他的贡献。

他是安静、祥和的，我们充满喧哗与骚动。他是自然水，我们是混合饮料，掺了多少东西，自己也不知道。从未谋面，我一直用心灵感受他的存在，于这个城市、这个时代，空气中都有他的成分，这种成分让我欣慰。他去世后，我体会到了孤单，我觉得空气的成分有一丝变化，这就是他的意义。

包括王世襄，他们离世时，我正在做央视《24小时》节目，当晚我们加了条新闻，我说：一个时代结束了。

你说对我的写作和生活很好奇，我的书你几乎搜集全了，你表达了热爱，你是真诚的，但还是过誉了，毕竟你阅读有限。但有一点你没说错，在题材上，我喜欢“变”。是的，我追求辽阔的视野，并习惯于一种“精致的自由”。

生活，始终诱导我做一个有内心时空的人，一个立体和多维的人，一个耽于冥想、心荡神驰的人。有人说过：你的选题和视角很独特，多为首创，一篇文章换别人可能会扩成一本书，舍不得用完它……我就用单篇结束，我不爱在一个点上沉溺太久，那样不自由。我的写作有点像散步，喜欢漫无边际、无形无拘的游走，喜欢地形复杂的野地，人越少，事物越多，能见度越高。这在选集《精神明亮的人》里最明显，篇篇题材各异，彼此都意味着“远方”。就像我给自己的一档电视节目取名《看见》，我希望它能看见遥远的东西，看见那些被遮挡和忽略的事物。在选题中，我偏爱那些隐蔽的生命类型及其命运故事，偏爱有“精神事件”品质的新闻事件。哪些表达非己莫属？“看见”什么和怎样“看见”？这是我判断和投入一次写作的前提。写得少，也和这种态度有关。

媒体是我的职业，写作是我的生活。人和人的差异即在于业余，我曾说，真正的好东西你一定要把它留给业余，就像老婆孩子，都是业余内的事。千万不要当什么专业作家或职业写手，他们要么服务体制，要么服务市场，离文坛很近，离文学很远。

一个作家，能不能在精神和行动上与自己的时代缔结一种深刻关系，决定其作品的气象和格局。他要具备两种能力：恨的能力和爱的能力。你的关怀力越大，越激发这两股力量，爱得越深沉，越能贴身地看清爱的敌人，看清那些威胁美的东西。你就要去抗争，去捍卫这个生存共同体，去保护你所爱的人和事。

鲁迅之伟大，正因为他对“义务”的理解，“无穷的远方，无数的人们，都与我有关”。

任何艺术，都离不开责任，一个人的精神成绩，往往取决于关怀力大小。一个好作家，首先是一个赤子，要发现时代的任务，要关心共同体的遭遇和命运，生活态度即写作态度。有一次，某报刊请我谈“理想主义”，我举了捷克作家伊凡·克里玛的例子。上世纪70年代，在回答为何不出国避难时，他说：“因为这是我的祖国，这儿的人和我讲的是同种语言……对国外那种自由生活，因为我没有参与创造它，所以不能让我感到满足和幸福。”“我没有参与创造它”，这是最打动我的话。一个作家，若只沉迷手艺而拒绝时代的订单，那只是个平庸的文匠；一个人，若只有生活理想而无社会理想，是难称理想主义者的。理想主义者通常是忧郁的，但要哀而不伤，可以愤怒，但不能绝望。理想主义不是画饼充饥，它富于行动，要做事，要追求改变。它要赶路，披星戴月，风雨兼程。

中国是个苦难型社会，让人生气的事太多，“忧愤”“焦虑”几成日常表情，故百年以来，鲁迅的号召力远大于他人。但仅有愤怒和批判是不够的，一个人的内心不能总是硝烟弥漫、荆棘丛生，还要风和日丽、山花摇曳……如此，我们才不会远离生命的本位和初衷。

当代中国有个精神危险：由于粗鄙和丑暗对视线的遮挡、对注意力的绑架，国人正逐渐丧失对美的发现和表述。换言之，在能力和习惯上，审丑大于审美。这其实是个悲剧，生活有荒废的可能。尼采说：“与怪兽搏斗的人要谨防自己变成怪兽……如果你长时间盯着深渊，深渊也会盯着你。”这就是为何长期以来，我在写作中总告诫自己，别忘了凝视和采集美好之物，这是我们热爱生活的依据。正像我在一本书的封底所写：“即使在一个糟糕透顶的年代、一个心境被严重干扰的年代，我们能否在抵抗阴暗之余，在深深的疲惫和消极之后，仍能为自己攒下一些明净的生命时日，以不至于太辜负一生？”

第一本书《激动的舌头》出版时，评论人王小鲁说：“他在一个措辞不清的黄昏里，具有罕见的说是与不是的坚决与彻底的能力。他在一个虚无主义的沙漠中，以峭拔的姿态和锋利的目光，守护着美与良心。”

抛去形容词，有两个名词他所用是恰当的：美与良心。换言之，审美精神与批判精神，爱与恨。我离不开这两样东西，每篇都是，每本书都是，每小时都是。

我对单极事物有呕吐感，必须有两个系统，两张精神餐桌，否则会厌食，会憔悴。所以，当你推崇我嫉恶如仇的文章时，我想提醒说：

我不是反对者，我只是反抗者。我出生的全部目的只有一个：生活！在充分的肯定心境中生活，在充分的美和爱中生活，聚精会神、不被干扰地生活。我从未料到会带着愤怒和冒烟的心情来度日，但当生活被恶意篡改时，我想，必须奋斗，必须抗争。有些任务，应在这代人身上完成，否则，我们配不上来自后世的尊敬和爱戴。后人可重复我们的爱，但不应重复我们的恨。

但是，生活——生活永远是最重要的。无论多么崇高的事业和精神征战，都别忘了生活本身，别让生活离你远去，别忘了我们出发的理由……向大自然学习生活，向儿童学习生活，这些是最好的导师。

因此，我的书架上，我的精神客厅里，有鲁迅、胡适，有丰子恺、王世襄，还有许多植物图谱和童话绘本……济济一堂，彼此敬爱。

希望其亦能成为你的嘉宾，更希望你能带着神秘的客人，来这儿串门。

搬把椅子，在太阳下读书，真是幸福的事，也是生命最美好的形貌和举止。

2013年1月于北京

那些消逝的年轻人

那天，遇一条微博，标题是《传媒史上的今天》："《焦点访谈》创办于 1994 年 4 月 1 日，是以深度报道为特色的述评性栏目，也是当时央视收视率最高的节目之一。1998 年 10 月 7 日，朱镕基到中央电视台考察，并与央视负责人及《焦点访谈》编辑记者进行了座谈，且破例为《焦点访谈》题词：舆论监督，群众喉舌，政府镜鉴，改革尖兵。"

文字下方配了图：朱镕基伏案挥毫，一群年轻人围着，身体们有点紧，目光追着总理那支笔。

转发很少，与其信息份量不太相称。我浏览了下评论，有人叹：那会儿的白岩松多年轻，竟有点儿青涩。

是啊，多年轻！我心底也涌出这仨字。

如今，老白已成熟得金黄了。我在一篇文章中说："他有成熟的价值观，更可贵的，他有自己的语言系统……在和体制寻找接口、组织有效对话上，他尽力了。他的语言很体现糖衣设计，圆润中有尖锐，防守中有侵略，有时已脱了‘衣’，基本裸了。正因为这种分寸把握、建设的诚意、口型口吻的稳健和关键词的牢固，使得他的话——不带敌意但也不怎么动听的话，体制和被批评者都能听进去。中国需要这样的角色，等我们走出很远，回过头，会清楚这种角色的意义，会把一部分掌声给他。”

白岩松，也是白岩松们。

那天，遇一条微博，李伦转了徐泓老师的《陈虻，我们听你讲》摘录："我很感谢我的职业，因为传媒的作用使我们个人的努力被放大了，能够影响更多的人，所以，我认为当别人赞美你的时候千万别拿自己当人，当想到你的工作成果有上亿人在观看的时候，千万别拿自己不当人。"

接着，他追忆了陈虻的一段话："当制片人时，我觉得我们离生活很近……可是前两天我回家，看着车窗外，觉得生活非常陌生，因为我们不断地研究和解决自己很小天地里的问题，因为忙碌而感到空虚。原本我们有自己的愿望，但当我们做得太多的时候，那种愿望已经成为能够正常地播出、尽量地少改，这似乎成了我们唯一的理由。"

"因为忙碌而感到空虚"，精神上有空位，内心有井要填，说明体察者的敏锐、警觉，这是醒者的危机。而真正的糟糕是：因为忙碌而感到充实。

有时，体力上的疲惫，那种满满当当、被完全占有的感觉，那种跑步机上的流汗，确实能让我们欣慰。这是体力劳动的骗术，汗流浃背后，身体结满简陋的果实，饱和而无意义，懒惰的丰收。很多时候，光阴和成绩即这般被肯定的。

手机里有条短信，至今未舍得删，来自李伦，四个字：“陈虻走了。”时间是2008年12月24日凌晨。在纪念陈虻的一篇短文里，我说：“凡理想主义者，都是青年。在我眼里，陈虻永远是个青年，这是一个青年的死，他被青春永远收藏了。”“我珍惜、敬重乃至热爱这个人，并非因其优异，更因他代表了一种生命类型、一种生存路线、一种精神命运。他的起落，他的飘逸和负重，他的弧度和笔直，他的积极和保守，都代表了一群人的命和运。他像个标本，像块碑。”

陈虻，也是陈虻们。

那天，遇一条微博，谈的是新闻技术，用了很多欧美标准和自己的标准，观点纯粹，完美而闭合。读罢，我感慨了几句：“新闻的专业主义，意味着理性的健全、工具的精准、技术的完善，但若无信仰和理想的支持，同样可沦为一个华丽的掩体，沦为玩具主义的愉悦和自我修饰的虚荣。最重要的，你用专业干什么？想干什么？干了什么？”

如果你处在一个沸腾的时代，那你必须听到并听从它的召唤。

电视新闻人或缺的，往往即技术之外的东西，跟着电视学电视，把电视当全部业务，很少研究当代，很少精神对话，当经验和技术结业后，由于没有思想资源和认知储备作支持，没有理想主义打算作驱动，往往即走不动了，发育终止。智能可以完善，技术可以修补，但人与人的差异在于源头，在于愿望，在于直觉，在于业余精神，在于让生命欲罢不能的那个东西。

做传媒，三十岁前靠技术，三十岁后靠信仰。对年轻人来说，要把初衷变成业务；于中年人而言，要把业务做回信仰。

有次，参加某媒体评奖，表达了这样的意思：“我们不应忘记一个常识，新闻是有用的！要清楚每个选题在当代生活中的位置，要清楚它的敌人是谁，它要改变什么。做新闻，就是和这个时代的疾病打交道……”我的意思是，媒体的使命即作用于社会，你的选题不只对“新闻”负责，更要对新闻价值负责，要把一个新闻变成有价值的新闻，要把一个有公共价值的新闻变成有独立价值的新闻，要把一个时效新闻变成一个有生命力的新闻……你要基于对时代的认知和义务来判断并完成一个选题，你要在时代的地形图上标出自己的位置，而非漫山遍野、游兵散勇式地打游击、放冷枪。

每个栏目，每期杂志，都要有自己的“注意力”，不要只顾凑热闹、赶场子。同时，媒体间应有缔结共识的默契和愿望，形成规模效应和追击力，进而实现“公共视线”和“时代注意力”，最重要的，要追求效果，追求社会细节的实质性改变。

有家曾喜爱的媒体，现在不怎么看了，原因即它的选题出了问题，你把它一年到头的选题当年历挂墙上，发现挂不住，没有头绪，没有企图，没有目录感和规划性，全是即兴和盲动。或许，它在每期产品中都投入了思考和方向，但整体上，在对时代的刻画上，没有自己的注意力，如此一来，即缺了意义和意图，气象与格局都显小。

选题本身即属于价值观，即注意力！你在主张什么？引导大家留意什么？这是个注意力高度雷同和相互抄袭的时代，被忽略的东西很多，缺失项很多，对“重要”的理解、发现、阐释和宣扬，往往是一档栏目、一张版面的足底。

那天，遇一条微博，刘楠的，她为一位抑郁症患者的遭遇鸣不平，不仅声援，更以直接的行动介入救助，这样做，和她的节目无关，和身份也无关。

但和信仰有关，和新闻理想有关，和生命气质有关。所以，当她谢我帮助转发时，我回复说：“我要向你表示敬意，若一个媒体人一生只完成职业角色和份内的事，那是有遗憾的。在你身上，我看到了良知在生活中的位置。也许你无法改变胜负，但你可改变绝望。若一个人对全世界都绝望，那所有人都是有罪的。”

当年和李伦做《社会记录》时，刘楠是年龄最小的编导之一，印象最深的，是她的勤奋、安静和聆听，虽然年轻，但她身上有一种严肃而执着的东西，在我眼里，这是一种精神上的端庄，这样的人，适合做记者或律师，因为她对生命不撒谎。后来，她去了新创的《新闻1+1》，看她做的节目多了，我对身边人感叹，刘楠进步真大。这种进步，除了专业，更来自认知，她在寻找和发现社会，她对时代有了自己的注意力和兴趣点，她对人群有了义务感，她在尝试发挥作用。

几个月前，当她把一份电子版的书稿发给我时，我吃了一惊，这么周细的观察和积累，这么大的笔记工程，竟是一位准妈妈在孕期完成的。最感动我的，是她对“南院”的情怀，那样的刻骨铭心堪称“爱情”，不仅深沉，而且忠诚，让人动容。

读稿之余，我也重新打量起这座“南院”来。

它让人怀念的气质是什么？它的精神徽章是什么？

见仁见智。在我看来，大概是理想主义罢。

很巧，前不久，有报纸邀我谈谈80年代，我所用最多的即这个词：理想主义。

“80年代的典型特征，即人群中汹涌的理想主义。时代的脸上有一股憧憬的表情，每个人都相信未来，每个人都自感和国家前途有关，每个人都站在船头上，每个人都愿把自己交付给某种东西，每个人都正值青春……那些曾经的年轻人，那些清晨里的人，哪儿去了呢？看今日之人，生下即老了，他们被喂了什么样的乳汁？”

“理想主义者通常是忧郁的，但要哀而不伤，可以愤怒，但不能绝望。理想主义不是埋头沉溺，它富于行动，要做事，要追求改变。它要赶路，披星戴月，风雨兼程。”

社会理想主义，确是80年代最显赫的精神特征。

捷克作家伊凡·克里玛在回答为何不出国时说："因为这是我的祖国，这儿的人和我讲的是同一种语言……对国外那种自由生活，因为我没有参与创造它，所以不能让我感到满足和幸福。"

"没有参与创造它"，这是最打动我的。一个人，若只有生活理想而无社会理想，是难称理想主义者的。相信这个国家与己有关，相信自己是这个时代的一个构件，相信自己的工作是有价值的……

王尔德说："我们的梦想必须足够宏大，这样，在追寻的过程中，它才不会消失。"

没有宏观，做不好微观的事。

回头想，新闻评论部以《焦点访谈》和《东方时空》为标志的黄金时代，虽晚于80年代，但也正是社会理想主义向职业领域和实际岗位的某种转化与能量释放。它不仅形式突破、技术创新，更重要的，它披覆使命、自我器重，听从一种"到船头上去"的召唤……它相信新闻是有用的，自己的工作是有用的。对社会保守力量，它有一种天然敌意，有一种挖掘机和铲车的进攻性。当然，它有发动机和马力的支持。

那个时候，就评论部栏目而言，宏观和微观做得都很好，配置也合理。《东方时空》一本电视杂志，即同时做到了宏观和微观（"讲述老百姓自己的故事"），不仅技术上相互滋养，意义上也打通了，连成一片，彼此注脚。

刘楠嘱我作序，委实勉强。论涉深，她或我都不具描述"南院"的优势。但她还是做了，做了她目力所及、精神可抵的事。她是凭着热爱来做的，在她对团队和往事的描述中，你能觉出一份痴情、一份报效的忠诚，那爱如此滚烫、笔直，乃至我觉出了自己的温差，略生愧意。

刘楠笔下，作为评论部大本营的“南院”，不仅是个地点，不仅是南边的一个院子，更是一个精神名词，是一个包含了理想、专业、信仰、阵营、偶像、变迁、荣辱等众元素的集合。读那些文字，读那些熟悉或生疏的人和事，想起爱伦堡的一部书名：《人 · 岁月 · 生活》。

是啊，这么早就开始回忆了。

它帮我回忆，也陪我告别，在“南院”即将搬迁之际。

这座曾吸引无数人慕名而来、无数人满载而去的院子，这座曾接纳过无数青春、激情、失意与骄傲的院子，即将被新的物质和情感替代。

这是一部梳理个人成长的书，也是一部向前辈致敬的书。是纪念，也是追随。让我们感谢这位年轻人，感谢她的情怀和记性，她让我们有机会温习并端详自己，并把尊严颁发给了众人，颁发给一个地点。

让我们悄悄把尊严佩戴好。

突然想起几句歌词：“谁来证明那些没有墓碑的爱情和生命，雪依然在下那村庄依然安详，年轻的人们消逝在白桦林…… ”

“南院”搬家的那天，空了的那天，也应有一场雪，纷纷扬扬，像往事。

（本文为央视记者刘楠著作所作序言）

2012 年

周际 摄

恰同学少年

——一封应邀写给大学新生的信

01 +

在我心目中，人生有两个季节最值得怀念和审美：一个是童年，一个是青春——尤以“大学”为标志的青春。它们是人生流程中最唯美的两栋时空，人生最诗意的元素、最烂漫和绮丽的风光都寄宿其中。不夸张地说，它们的生命美学含量，占去了人生一大半。

童年是懵懂的清晨，像沾露的牵牛花，枝条鲜嫩、柔软，充满汁液和梦幻。而青春则是朝阳时分了，用某个政治家的话说，是“八九点钟的太阳”。尤其是种植在大学里的青春，更犹如黄金般的向日葵，不仅意味着激情、昂扬、蓬勃，更重要的，它是理想主义的代名词。

若赐我机会，让我在人生中选一个季节再来一遍，我会毫不犹豫地举起它：大学青春。

或许是偏见吧，我一直觉得，“青春”，只有借大学这块领地才能演绎得淋漓尽致，其他舞台上的青春都是打折的。我说的“青春”，并非一个年龄符号，而是一种与“青春”匹配的生命状态和心灵风光：从自然性上讲，“青春”乃生命力最鲜活最旺盛之时，就像一枚能量充沛到峰值的电池，前后都是减量了的；从精神性上看，“青春”是最心旌摇荡的季节，情感枝叶最茂密，梦想的天线架得最高，像夏日里的爬墙虎，疯长到一切可攀之处。而在我眼里，大学恰恰是“青春”的天堂，只有在校园如此纯粹和宁静的特区里，像“花样年华”之类的词，才能得到真正的孕育和演绎。

如此美好的时节，怎样才能不辜负它呢？

作为一个驶过了车站的人，一个妄想将它再来一遍的人，有什么要对你们说呢？想来想去，聊几点值得珍惜的细节吧。因为，这些细节正愈发成为我——一个远离校园者的羡慕与怀念。

02 +

珍惜“共栖”。

在我眼里，大学生活有一道迷人的风景线：同窗共栖。

无论教室、餐厅、宿舍、礼堂、操场、夜自习、林荫道……你都不是形单影只，你都和孤独无缘，你的前后左右都是同窗（仔细想想，“同窗”是多美的一记汉语！）……那种簇拥的热烈、被众多体温环绕着的感觉，那种平等而亲密的伙伴关系，那种无须周折即可缔结的友谊和情义……多年以后，置身成人社会后的某一天，你会突然发现，“单位”、“科室”、“同事”、“级别”、“职称”、“头衔”这些词的含义，比起“班级”、“宿舍”、“课堂”、“同窗”、“室友”、“闺蜜”们来——不知复杂和深奥了多少倍，冷漠和乏味了多少倍！大学，它把你们的青春设定为天然的“连体”和“同盟”关系，它为每个人都预备了那么多的同伙，你们应学会感激、珍惜，因为它不复再来。多年后，当你站在大街的茫茫人海中、坐在自家的居室里，你会深情地怀念操场上的挥汗如雨、赢球后的举杯相庆、夜自习的灯火阑珊，还有寝室里那些小小的风暴；当那曲《同桌的你》或《睡在我上铺的兄弟》悠然飘来，你会隐隐动容，微笑或惆怅……

曾经，我所在的央视《社会记录》做过一期节目，用镜头记录了几所大学毕业前的日常生活，有一幕画面让我感动：2007 年 6 月 1 日晚，北理工的操场上，几千名毕业生席地而坐，他们屏息静气，等待着某种诞生。对面宿舍楼的灯全熄了，很快，一间屋的灯亮了，一连串的屋亮了，操场开始沸腾，最后，夜色中浮现出五个灯火缀成的大字——“再见，北理工”！面对那些热泪盈眶的青春，我的心也湿了。我知道，这是青春的告别，这是大学的童话。为了这一声“再见”，他们用了 13 个楼层、几百间宿舍，所有人都参加了演出。再见了，朝夕相处的日子，同窗共栖的生活……他们用灯光完成了最后一次牵手和拥抱。

“同窗共栖”，这是大学送给你们的独家礼物，这是青春特有的生活图案和精神方阵。在我这个过路人眼里，它多像一片向日葵地，金黄、灿烂、碧绿、昂扬！好好守护，学会欣赏和迷恋吧。有报道说，现在一些大学生厌倦了宿舍，在外租房独居或与恋人同居，我听后有些黯然。说实话，我不认为这样做违反了什么纪律，我只觉得辜负了一份天然契约，辜负了生活的一份美意。要知道，你们有的是机会从伙伴们身边溜走，有的是光阴躲在格子里享受私密，那是你们今后几十年的状态，漫长的成人岁月等着你们，而“宿舍”的风景将不复再来，成为永远的绝唱。我不想指责谁，只是为你们提前与伙伴失散而遗憾，这是青春的隐痛，这是校园的损失。

某次，有人让我评价一下易中天们的“百家讲坛”，我说：“它让千百万成年人又回到了教室，成为了‘同学’。”这样说一点讥讽之意也没有，确是我对“百家讲坛”的观感。看电视时，我很留意现场“同学”的状态，尤其表情特写，你会看到，尚未开讲，那些大龄面孔、那些拿着小本子和钢笔的手指，就开始闪烁一种兴奋，无论台上讲得如何，那种幸福的光彩从未消失过……后来我明白了，这种坐在教室里的机会、这种饰演“同学”的体验，本身即很让成年人满足了。他们会想起什么呢？或许，会有一种恍惚，觉得自己又年轻了，又回到了济济一堂的青春……这算是一种“情景美学”吧。我想，对电视机前的观众来说，这种“回到教室”的幻觉也会有的。至少我有。

啰嗦了这么多，我只是想传递一个信息：珍惜你们最后的教室时光吧！珍惜你们被唤为“同学”的每个春天吧！多年后你将发现，那是青春最美的徽章和证件。

03 +

珍惜“阅读”。尤其缓慢的纸质阅读。

大学是领略知识和艺术的最佳时令，据我的体会，人生最重要的拓展阅读，都是在大学不知不觉完成的。尤其那些专业外的营养，文学、历史、艺术、哲学、宗教、科普、民俗……无形中，它们将撑起你的心灵美学、精神理念和价值观之核心部分。在我看来，人的发展有二：智力和心性。智力是一辈子的事，心性更是一辈子的事。但心性有个特点，那就是它的奠基很重要，决定一生的走向，而大学就扮演了这个奠基角色，影响人一辈子的书多是大学里读的。步入社会后，劳务繁忙和俗事纠缠将大大剥夺一个人的精力，与书的缘分越来越淡，即使有暇，但心境已荒，搬弄的也多是快餐类和应用类读物。

在大学，我强烈推荐你们多作“纸质阅读”。我有个固执的己见：唯有纸做的才叫“书”。一旦离开了纸质，书的血肉和风骨即荡然无存，只剩一堆信息。这是个信息载体日益多元的时代，尤其对青春而言，网络传播、影视文化、数码产品有着巨大的时尚诱惑，我一点也不否认其魅力，我只是提醒：不要因此而轻慢了书籍！对现代人来说，书实实在在有被废掉的危险。

作为几千年的文明载体，书册承载着笔墨文化特有的美学细节，它会给你信息之外的许多东西：它有分量、体态、气质，它可拥、可携、可藏、可赠，又可圈可点、可展可掩，它是会呼吸和有灵性的，它染有每届主人的指纹和体温——属于“贴身文化”。人有人格、人品，书有书香、书魂，人与书之间那种肌肤相亲的偎依感、愉悦性，乃电脑远不及。在阅读情景和消费状态上，书与电子品截然不同：书是独立自足的系统，不像电脑需要复杂的配置和昂贵的支持，其消费极清廉，随时随地、简便易行。另外，最特殊、也为我最看重的，乃纸质阅读对心性的熏陶与濡染：它氛围朴素、恬静，节奏舒缓、悠闲；它鼓励目光的停留，鼓励掩卷冥思和逐字逐句；它支持一个人的从容、静气和定力……而网络阅读的高速滚动和声光电，激弹起的往往是人的焦灼和仓促情绪。再者，从信息储存的安全性上看，书显然更守信用，像个君子，值得托付。

我还建议多作些“重磅阅读”和“漫长阅读”，即试着多去拜访大师和大书，去叩响那些“经典”的厚重之门，比如《卡拉马佐夫兄弟》，比如《约翰·克利斯朵夫》，比如《往事与随想》（我以为，一个人即便只读这几部书，精神也足以变得高尚与伟岸）。我想，对现代人来说，一生中接触大书的机会，十之八九是在大学里。你实在想不出，除了大学，还有什么样的环境和心境能让一个人面对这些“务虚”和“漫长”之物。再提醒一点：无论专业是什么，在你的书单上，都别少了诗歌、哲学和长篇小说。这几样很重要，像一组不同色调的家具，它们搭配起来，你生命的那栋房子——智识客厅、精神阳台、心灵卧室，会更优雅、辽阔和温馨。

大学乃书的殿堂，其尊严和根基源于书的厚度。

大学的空气即“书卷气”。大学的使命即培养“书生”。

千万不要为“书生”一词感到羞愧，否则一定是你误解了。在我看来，“书生”的最大内涵就是“理想主义”。评价“书生”，就看他和书的亲密程度。

04 +

珍惜“动情”。

和青春形影不离的词中，最敏感和最美妙的，非“恋爱”莫属了。我没用“爱情”这个词，我有个己见：爱情是一件开始很早、理解太晚的事。若非意外，一个人至少要到 30 岁后才懂爱情，才可能触摸爱情。而“恋爱”，我视为一个动词，也就是说，你可以做出这个动作，但未必真的懂。换言之，人未必要等到懂了后才做出这个动作。我想，我对恋爱的态度已明朗了。

青春怎会不动情呢？“动情”是春天里最美的事（我个人觉得，它比恋爱还要美）。从“动情”到“恋爱”还有一段距离，如果说“恋爱”是一个事实，那“动情”则是一桩秘密，而且是青春最大的秘密，像花园深处的小径，只适于一个人走进去。其实，我希望你能在这条小径上走得慢一点，走出足够长、足够深……不要让它匆匆结束。

“动情”是个关于“心跳”的故事，有一个丰富的美学系统：邂逅、萌动、慌乱、羞涩、期盼、惴惴不安……各种元素和细节你最好都充分体验，别省略，别偷工减料、急于求成，按它的自然原理和节奏，像小说里的情节那样，像对待一项使命那样……在我心目中，“动情”是一个长篇，长篇叙事诗。太短则是损失。

接下来，可能就是“恋爱”了，就变成了两个人的合作。这是一个交换过程，也是一部成长故事。无论结局如何，我都想推荐席慕蓉的那首诗给你们——

> 在年轻的时候，如果你爱上了一个人，
> 请你，请你一定要温柔地对待他。
> 不管你们相爱的时间有多长或多短，
> 若你们能始终温柔地相待，那么，
> 所有的时刻都将是一种无瑕的美丽。
> 若不得不分离，也要好好地说声再见，
> 也要在心里存着感谢，感谢他给了你一份记忆。
> 长大了以后，你才会知道，在蓦然回首的刹那，
> 没有怨恨的青春才会了无遗憾，
> 如山冈上那轮静静的满月。
>
> ——席慕蓉《无怨的青春》

无论是一个人的动情，还是两个人的恋爱，都要怀揣一颗神圣之心。别轻浮，别鲁莽。因为这件事实在太美，像天上的云。

最后，我想小心翼翼提一个建议：不要随意和过早地尝试性。你打开了一扇门，即等于关上了一扇门，从审美的角度看，最美妙的门一定是虚掩的那种。青春最美的是绽放，而非收割和斩获什么。花朵总是比果实更鼓舞人，春天里，为何要急急做秋天的事呢？秋总要来

的，而且漫长。否则，你会因秋的提前降临而怅然，会因激情的透支而疲惫，甚至荒了心野。

和外面的世界相比，我一直认为，大学生活，应有一种精致的“慢”：慢慢地读一本书，慢慢地写一封信，慢慢地喜欢上一个人……在一个什么都贪图速效的快餐年代，这尤为珍贵。

（按说恋爱属极度个人的事，外人不宜说三道四的，可我还是说了些。一己之言，不足为据。）

打着“珍惜”的旗号，我已唠叨太多。其实，对青春，怎么想象和演绎都不过分，你们是自由的，每个人的青春都不重复。所以对青春的你们，我只道“珍惜”，不说“必须”。你们遭遇的“教导”已太多太多了。

上世纪50年代初，有人写过一首著名的诗，叫《时间开始了》，抒发的是新生活从此诞生之激动。我觉得此激动用在你们身上也合适，你们也开始了，开始了，一段值得羡慕的人生开始了……

祝福你们。

2010年

图书在版编目（CIP）数据

精神明亮的人：美文版 / 王开岭著. — 太原：山西教育出版社，2020.1

ISBN 978-7-5703-0443-1

Ⅰ.①精… Ⅱ.①王… Ⅲ.①中国文学－当代文学－作品综合集 Ⅳ.①I217.2

中国版本图书馆CIP数据核字（2019）第097558号

精神明亮的人（美文版）

JINGSHEN MINGLIANG DE REN（MEIWEN BAN）

出 版 人　雷俊林
选题策划　孙　铁
责任编辑　任小明
复　　审　邓吉忠
终　　审　郭志强
排版统筹　许艳秋
装帧设计　王春声
印装监制　蔡　洁

出版发行　山西出版传媒集团·山西教育出版社
（太原市水西门街馒头巷7号　电话：0351-4729801　邮编　030002）
印　　装　山西人民印刷有限责任公司
开　　本　720×1020　1/16
印　　张　20.75
字　　数　260千字
版　　次　2020年1月第1版　2020年1月山西第1次印刷
书　　号　ISBN 978-7-5703-0443-1
定　　价　89.00元

如发现印装质量问题，影响阅读，请与山西教育出版社联系调换。电话：0351-4729718